사서 고생도
스물아홉

사서 고생하는 스물아홉,
스트라이다와 함께한 1만 킬로미터,
184일간의 청춘일기

대한민국 백수 청년,
내일보다 내 일을 찾아 자전거와 함께
떠나다

군 복무 중에 우연히 읽은 책에서 호주 워킹 홀리데이에 관한 정보를 접하게 되었다. 그렇게 군 전역 후 아무런 준비 없이 홀연 호주행을 결정했다. 돌아온 후 곰곰이 생각하니 열정인지 의욕인지 무작정 도전했던 워킹 홀리데이였기에 2년간의 호주 생활에 아쉬움이 많이 남았다. 그래서 이번에는 캐나다 워킹 홀리데이 비자 취득을 위해 준비하기 시작했다. 모집 시기를 착각하는 바람에 한 번 낙방한 후 다시 1년 동안의 준비 기간 끝에 단 1천 명만 갈 수 있는 캐나다 워킹 홀리데이 비자를 취득했다. 오랜 기간 열심히 준비해서 얻어낸 결과였지만 막상 비자를 취득하고 나니 비자를 준비할 때와는 또 다른 생각들이 스쳐지나갔다. 스물일곱 살 백수의 대한민국 청년이라면 당연하게 드는 그런 현실적인 문제에 부딪힌 것이었다. '다시 한 번 외국에 나가는 것이 맞는 건가?', '그렇다면 외국에 가서 무얼 해야 하지?', '또 다녀와서는 무얼 해야 하지?' '외국에서 계속 살아야 하나?' 답도 없는 고민들이 꼬리에 꼬리를 물었다. 1년 동안 캐나다에 다녀오면 스물아홉 살이 될 테니 선택에 신중해질 수밖에 없었다. 결단을 내리기 전까지 많은 시간을 고민하며 보냈다.

그러다 문득, 힘들게 비자를 취득했건만 가지 않는다면 후회할 것 같았고 그렇게 후회하며 지내고 싶지 않아 고심한 끝에 캐나다에 가기로 결정했다. 그렇다면 이왕 가는 김에 하고 싶은 것을 해 보고 싶었고 가슴이 시켜서 진정으로 원하는 것, 내 진짜 꿈을 찾고 싶었다.

군대에 입대하기 전, 기어가 없는 접이식 작은 레저용 자전거로 자전거 전국 일주 계획을 세웠던 적이 있다. 계획은 전국 일주였으나 결국 내가 살고 있는 목포에서 서울까지 밖에 못 가고 포기하고 말았다. 그때 포기하고 실패했던 기억이 떠올라 다시 한 번 기어가 없는 작은 레저용 자전거로 캐나다 횡단에 도전해 보고 싶었다. 이런 내 계획을 지인들과 친구들에게 이야기하니 그들은 마치 짜기라도 한 듯 한결같이 고개를 내저었다.

그런데 이런 반응은 나를 더 자극했고 결국 촉매재로 작용했다. 더욱더 시도해 보고 싶었고 도전하고 싶었고 끝까지 포기하고 싶지 않았다. 애초의 계획보다 더 많은 거리를 이동하기 위해, 그래서 더 많은 것을 보고 경험하고 느끼기 위해, 그리고 나 자신을 더욱더 극한으로 내몰기 위해 지도를 보며 북미 대륙의 서쪽 끝인 미국 알래스카부터 캐나다 동쪽 끝까지 가는 여정을 계획했다.

캐나다로 출국하기 전 4개월 동안 낮에는 대형마트에 음료수를 유통하는 일을 하고, 밤에는 대리운전 일을 했다. 목표가 생기니 피곤함도 느끼지 못하고 밤낮을 쉬지 않고 일했다. 어느 정도 경비를 모은 후 캐나다로 떠날 때가 다가왔고, 드디어 2017년 2월 자전거와 함께 캐나다 밴쿠버행 비행기에 올랐다. 밴쿠버에서 2주일간을 보낸 후 3월이 되어 미국 알래스카의 수도 앵커리지로 또 한 번 자전거와 함께 비행기에 올랐다.

앵커리지에서 가져간 캐리어를 조립해서 자전거 트레일러를 만들고 싶었으나 아무것도 모르는 이국땅에서 캐리어를 조립할 도구를 구하기가 쉽지가 않아 하는 수 없이 자전거에 맞는 트레일러를 구입했다. 그리고 캐나다 횡단에 필요한 캠핑 장비와 식료품 등을 구비하고 2017년 3월 5일 일요일, 드디어 캐나다 횡단 길에 올랐다.

2019년 5월 김 성 우

목
차

3장

케노라(Kenora)에서 토론토(Toronto)까지

4장

몬테리올(Montreal)에서 세인트존스(St. John's)까지

에필로그

결과보다 과정이, 그 빛나는 순간들이 높이 평가되는 세상을 꿈꾸며

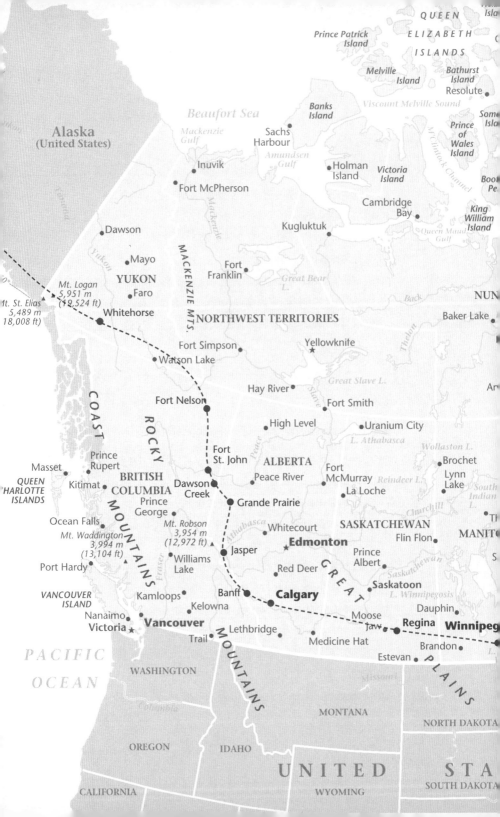

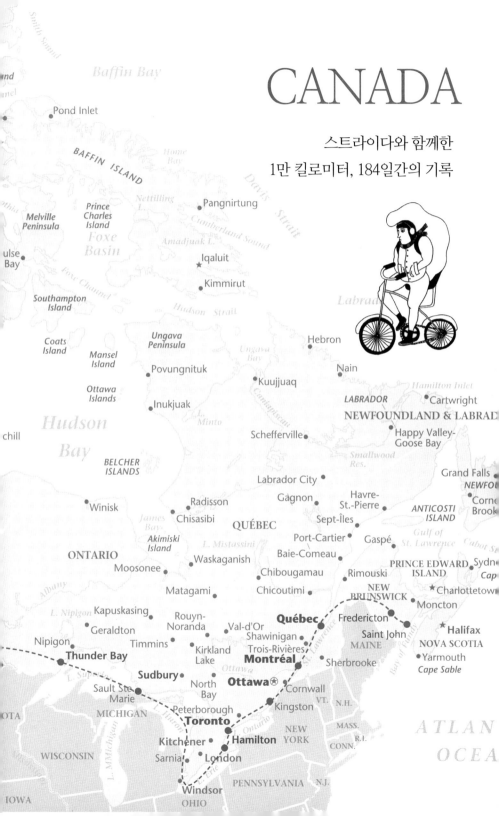

CANADA

스트라이다와 함께한
1만 킬로미터, 184일간의 기록

앵커리지
에서
텀블러 리지
까지

Anchorage

Tumbler Ridge

1

제발~ 태워 준다 말하지 말아요

오늘도 허허벌판에 텐트를 치고
3인분짜리 음식을 바닥이 보이도록 싹싹 긁어먹었다.
오늘은 방한복을 입지 않고 새벽을 보내기로 했다.
온도를 알 수 없으니 이렇게 임상실험이라도 해 봐야지 별 수 없었다.

노숙자 아니에요.
집은 없지만

1day

페달을 밟다, 마음만은 힘차게

2017년 3월 5일 일요일 _이동 시간: 4시간 44분 | 이동 거리: 31km

필요한 짐을 확인하고 또 확인했다. 아무리 짐을 확인해도 막상 여행지에 도착하면 불필요한 것이 있는가 하면 깜빡하고 놓친 것들도 있다. 이것이 여행이 주는 작은 묘미일 것이다. 완벽하다면 여행은 무료해진다. 아무리 철저히 계획을 세우고 앞을 향해 달려 나가더라도 늘 넘어지고, 으깨지고, 그러다 다시 일어서는 인생처럼 여행 또한 예측할 수 없는 일들 때문에 가슴이 설레는 것이니까.

길고 험한 여정이 불 보듯 빤한 캐나다 횡단의 첫발을 내디뎠다. 두려움 반, 기대 반으로 힘차게 자전거 페달을 밟았다. 한 시간 정도 달렸을 때 도심 속에서 스키를 타고 가는 무리들과 마주쳤다. 내리막길도 아닌 평지에서 그들은 쉬지 않고 양 발을 좌우로 밀치며 힘겹게 앞으로 나아가고 있었다. 무슨 대회에 참가한 것인지 등번호를 붙이고 한 방향으로 가고 있었다.

그 모습을 바라보다 갈림길을 만났다. 순간 주춤했다. 자전거 도로를 따라 들어왔지만 어쩐지 이 길이 아닌 것 같았다. 잠깐 고민을 하고 나서 스키를 타고 가는 무리들을 따라갔다. 내가 내린 결정을 후회하는 데는 오랜 시간이 걸리지 않았다. 스키가 눈 내린 길을 반질하게 닦아 놓아서 자전거로 가기가 좀처럼 힘들었다. 혹시나 하는 마음에 그들을 따라갔지만 가면 갈수록 불안감이 커졌다. 결국 30분 만에 가던 길을 멈추고 다시 갈림길로 되돌아 왔다.

여행을 준비하며 머물렀던 숙소의 주인아저씨가 친절하게 구글 맵을 프린트해 주셨다. 하지만 주인아저씨가 베푼 친절이 내게는 독이 되었다. 지도를 보고여기저기 살피며 길을 찾았지만 오히려 더 헤매는 꼴이 되었다. 한참을 빙글빙글 돌다가 간신히 고속도로 입구에 닿았다. 도로는 왕복 2차선으로 폭이 좁았고, 설상가상으로 갓길에는 눈이 수북했다.

발목이 넘게 눈이 쌓여 있는 갓길로 가는 것이 불가능해 보여서 도로로 진입했다. 세계 어디를 가나 고속도로는 고속도로였다. 찻길로 낑낑대며 가는 자전거에 평온한 미소를 지으며 양보하는 나라는 없을 것이다. 교통 흐름에 방해가되는 내 자전거에 지나는 차들마다 경적을 울려댔다. 어쩔 수 없이 눈이 쌓인갓길로 달릴 수밖에.

눈길이라 자전거가 앞으로 나아가지 않는 거라고 생각했는데 그런 것이 아니었다. 아무리 힘을 쥐도 자전거는 꼼짝하지 않았다. 억지로 있는 힘껏 자전거를 끌다 보니 자전거와 트레일러의 연결 부분이 헐렁해져 있었다. 짐을 내리고나사를 조였다. 그러나 문제는 여기에서 끝나지 않았다. 가지 않겠다는 자전거를 억지로 끌며 가다가 결국 지나는 사람의 도움으로 가까스로 눈밭에서 벗어날 수 있었다.

너무 무리한 탓에 허벅지가 아파오고 몸도 마음도 지쳐갔다. 어쩔 수 없이자전거에서 내려서 끌고 가고 있는데 경찰차가 내 앞에 멈췄다. '혹시, 내가 무슨 잘못이라도 저질렀나?' 잔뜩 긴장하고 있는데 경찰이 차에서 내리더니 괜찮은지 물었다. 내게 무슨 문제가 생겨서 자전거를 끌고 가는 걸로 알았단다. 안부를 물어준 경찰이 고마웠다. 경찰과 인사를 나눈 후 자전거를 끌다가 타다가를 반복하며 오늘의 야영지인 이글강(Eagle River) 근처에 도착했다. 녹초가 된몸을 추스르고 텐트를 쳤다. 저녁으로 바나나 한 개와 일본 라면을 먹었다.

#여행시작_고생길예감
#잘못이_없어도_경찰만_보면_쪼그라들어
#하루만에_녹초_큰일일세

2day

텐트야 돌아와 줘

2017년 3월 6일 월요일 _ 이동 거리: 44㎞

알래스카의 추위는 대단했다. 한국에서 한겨울에 하는 야영이나 캠핑과는 비교도 할 수 없었다. 알래스카 날씨를 제대로 실감했다. 온도계로 재보지는 않았지만 밤에는 영하 25도 이하로 떨어지는 게 틀림없었다. 옷이란 옷은 다 껴입은 후 패딩점퍼까지 입고서 영하 17도까지 버틸 수 있는 침낭에 꽁꽁 숨어들었지만 알래스카의 추위를 막기에는 역부족이었다. 문제는 발이었다. 양말을 세 겹이나 신고 옷으로 감쌌는데도 소용이 없었다. 이러다 동상에 걸리는 건 다행이고 냉동인간이 될 것 같았다. 추위에 잠도 오지 않았지만 이대로 잠든다면 얼어죽을 것 같았다. 애초 계획은 새벽 5시에 일어나서 부지런을 떠는 것이었는데 강력한 알래스카 추위에 무너지고 말았다.

추위에 버티고 버티다 꾸역꾸역 8시쯤에 일어났다. 아침에 만난 세상은 얼음나라였다. 물과 음식은 말할 것도 없고 침낭 바깥부분과 텐트까지 꽝꽝 얼어 있었다. 몸을 움직일 때마다 얼음부스러기가 몸에서 떨어져 나가는 것 같았다. 으지직.

도저히 아침을 해 먹을 자신이 없어서 짐을 정리하고 9시에 출발했다. 웅크렸던 몸을 계속 움직이니 얼어 있던 손과 발이 천천히 녹기 시작했다. 움직이는 것만이 살길이라는 일념 하나로 자전거 페달을 밟던 중 느닷없이 검은색 차 한 대가 앞을 가로막았다. 무슨 일인지 궁금한 표정으로 쳐다봤더니 운전자가 내게 초록색 물건 하나가 떨어진 것 같다고 얘기해 주었다. 얼른 짐을 살폈다. 아뿔싸. 텐트가 보이지 않았다. 어디엔가 텐트를 떨어뜨린 것이다. 운전자에게 고맙다는 인사를 하고 서둘러 왔던 길을 되돌아갔다. 2킬로미터쯤 갔을까. 아무리 찾아도 텐트는 보이지 않았다. 텐트를 다시 구입하는 쪽으로 마음을 굳히고 자전거 핸들을 돌렸다.

온 길을 되돌아가며 기억을 더듬으니 수상했던 차 한 대가 떠올랐다. 갓길에 차를 세워 두고 길에서 무언가를 줍던 할아버지가 생각났다. 할아버지가 주운 것이 무엇인지 정확히 보지는 못했는데 할아버지가 길을 막고는 어디로 가는지 묻기에 그저 반대 방향으로 간다고 대답했던 게 생각났다. 텐트를 분실했다고 얘기할 걸 그랬나. 아무래도 그 할아버지가 의심스러웠다.

포기했을 때는 빨리 머릿속에서 비우는 것이 정신건강에 좋다. 파머(Palmer)를 향해 한참을 달리고 있는데 반대편에서 낯익은 차 한 대가 경적을 울렸다. 자전거를 멈추니 아까 만난 할아버지가 차에서 내렸다. 할아버지가 차 트렁크에서 텐트를 들어 보이면서 내게 주인이 맞는지 물었다. 신난 얼굴로 크게 고개를 끄덕여 대답하고는 할아버지 쪽으로 넘어갔다. 할아버지도 도로를 가로질러 텐트를 들고 내게로 다가왔다. 할아버지에게 텐트를 넘겨받고 뜨거운 포옹을 여러 번 했다. 몇 번이나 고개를 숙여 감사 인사를 전했다. 할아버지는 텐트를 가져간 것이 아니라 주인을 찾아주기 위해 먼 길을 돌아왔던 것이다.

저녁이 되어 민가에 도착했다. 텐트를 치고 싶어서 주인을 찾았는데 아무도 없었다. 허락은 나중에 받기로 하고 적당한 곳에 텐트를 쳤다. 저녁식사를 준비하는데 누군가 텐트를 흔들었다. 땅 주인이었다. 이런저런 사정을 얘기했더니 주인이 흔쾌히 수락해 주었다.

비프스튜를 젓고 있을 때 또 다시 인기척이 느껴졌다. 주인아주머니가 음식을 건네면서 날씨가 추우니 집으로 들어와서 함께 저녁을 먹자고 했다. 조리 중이던 비프스튜를 끄고 주인아주머니를 따라 집안으로 들어갔다. 식사를 하는 내내 그들과 재미있는 이야기를 나누었다. 따뜻하고 유쾌한 식사였다. 식사가 끝난 후 주인 부부는 따뜻한 차도 주고 구글 맵 검색도 해 주었다. 그리고 차고에서 자라며 매트리스를 깔아 주시고 두꺼운 방한 옷 세트를 내주셨다. 올해 60세가 된 그분들은 농장을 가꾸고 있었다. 자녀 없이 개 두 마리를 키우며 살고 있는 덴 아저씨와 매리 아주머니. 그들이 베푼 친절은 동양에서 온 이방인에게 인생에 한 페이지를 장식할 감동을 선사했다. 감사합니다. 그리고 사랑합니다.

#알래스카_렛잇고_엘사 #텐트야_반가워 #사랑의메신저_덴과매리부부

3day

말썽쟁이 트레일러, 사흘이 석 달 같은 기분

2017년 3월 7일 화요일 _ 이동 거리: 슈퍼마켓에서 다시 매리 집으로

아침 8시쯤 차고에서 침낭을 정리하고 있는데 매리 아주머니가 아침을 준비했다며 찾아왔다. 매리 아주머니를 따라 집으로 들어가니 식탁에는 팬케이크와 구운 감자, 달걀 샐러드가 놓여 있었다. 처음 먹어 보는 오리지널 미국식 아침 식사였다. 식사를 마치자 매리 아주머니가 여행할 때 입으라며 점퍼 하나를 건넸다. 그리고 여행 경비에 보태라며 돈을 내밀었다. 하룻밤 신세를 진 것도 죄송한데 돈까지 받을 수 없어 사양했지만 매리 아주머니는 끝끝내 돈을 내 손에 쥐어주었다. 나는 받기만 하고 줄 것이 없어 입고 있던 점퍼를 건넸다. 매리 아주머니가 이번에는 샌드위치를 싸 주셨다. 고맙다는 말보다 더 간절한 표현은 없을까. 살면서 이런 분을 또 만날 수 있을까. 매리 아주머니와 연락처를 교환하고 집을 나섰다.

　오후 1시쯤 슈퍼마켓에서 필요한 물품을 구입하고 출발을 하려는데 문제를 발견했다. 자전거와 트레일러 연결 부분이 또 말썽이었다. 제 짝이 아닌 것에 억지로 달아놨으니 성할 리가 없었다. 연결 부위가 계속 힘의 압박을 받자 힘을 받는 쪽으로 조금씩 휘어지고 있었다. 이대로 두었다가는 진짜 큰일이 날 것 같았다. 단순히 헐거워진 나사를 조인다고 해결될 것 같지는 않았다. 트레일러 연결축이 휘어지면서 자꾸 바퀴에 닿았던 것이다.

　우선 자전거와 트레일러를 분리했다. 이전에 고정해 놓았던 곳에 계속 고정할 수는 없었다. 어떻게 하면 문제없이 여행을 마칠 수 있을지 바닥에 주저앉아서 생각했다. 고정할 수 있는 부분을 찾아 여기저기 시도해 보다가 우선 자전거 짐받이에 트레일러를 고정시켰다. 이것이 얼마나 버텨 줄지는 알 수 없었다. 그래도 시도는 해 봐야 하니까. 그저 미리 발견한 것이 다행이라고 위안을 삼았다. 일을 마무리하니 오후 4시가 넘었다. 지금 출발을 하자니 곧 해가 질 거라는 생각에 망설여졌다. 어쩔 수 없이 하룻밤 더 신세를 지기로 하고 매리 아주

머니 집으로 향했다.

덴 아저씨가 내 자전거를 전면적으로 꼼꼼하게 체크해 주셨다. 역시 문제점은 자전거와 트레일러 연결 부분이었다. 덴 아저씨는 잠깐 생각에 잠기는 것 같더니 공구함에서 큰 케이블 타이를 가져와 연결 부분을 한 번 더 튼튼하게 고정시켰다.

매리 아주머니가 독일 가정식으로 저녁을 차려 주셨다. 빵에 버터와 치즈를 발라서 올리브와 함께 곁들여 먹었다. 특별한 음식은 아니었지만 그들의 무한한 친절에 저녁은 더없이 맛있었다. 식사를 마친 후 TV 시청을 하고 덴 아저씨 컴퓨터에 저장되어 있는 사진들을 구경했다.

#고작_사흘째_벌써_험난해 #자전거_트레일러_싸우지_말아라
#덴과매리_평생기억할게요

4day

자전거에서 트럭으로 종목 변경

2017년 3월 8일 수요일 _ 이동 거리: 트럭 타고 50㎞+40㎞

오전 11시, 매리 아주머니와 덴 아저씨에게 인사를 하고 길을 나섰다. 출발한 지 한 시간이나 지났을까. 바람이 많이 분다며 매리 아주머니가 떠나는 것을 만류했을 때 '할 수 있다'고 자신 있게 말했던 내 자신감이 무색해졌다. 역풍이 너무 심해 도저히 자전거를 탈 수가 없었다. 자전거를 끌고 가며 많은 생각에 잠겼다. 바람 때문에 자전거를 타는 건 불가능하니 계속 끌고 갈 것인가, 아니면 매리 아주머니 집으로 다시 되돌아갈 것인가. 무엇이 옳은 선택인지 종잡을 수 없었다. 결국 자전거를 끌고 가는 데까지 가 보는 것으로 결정했다. 할 수 있다고 자신 있게 말했건만 바람 때문에 다시 되돌아간다는 건 핑곗거리에 지나지 않는다고 스스로를 다잡았다. 편안하고 따뜻한 곳에서 먹고 자기 위한 합리화라는 생각도 들었다. 앞으로 가야 할 길이 먼 만큼 이기고 견뎌야 할 일들도 산더미처럼 쏟아질 것이다.

1시간가량 자전거를 끌고 가고 있을 때 한 트럭이 내 앞에 멈춰 섰다. 어디까지 가느냐고 묻더니 태워 준다는 것이었다. 자전거 끌고 가는 모습이 불쌍해 보인 모양이었다. 역풍이 너무 심해 별 수 없이 도움을 받기로 했다. 그렇게 만난 알렌 마커스 덕분에 파머에서 치카룬까지 50킬로미터 정도 이동할 수 있었다. 고마워서 음식이라도 사 주고 싶었지만 물 한 병이면 족하다고 했다. 그가 내게 방한용품과 두꺼운 스키 장갑, 간단한 수리 공구를 챙겨주었다. 발 딛는 곳마다 친절한 사람을 만나고 있었다.

치카룬에서 내려서 트레일러의 짐을 정리하고 자전거를 연결하고 있을 때 또 한 대의 트럭이 멈춰 섰다. 무슨 문제가 있느냐고 물었다. 그렇게 또 한 번 자전거와 트레일러를 마크 할아버지 트럭에 실은 채 치카룬에서 글래서(Glacier) 공원까지 약 40킬로미터를 이동했다. 눈 덮인 협곡 사이로 난 도로를 바라보고 있자니 알래스카부터 여행을 시작해서 다행이라는 생각이 들었다. 알래스카의 겨울은 상당히 추웠지만 그렇다면 이 숨막히도록 멋진 경관을 평생 보지 못했을 테니까. 마크 할아버지는 시간이 늦었다며 나를 집으로 데리고 가 저녁도 만들어 주고 잠자리도 제공해 주었다.

LA에서 7년간 일하고 나고 자란 알래스카로 돌아와서 서른이란 나이에 간호사 공부를 한다던 알렌 마커스. 시끄러운 것을 싫어해 가족과 떨어져 홀로 깊은 산 속에서 조용히 살고 계시는 마크 할아버지. 정말 감사합니다. 언제까지나 잊지 않겠습니다.

#감동의도가니_알렌마커스 #마크할아버지_건강하세요
#내가전생에나라를구했나

5day

마크 할아버지, 꼭 다시 만나요

2017년 3월 9일 목요일 _ 이동 시간: 3시간 21분 | 이동 거리: 27,624km

아침 8시에 일어나 매리 아주머니가 싸 준 연어 샌드위치를 먹고는 다시 잠이 들었다. 11시쯤에 마크 할아버지가 아침식사를 하라며 나를 깨웠다. 빵과 달걀 스크램블을 만들어 주셨다. 떠날 채비를 하고 트레일러와 자전거를 트럭에 실었다. 마크 할아버지는 10킬로미터 정도를 달려 길이 제법 평탄한 곳에 내려 주셨다.

크고 작은 언덕이 많아 자전거를 많이 끌기는 했지만 사건 사고 없이 무사히 달렸다. 오늘은 고속도로 옆 쉼터에 텐트를 치기로 했다. 저녁으로 지난번 매리 아주머니 집에서 먹으려던 꽁꽁 언 비프스튜와 꽁꽁 언 바나나 한 개를 먹었다.

#매리의_연어샌드위치 #마크할아버지_고마운아침식사
#고속도로옆텐트_노숙자아니야

비닐하우스도 감지덕지인 걸요

2017년 3월 10일 금요일 _ 이동 시간: 5시간 22분 | 이동 거리: 44.764km

매리 아주머니가 빌려준 방한복 덕분에 몸은 괜찮았지만 발이 문제였다. 두꺼운 양말을 세 겹이나 신었는데도 발이 시려 옷으로 감싸고 두꺼운 점퍼도 덮었지만 한기가 모든 걸 뚫고 들어왔다. 사실 잠을 설친 건 시린 발도 문제였지만 텐트 주변을 어슬렁거리던 정체 모를 동물 때문이었다. 뜬눈으로 밤을 새우다시피 하다 7시쯤 아침을 먹으려 했지만 이내 포기하고 떠날 채비를 했다. 자전거를 타는 것보다 추운 아침에 침낭을 정리하는 게 더 힘들었다. 꽁꽁 얼어 있는 신발에 발을 집어넣는 것부터가 고역이었다.

8시쯤 길을 나섰다. 이 구간은 유난히 고개가 많은 것처럼 느껴졌다. 자전거를 끌고 가기는 싫고 타고 가자니 힘든 길의 연속이었다. 끌고 타다 끌고 타다를 반복하다가 점심을 먹기 위해 가스에 불을 켰다. 불은 켜졌다가 이내 꺼졌다. 몇 번이나 시도해 봐도 불은 계속 꺼져 버렸다. 결국 꽁꽁 언 사과 한 개를 먹는 것으로 만족해야 했다.

건너편에 지나가는 차들과 인사하는 일에 소소한 재미가 느껴지기 시작했다. 자전거를 끌고 타면서 건너편 차들을 향해 열심히 인사를 해댔다. 이게 뭐라고 재미가 들렸는지 알다가도 모를 일이었다.

저녁이 되기 전 도착한 곳에서 집 주인인 짐 아저씨에게 텐트를 쳐도 된다는 허락을 받았다. 주위를 둘러보니 비닐하우스가 있었다. 비닐하우스 안에서 자도 되느냐고 물었더니 짐 아저씨가 고개를 끄덕였다. 텐트를 치지 않고 침낭만 펴고 잘 수 있게 되어 기뻤다. 눈이 덮인 길바닥보다는 덜 추우니 조금 지저분해도 상관없었다. 사실 바깥에서 자는 것만 아니라면 내게는 어떤 곳이나 천국이었다.

비닐하우스에 자전거를 세워 놓고 적당한 자리에 침낭을 깔고 짐 아저씨 집에 들어가서 세수를 했다. 집 안은 엄청 지저분했는데 특이하게도 온갖 비행기들이 집 안을 가득 메우고 있었다. 손가락으로 비행기를 가리키면 짐이 거침없이 설명해 주었다. 모델명부터 제원까지 그야말로 술술 읊었다. 마당에는 자동차가 많았다. 엔지니어로서 자부심과 열정이 대단한 것 같았다. 방 한편에는 엄청난 부속들이 있었고, 또 책상 위에는 엄청난 공구들이 쌓여 있었다.

저녁으로 비프스튜를 먹었다. 꽁꽁 언 음식은 쓸모도 없고 무겁지만 그렇다고 버릴 수는 없으니 부지런히 먹어 없애야 했다. 스튜를 끓이다가 탄 냄비를 열심히 닦고 있을 때 짐 아저씨의 아내 셰리 아주머니가 왔다. 아내가 오면 집에서 잘 수 있도록 허락을 받아보겠다고 했었는데 아내가 흔쾌히 승낙했다며 집안으로 들어오라고 했다. 비닐하우스에서 자는 것만도 감사했는데 이런 행운이 따르다니. 덕분에 오늘은 실내에서 잘 수 있게 됐다.

#정체모를동물_무서워 #짐아저씨_세계최고엔지니어
#행운은_오늘도

7day
낡은 트럭에서의 특별한 하룻밤
2017년 3월 11일 토요일 _ 이동 시간: 5시간 37분 | 이동 거리: 45.587㎞

7시 30분쯤 짐 아저씨 집에서 눈을 뜨자마자 떠날 채비를 했다. 8시에 집을 나서 쉬지 않고 페달을 밟아 12시가 되어서야 자전거를 세웠다. 내 짐과 내 몸을 바리케이드 삼아 바람을 막은 뒤 가까스로 가스의 불을 켜서 비프스튜를 해 먹을 수 있었다.

3시쯤 글레날렌(Glennallen)에 도착해 작은 마을의 슈퍼마켓에서 초코바 두 개와 과자, 그린 티 등을 샀다. 그리고 4시가 되기 전에 셰리 아주머니가 운영하는 주유소 겸 편의점에 도착했다. 짐 아저씨가 오늘은 자신이 운영하는 주유소에서 잘 수 있도록 해 주었다. 주유소 바로 옆에는 짐 아저씨의 카센터가 있었다. 셰리 아주머니는 카센터 한편에 세워진 낡고 오래된 캐러밴으로 안내해 주었다. 문을 열고 들어가 보니 쓰레기장이 따로 없었다. 셰리 아주머니가 바깥에 텐트를 쳐도 상관없다고 했지만 나는 캐러밴에서 자는 걸 택했다. 밖에서 자는 것보다는 훨씬 나았다.

저녁에는 셰리 아주머니가 만들어 준 피자를 먹었다. 어제는 눈치가 많이 보였는데 오늘 대화를 나누고 보니 셰리 아주머니는 참 따뜻하고 좋은 분이었다. 저녁 7시가 되어 셰리 아주머니와 작별인사를 하고 캐러밴으로 돌아왔다. 그래도 특별한 곳에서 잠을 이룰 수 있다는 게 즐거웠다.

#셰리의_주유소_짐의_카센터_찰떡궁합 #캐러밴에서_하룻밤
#지저분하지만_나름_실내취침

캐나다 사람들이여,
태워 준다 말하지 말아요

8day

외딴집의 인디언 할아버지

2017년 3월 12일 일요일 _ 이동 시간: 5시간 3분 | 이동 거리: 31.398㎞

캐러밴에서 눈을 뜨니 8시였다. 어제 셰리 아주머니가 만들어 준 피자를 아침에 먹으려고 두 조각 남겨 뒀는데 아뿔싸. 아껴 먹어야겠다는 생각만 하고 얼어버리는 건 미처 생각지 못한 것이다. 꽁꽁 얼어버린 피자를 망연자실하게 보고 있다가 아침식사를 포기하고 그대로 짐을 챙겨 출발했다.

출발한 지 얼마 지나지 않아서 카페를 발견했다. 언 몸도 녹이고 충전도 하고 아침도 먹고 가려고 카페로 들어갔다. 작은 샌드위치 하나를 먹고 아메리카노를 마셨는데 돈을 내려고 하니 카페 직원이 괜찮다며 돈을 받지 않으려 했다. 열여덟 살 마리아 덕분에 아침을 공짜로 해결했다. 몸도 녹이고 충전도 하고 든든한 마음으로 다시 출발했다. 별달리 짐이 추가된 것도 없는데 오늘따라 유난히 자전거와 트레일러가 무겁게 느껴졌다. 속도도 나지 않았고 페달을 밟는 것도 버거웠다. 설상가상으로 카메라가 충전되지 않았다. 여러 방법을 시도해 봤지만 카메라는 여전히 먹통이었다. 날씨가 너무 추워서 결함이 생긴 건지, 접촉이 불량인 건지 알 수 없었다.

3시가 지나자 바람이 심하게 불었다. 노심초사하며 열심히 달렸지만 이번에는 엄청난 역풍이 불기 시작했다. 2시간가량 자전거를 끌고 갈 때쯤 외딴집을 보고는 자전거를 멈췄다. 굴뚝에서 연기가 나는 걸 발견한 것이다. 허름한 집에 할아버지가 홀로 계셨다. 오리지널 인디언이었다. 음산한 분위기에 겁이 나기도 했다. 할아버지가 살갑게 대해 주지 않아서 그랬던 것일까. 할아버지는 여전히 무뚝뚝한 표정으로 따뜻한 커피와 통조림 콩을 내밀었다. 무슨 일을 하는 분인지, 어째서 이 허름한 외딴집에 살고 계시는 것인지 궁금한 게 한두 가지가 아니었지만 왠지 물어볼 수 없었다.

할아버지가 트레일러에서 잘 수 있도록 해 주었다. 트레일러 안은 할아버지의 집과 사정이 비슷했다. 상태는 좋지 않았고 지저분했으며 무섭기까지 했다. 하지만 텐트보다는 따뜻하고 아늑한 잠자리라고 위안을 삼고 저녁으로 비프스튜를 해 먹었다. 저녁을 해결한 후 온 집을 다 뒤졌지만 플래시가 보이지 않았다. 어제 잤던 곳에서 분명 챙긴 것 같았는데 어디에도 없었다. 답답함에 목이 막혀 왔다. 문득 밖을 보니 저녁 8시가 다 된 시간인데도 대낮처럼 밝았다. 해가 점점 길어지고 있는 것 같았다.

#꽃다운나이마리아_마음도꽃다워
#인디언할아버지_무섭지만_감사해요 #플래시야_어딨니

9day

경찰 아저씨 크리스

2017년 3월 13일 월요일 _ 이동 시간: 4시간 30분 | 이동 거리: 19.425㎞ 걷고+160㎞ 경찰차 타고

지저분하고 음산한 트레일러에서 눈을 뜨니 8시였다. 텐트보다야 몇 배 낫지만 이런 곳에서 하룻밤을 보낼 때면 자는 게 자는 것 같지 않다. 눈만 감은 채 밤을 샜다는 표현이 더 맞을 것 같다.

어젯밤에는 바람이 많이 불었는데 오늘 아침은 다행히 잠잠하구나 하고 생각하기 무섭게 바람이 매섭게 불어 닥쳤다. 또 하루 종일 역풍이 불 것임을 직감하고 아예 자전거 타기를 포기한 채 걷기 시작했다. 바람이 부는 날에는 하루

종일 걸을 각오를 하는 게 차라리 편했다. 하지만 알래스카 겨울바람은 추위도 너무 추웠다. 추위를 뚫으며 하염없이 걷고 있는데 검은 자동차 한 대가 창문을 열더니 내게 괜찮은지 물었다. 바람이 너무 거센 탓에 자전거를 끌고 가고 있을 뿐이라고 하니 선뜻 차에 태워 주었다.

차를 타고 보니 운전자는 경찰이었고, 차는 경찰차였다. 한국에서도 한 번 타 본 일 없는 경찰차를 여기에서 타다니. 개인차량이라 그런지 내부에는 경찰 장비도 보이지 않고 작은 사이렌이 뒤 짐칸 쪽에 달려 있을 뿐이었다. 암행어 사 차량 같은 느낌이었다.

경찰답게 내 신원을 확인했다. 그러고는 어딘가에 전화를 걸어 내 여권 정보 를 보고했다. 경찰차를 얻어 타고 간다는 게 마냥 편한 것만은 아니었다. 그래 도 크리스 아저씨 덕분에 160킬로미터 정도를 점프했고, 뜻하지 않게 모텔에서 잠을 자게 됐다.

크리스 아저씨가 좋은 곳을 안다며 데리고 온 곳이 하룻밤에 73달러나 하는 이 모텔이었다. 크리스 아저씨와 저녁으로 햄버거와 맥주 한 병을 먹었다. 이곳까지 데려다준 것이 고마워서 저녁 값을 지불하려고 했지만 크리스 아저씨가 오히려 내 저녁 값까지 계산해 주었다. 몇 번이고 감사하다는 인사를 하고 모텔로 돌아와 편하게 누웠는데 잠이 오질 않았다. 오랜만에 제대로 된 잠자리에서 자려니 적응이 잘 안 되는 모양이었다. 한동안 뭘 해야 할지 몰라 천장과 벽지만 멍하니 바라보았다. 그렇게 아무것도 하지 않고 오랫동안 있었다.

#자전거_모시고_여행하기
#얘들아_나_경찰차_타봤다 #초호화여행으로변질

10day
드디어 미국 국경을 넘다
2017년 3월 14일 화요일 _ 이동 시간: 5시간 | 이동 거리: 35㎞

크리스 아저씨와 그의 친구 스티브 아저씨와 아침으로 팬케이크를 먹고 8시 30분쯤 스티브 아저씨 차에 내 짐과 트레일러 자전거를 싣고 미국 국경으로 향했다. 국경을 향해가는 차 안에서 차창 밖으로 풍경을 바라보니 미국 국경까지 황량한 벌판이 이어졌다. 몇 번이고 고개를 들어 바깥을 바라봤지만 아까와 똑같은 풍경이었다.

자전거를 타고 이 길을 갔더라면 어땠을까. 생각만 해도 아찔했다. 이렇게 또 스티브와 크리스 아저씨 덕분에 또 약 160킬로미터를 점프했다. 크리스 아저씨가 왜 미국 국경까지 동행해 주는지 의아했는데 알고 보니 크리스 아저씨는 미국 국경에서 근무하는 경찰로 차에 문제가 생겨 스티브 아저씨를 불렀던 것이었다. 그제야 모든 상황이 이해가 됐다.

11시 30분쯤 미국 국경을 넘어 캐나다에 발을 디뎠다. 미국 국경에서는 아무런 제재 없이 쉽게 캐나다로 넘어올 수 있었다. 미국을 나가는 건 자유로운 듯

했다. 미국 국경을 조금 지나자 알래스카 환영 푯말과 캐나다 유콘 주 환영 푯말이 보였다. 미국 국경과 캐나다 국경을 알리는 표지석 앞에서 사진을 찍었다.

국경을 통과한 후 시계를 보니 1시간 빨라져 있었고, 드디어 마일 단위에서 킬로미터 단위로 바뀌있다. 단위 하나 바뀌었을 뿐인데 캐나다로 왔다는 것이 실감 났다. 6시쯤 캐나다 이민성에 도착했다. 하지만 미국 국경을 통과할 때와는 달리 무척 까다로웠다. 트레일러에 실려 있는 것들, 비자, 무기, 현금, 한국에서 무슨 일을 했는지, 캐나다에서는 무엇을 할 것인지 여러 가지를 물었다. 그렇게 거의 30분 동안이나 붙잡혀 있었다.

캐나다 이민성을 통과한 후 3킬로미터가량을 달려 비버 크릭(Beaver Creek)에 도착했다. 텐트를 치겠다는 허락을 받기 위해 여러 집을 찾아갔지만 모두 인기척이 없었고, 나중에 허락을 받을 요량으로 어느 집 앞에 텐트를 치려고 했지만 개 네 마리가 동시에 짖어대는 통에 놀라서 줄달음을 쳤다. 몇 번의 시도 끝에 만난 비트 할아버지가 마당에 텐트를 치는 걸 허락해 주셨다. 비트 할아버지는 처음에는 나를 많이 경계하는 듯했는데 시간이 지날수록 친절하게 대해 주셨다. 저녁도 얻고 차도 얻어 마셨다. 하지만 집 안에서 자도 되겠는지 물을 용기는 없었다. '할 수 없이 밖에서 텐트를 치고 자야겠구나' 하고 낙심하고 있을 때 비트 할아버지가 제안을 해 왔다. 마당에 있는 땔감을 정리해 주면 돈을 주겠다는 것이었다. 이게 웬 떡인가 싶은 마음에 돈은 필요 없으니 집 안에서 자게 해 달라고 부탁했다. 그 길로 2시간 동안 나무를 던지고 나른 끝에 정리를 끝냈다. 오늘 하루도 따뜻한 잠자리에서 잘 수 있게 된 것이다.

비트 할아버지는 84세 나이에도 여전히 메카닉으로 일하고 있었는데 170여 개 객실이 있는 호텔과 주유소, 공원, 카페, 그리고 비행기도 소유하고 있는 부자라는 걸 알게 되었다. 돈을 주면 필히 받아야겠다는 생각이 들 정도였다.

#미국안녕_캐나다도착 #비트할아버지_완전부자
#돈주면받을걸그랬어

11day

조쉬에게 받은 80달러

2017년 3월 15일 수요일 _ 이동 시간: 8시간 30분 | 이동 거리: 58㎞

고양이 네 마리의 털과 함께 소파에서 자고 일어나 비트 할아버지 부부와 아침을 먹었다. 질 할머니가 달걀프라이와 베이컨, 그리고 팬케이크를 만들어 주셨다. 질 할머니가 어제 일을 해 준 대가라며 100달러를 내밀었다. 어제 밤만 해도 돈을 주면 받아야지 하고 마음을 먹었지만 선뜻 손이 내밀어지지 않았다. 머뭇머뭇하다 결국 100달러를 받고 비트 할아버지 부부와 작별인사를 한 후 집을 나섰다.

엄청난 추위에 자전거도 얼어붙었다. 오후 3시쯤 더 이상 꽁꽁 언 물의 필요성을 느끼지 못해 모두 버렸다. 물이 필요하면 눈을 끓이는 게 더 쉬울 거라는 생각이 들었다. 열심히 달리고 있을 때 차 한 대가 내 앞에 멈췄다. 비버 크릭으로 가는 길에 나를 보고 차를 돌렸다고 했다. 그는 내게 무언가를 주고 싶어 했지만 필요한 것들은 이미 갖춰져 있다고 대답했다. 그러자 그가 도움을 주고 싶으니 꼭 받았으면 좋겠다며 돈을 쥐어 주었다. 생판 모르는 낯선 이에게 선뜻 돈을 주기란 쉽지 않은 일이다. 게다가 조쉬는 학생이었다. 자신도 넉넉하지 않을 텐데 나를 도와주다니 조쉬는 어디에서도 어렵고 힘든 사람을 만나면 그냥 지나치지 못하는 따뜻한 마음을 가진 사람일 것이다.

8시가 다 되어 텐트를 칠 곳을 찾아야 했다. 그리고 보니 비버 크릭을 지나오는 내내 집도 없고 차들도 많이 다니지 않고 오가는 사람도 없었다. 그저 허허벌판의 연속이었다. 할 수 없이 적당한 곳에 텐트를 치고 라면 두 봉지를 끓여 먹었다.

#100달러_더하기_80달러 #학생에게_돈을_받다니
#돈벌러_캐나다_온듯

031

12day

키즈 캠핑에 초대받다

2017년 3월 16일 목요일 _ 이동 시간: 4시간 57분 | 이동 거리: 30㎞

8시에 눈을 떴지만 오늘은 평소보다 더 춥게 느껴져 침낭 안에서 한참을 뭉그적거렸다. 텐트를 살짝 열어 보니 날이 흐렸다. 짐을 싸는데도 손이 너무 시려서 손 녹이고 짐 싸고를 반복하다가 10시가 되어서야 길을 나섰다. 가스 불이 켜지지 않아 아침은 먹지 못한 채였다. 적당한 장소가 나오면 밥을 해 먹자고 생각하고 페달을 밟았지만 4시가 다 될 때까지 적당한 장소를 발견하지 못했다.

순간 자동차 한 대가 내 앞에 멈춰 섰다. 여기서 5킬로미터만 더 가면 '레이크 크리크 야영지(Lake Creek Camping Ground)'가 있는데 그곳에 가면 음식을 먹을 수 있다며 나를 초대해 주었다. 5킬로미터라는 말에 신나서 속도를 높였다. 하지만 마음이 급해서였는지 그가 잘못 알려준 것인지 족히 10킬로미터는 넘는 거리 같았다. 힘들게 도착하니 모두들 나를 환영해 주었다. 사과와 샌드위치, 요거트, 생선스프까지 맛있는 음식을 먹을 수 있었다.

키즈 캠핑은 초등학교 교사들과 초등학생 아이들, 그리고 학부모들이 야외에서 놀고 즐기고 음식도 나눠 먹으며 텐트에서 밤을 지내는, 한마디로 체험학습을 함께하는 모임이었다. 언 몸을 녹이고 있을 때 또 한 무리의 아이들과 학부모들이 왔다. 죽은 비버도 함께였다. 강에서 스노모빌을 타면서 덫으로 비버를 잡아왔다고 했다. 한쪽에서는 잡은 비버를 손질하고 다른 쪽에서는 메인 요리를 준비했다. 비버를 잡아먹는다는 소리는 생전 처음이었다. 나도 비버를 맛보고 싶었지만 내게 차를 태워 주겠다는 셰런 아주머니가 갈 길을 재촉하는 바람에 아쉬움을 뒤로 한 채 싸 준 메인요리들을 들고 자전거와 트레일러를 차에 실었다.

#아침점심은_패스 #비버_그맛이_궁금하다
#언젠가는_먹고_말테야

13day

이제 점프는 없다

2017년 3월 17일 금요일 _ 이동 시간: 4시간 52분 | 이동 거리: 33km

세런 아주머니 집에서 눈을 뜬 건 10시쯤이었다. 아침으로 오트밀과 식빵, 커피 등을 얻어먹었다. 정작 나는 아무렇지 않았는데 세런 아주머니가 계속 내 걱정을 했다. 날씨가 너무 추워서 마음이 놓이질 않는 모양이었다. 결국 세런 아주머니는 나를 차에 태우고 약 100킬로미터를 달려 딸이 살고 있는 헤인즈 정션 (Haines Junction)까지 태워다 주었다. 돌이켜 보니 앵커리지부터 헤인즈 정션까지 다섯 번의 도움을 받아 약 600킬로미터 정도를 점프한 셈이었다.

앞으로는 어떤 이유를 막론하고 어떤 핑계도 무시한 채 오로지 내 힘만으로 캐나다 횡단을 이어가겠노라는 다짐을 하며 이를 악물고 페달을 밟았다. 내 결심을 시험이라도 하듯 도로 곳곳에서 빙판길을 만나 위험한 고비를 몇 번이나 넘겼다. 7시쯤에 가까스로 'Otter Falls Cutoff(우리나라의 휴게소 같은 곳으로 편의점, 주유소, 숙박, 레스토랑 등이 들어서 있음)'에 도착해 햄버거 스테이크를 먹고 주유소 옆 공원에 텐트를 쳤다.

#세런아주머니_고맙습니다 #이제_태워줘도_안타 #빙판길이_있어도_행진

14day

말린 무스와 연어 샌드위치

2017년 3월 18일 토요일 _ 이동 시간: 8시간 12분 | 이동 거리: 56km

일찍 일어난 게 무색하게 아침을 먹고는 늦장을 부리다가 9시 30분쯤 길을 나섰다. 초코바를 먹으며 길을 가고 있을 때 건너편에 낯익은 차 한 대가 멈춰 섰다. 어제 저녁 집 앞에 텐트를 쳐도 되겠느냐고 물었을 때 거절했던 아주머니였다. 그렇게 거절을 한 게 마음에 걸렸는지 딸이 만든 음식이라며 말린 무스와 연어 샌드위치, 과자와 콜라를 주셨다. 고맙다는 인사와 함께 음식을 받고는 샌드위치를 저녁으로 먹을까 했지만 아꼈 됐다가는 또 얼어버릴 것 같아서 그 자리에서 먹어 버렸다. 연어 샌드위치는 매리 아주머니가 만들어 준 것이 더 맛있었던 것 같고, 말린 무스는 짭조름한 것이 육포와 비슷했다. 한참을 달리고 있는데 경찰을 만났다. 경찰에게 형광색 옷을 입으라는 지적을 받았다.

4시쯤 건너편에 낯익은 차가 멈춰 섰다. 엊그제 키즈 캠프에서 만났던 셰런 아주머니였다. 무척이나 반가웠는지 닭 가슴살 튀김과 도넛을 주었다. 오늘은 유달리 먹을 복이 많은 날인 모양이었다. 7시가 넘어 텐트를 치고 눈을 끓여 마신 후 셰런 아주머니가 준 음식을 먹었다.

#너무_잘_얻어먹는_여행 #형광색_옷_사야_하나
#셰런아주머니_반가워요

15day
우연은 알고 보면 인연이다
2017년 3월 19일 일요일 _ 이동 시간: 9시간 | 이동 거리: 65㎞

8시쯤 일어나니 오늘도 역시나 엄청 추웠다. 가스 불에 손을 녹이며 짐 정리를 하고 9시에 길을 나서 부지런히 달려 저녁 6시쯤 화이트홀스(Whitehorse)에 도착했다. 화이트홀스에는 셰런 아주머니 아들의 친구가 살고 있었다. 마트에 가서 연락을 했더니 자동응답기의 기계음이 흘러나왔다. 키즈 캠프에서 만났던 프랑슈아에게도 연락을 취했지만 역시나 자동응답기로 넘어가 버렸다.

메시지 남기는 방법을 몰라서 직원에게 부탁하고 셰런 아주머니 아들의 친구 집으로 무작정 찾아가기로 했다. 직원에게 주소를 보여주니 바로 옆 블록이라고 했다. 집주인이 올 때까지 마냥 기다리고 있는데 어떤 남자가 다가와 말을 걸었다. 몇 마디 대화를 나누다 그가 집주인과 연락을 해 주겠다는 말로 알아듣고 따라나섰는데 알고 보니 그는 프랑슈아의 친구였다. 프랑슈아는 직원의 메시지를 듣고 마트로 전화를 했고, 직원은 내가 보여 주었던 주소를 기억하고는 프랑슈아에게 그대로 전해 준 모양이었다. 이 사람은 내가 기다리던 집 바로 건너편에 살고 있었다. 세상에 이런 우연이 다 있나 싶어 마냥 신기했다. 프랑슈아가 올 때까지 많은 이야기를 나눴다.

그는 원래 퀘백 사람인데 15년 전 자동차로 여행을 왔다가 화이트홀스가 좋아서 그대로 머물러 살고 있다고 했다. 1시간 정도 후에 프랑슈아가 나를 데리러 왔다. 그는 낯선 이방인 여행객인데도 스스럼없이 무척이나 따뜻하게 대해 주었다. 자전거와 짐은 그의 집에 두고 프랑슈아의 집으로 따라갔다. 자연에 둘러싸인 곳이었다. 프랑슈아의 집에서 피자에 퀘백식 디저트까지 얻어먹고 드림 캐처라는 것을 만들었다. 드림캐처는 그물과 깃털, 구슬 등을 장식하는 작은 고리인데 아메리카 원주민들이 만든 것으로, 가지고 있으면 좋은 꿈을 꾸게 해 준다고 한다.

#세상에_이런_우연이 #디저트까지_얻어먹는_나
#드림캐처_좋은_꿈꾸게_해줘

자전거야 힘내,
이제 시작일 뿐이야

16day

자연 속에서 쉬다

2017년 3월 20일 월요일 _ 이동 거리: 제자리

오늘은 자전거를 타지 않고 프랑슈아 집에서 하루 더 머물기로 했다. 프랑슈아와 프리마켓에 가서 반팔 티 한 장과 점퍼 하나, 그리고 양말 여러 켤레를 공짜로 얻었다. 필요한 것이 있으면 가져다 쓰고 쓸모없는 물건이 있으면 이곳에 가져다 놓는 방식의 마켓이었다. 내게 필요 없는 물건을 필요한 사람이 쓸 수 있도록 한 것이다. 참 합리적인 방식이라는 생각이 들었다.

　프랑슈아와 동네 구경을 나섰다. 프랑슈아가 눈 위에 새겨진 발자국을 보고 무슨 동물이 지나갔는지 설명해 주었다. 발자국만 보고 동물을 알아맞힐 수 있다는 게 신기했다. 나는 프랑슈아 집에서 쓸 장작들을 날라 주었다. 내가 도와줄 수 있는 일이 있다는 게 다행스러웠다. 자연 속에서 동식물들과 어울려 살아가는 프랑슈아를 보니 여유롭고 욕심 없이 자기 방식대로 인생을 즐기는 것 같아 그렇게 멋져 보일 수가 없었다.

#오늘은_휴식
#이게_바로_득템_감사한_프리마켓 #자연인_프랑슈아

17day

잘 쉬어야 잘 달리는 법

2017년 3월 21일 화요일 _ 이동 거리: 오늘도 제자리

화이트홀스에 왔을 때 나를 찾아와 준 프랑슈아의 친구 도미닉은 성심성의껏 나를 도와주었다. 필요한 물건을 구하러 간다고 하자 동행해 주기도 했다. 도로에서 만난 경찰에게 지적받았던 일이 떠올라 눈에 잘 띄는 형광 조끼를 찾아다녔지만 찾지 못했다. 텐트에서 잘 때면 꽁꽁 언 신발에 발을 집어넣기가 너무 힘들어서 발을 따뜻하게 해 줄 것도 찾아 헤맸지만 그것도 구하지 못했다. 결국 기념품점에서 유콘 깃발과 캐나다 깃발, 그리고 작은 배지 몇 개를 사서 돌아왔다. 그리고 도미닉의 집에서 드디어 빨래를 해결했다. 도미닉이 연어 채소덮밥을 만들어 주어 맛있게 먹고 동네 뒷산에 올라가 썰매도 타고 개 산책도 시켰다. 더 나은 내일을 위해 쉬는 일도 꼭 필요하다는 어떤 글귀를 떠올리며 마음 편하게 쉬었다.

#형광조끼_경찰에게_또_혼나면_어쩌지 #밀린_빨래_해결
#내일부터_땀나게_달리자

18day

만남 뒤에는 헤어짐이

2017년 3월 22일 수요일 _ 이동 시간: 7시간 15분 | 이동 거리: 66㎞

도미닉이 만들어 준 달걀 채소밥을 먹고 떠날 채비를 하니 짧은 시간 동안 정이 많이 들었는지 너무나 아쉬워 발걸음이 떨어지지 않아 몇 번이나 작별인사를 나눴다. 도미닉 덕분에 아침을 든든히 먹어 점심에는 쿠키를 먹으며 열심히 페달을 밟았다.

　8시쯤 주유소 겸 식당을 발견했다. 주인에게 허락을 받고 텐트를 치려고 할

때 주인아주머니가 커피와 빵을 가져다주었다. 그리고 소고기와 채소를 넣은 따뜻한 스프도 만들어 주었다. 스프를 바닥까지 싹싹 긁어 먹었다. 커피도 왕창 얻을 수 있었다. 처음 들어 보는 강한 억양의 영어를 구사하던 그녀에게 몇 번이고 고맙다는 인사를 했다. 저녁을 먹은 뒤 식당 옆에 텐트를 쳤다. 오늘은 추운 텐트 속이지만 왠지 포근한 잠을 이룰 수 있을 것 같다.

#도미닉_잊지_않을게 #스프는_바닥까지_긁어야_제맛
#식당주인_덕분에_따뜻한_밤

19day
다리 아래로 흐르는 푸른 강물
2017년 3월 23일 목요일 _ 이동 시간: 8시간 | 이동 거리: 64.023㎞

8시 30분쯤 길을 나섰다. 야외에서 잘 때면 뭐든지 꽁꽁 얼어서 아침 라이딩은 배로 힘겨웠다. 게다가 오늘은 오르락내리락 언덕도 많았다. 점심때가 되어 오르막길에서 자전거를 끌면서 어제 얻은 빵을 먹고는 목이 말라 얼어 있는 물을 녹이기 위해 물통을 땅에 던져댔다. 얼음은 녹지 않고 물통이 깨져 버렸다.

테슬린(Teslin)으로 향하던 중에 발견한 주유소에서 얼어 있는 물통에 물을 채우고 물통 하나를 구입했다. 얼마 전만 해도 길을 나선 지 30분이 채 지나지 않아 얼어붙곤 했는데 이제는 낮에 물을 구하면 물이 얼어버릴 걱정은 하지 않아도 되었다. 확실히 날씨가 따뜻해진 게 느껴졌다. 물론 다음날 아침이면 물이 꽁꽁 얼어붙는 건 여전했지만. 주유소에서 물을 얻고 열심히 달리다 작은 다리를 발견했다. 다리 아래를 보니 강물이 녹아 흐르고 있었다. 푸른빛을 띠고 있는 강물이 무척 아름다웠다.

7시쯤에 민가를 발견하고 자전거를 멈췄다. 어느 집에 문을 두드려 주인에게 텐트를 쳐도 되겠냐고 물으니 흔쾌히 승낙하여 마당에 텐트를 쳤다. 저녁으로 스파게티와 차이니스 토마토 요리, 와인까지 얻어먹었다. 집 주인의 이름을 들었으나 도통 기억이 나질 않는다. 자전거 타는 일보다 만난 사람들의 이름을 기억하는 게 내게는 더 어려운 일 같다.

#성질대로하다_깨진물통 #드디어_강물이녹다
#감사합니다_그런데_이름이_뭐예요

20day
에릭의 집은 어디인가
2017년 3월 24일 월요일 _ 이동 시간: 7시간 | 이동 거리: 57.100㎞

집 주인의 이름은 마리안이었다. 7시쯤 일어나 짐 정리를 마친 후 마리안이 해 준 아침을 먹었다. 마리안이 파스타와 피넛 버터를 바른 빵 두 조각, 그리고 목걸이를 선물로 주었다. 마리안과 덴 부부와 작별인사를 하고 집을 나섰다.

오늘도 하루 종일 쉴 새 없이 오르락내리락 힘든 날이었다. 1시쯤 일하러 가던 덴을 만났는데 테슬린에 다다를 때쯤 퇴근하는 덴을 또 만났다. 4시쯤이었다.

어제 저녁을 먹으면서 덴이 무슨 일을 하고 있는지 자세하게 설명을 해 주었으나 사실 제대로 알아듣지 못했다. 으리으리한 집에 커다란 굴삭기가 있어 의아할 뿐이었다. 덴이 이곳에서 10킬로미터 정도만 가면 친구 에릭의 집이 있는데 그곳을 지나치면 아무것도 없는 황량한 벌판이라고 알려 주었다.

테슬린을 지나자마자 큰 다리가 나왔다. 푸른빛이 도는 아름다운 강물을 기대했는데 다리 밑을 내려다보니 꽁꽁 얼어 있었다. 다리를 지나자마자 가파른 오르막길이 시작되었다. 자전거를 끌고 가도 가도 끝이 보이지 않았다. 오르막길만 2킬로미터가량 자전거를 끌고 가다 녹초가 되었을 때 한 민가에 도착했지만 아무도 없었다. '일단 텐트를 치고 누군가 오면 그때 허락을 구하자!'라고 생각하고 텐트를 쳤다. 이곳이 덴이 말한 에릭의 집인지는 알 수가 없었다.

#마리안의_목걸이_선물 #가정집에_굴삭기 #이름은_알았는데_직업은

21day

자전거야, 얼지마 죽지마 부활할거야

2017년 3월 25일 토요일 _ 이동 시간: 5시간 | 이동 거리: 39.228㎞

어젯밤 8시쯤, 텐트 속에 있을 때 차 한 대가 들어왔다. 차에서 내린 사람들에게 허락을 받을 사람이 없어서 부득이하게 텐트를 쳤다며 미안하다고 사과하니 자신들은 집주인이 아니라 집주인의 장인, 장모라고 했다. 집주인 이름을 묻자 덴의 친구인 에릭이라는 이름이었다.

사실 이 집을 발견했을 때 긴가민가해서 그냥 지나쳤다가 다시 2킬로미터를 되돌아온 것이었는데 힘들게 되돌아온 보람이 있었다. 에릭의 장모님과 15분 정도 기다리니 긴 머리의 백발을 한 에릭이 도착했다. 무뚝뚝하면서도 챙겨 줄 것은 다 챙겨 주었던 에릭 덕분에 실내에서 편안하게 잘 수 있었고, 아침도 든든하게 먹을 수 있었다. 떠나기 전 에릭이 비상시에 먹을 과자들과 물, 맥가이버 칼, 밧줄과 무스 가죽으로 만든 지갑, 그리고 20달러를 챙겨 주었다. 그리고 신이 나를 지켜 준다는 의식도 치러 주었다.

오늘도 오르락내리락의 연속이었고 하루 종일 눈이 내렸다. 오후가 되자 눈이 녹아서 도로는 물길이 되어가고 있었다. 덕분에 내리막을 갈 때면 내 짐에는 온통 흙탕물이 튀어 엉망진창이 되어 갔다. 설상가상으로 자전거 벨트를 밀어 주는 샤프트의 홈이 계속 얼어붙었다. 내리막길을 갈 때는 찬바람 때문에 얼어붙고 오르막길을 갈 때는 페달을 밟지 않은 탓에 얼어붙었다. 답답한 마음에 페달링을 멈추지 않았지만 그래도 조금씩 뻑뻑해지고 얼어붙었다.

5시쯤 쉼터에 다다랐다. 자전거의 상태는 생각보다 심각했다. 할 수 없이 쉼터에서 라이딩을 마무리하고 텐트를 친 후 자전거를 살펴보기 시작했다. 자전거에 붙어 있는 얼음을 떼어 내면서 보니 체인 역할을 하는 벨트는 수나사였고 뒷바퀴 축에 고정되어 돌아가는 샤프트는 암나사였다. 벨트에 튀어나온 부분과 샤프트의 홈이 톱니처럼 맞물려서 돌아가는 구조였다. 도로에 녹은 눈들이 벨트에 묻고 샤프트의 홈에 끼어 돌아가는 과정에서 압축되어 얼어붙는 것 같았다. 샤프트의 홈과 벨트에 튀어나온 부분 사이사이에 낀 얼음을 모두 제거했다. 도로에 녹은 눈들이 완전히 마르기 전까지는 이런 과정이 반복될 것이다.

#에릭의_신성한_의식 #오르락내리락길_게다가_종일_눈
#자전거수리_소질있어

괜찮아, 맛있는 라면도 있고
버팔로도 구경했으니까

22day

야외에서 끓여 먹는 라면의 맛

2017년 3월 26일 일요일 _ 이동 시간: 5시간 6분 | 이동 거리: 43.839km

어제 라이딩을 일찍 마친 탓에 오늘은 일찍부터 라이딩을 시작하려 했지만 날씨가 알래스카만큼 추워서 침낭 밖을 도저히 못 나올 정도였다. 역시나 물도 꽁꽁 얼어 있었다. 눈을 끓여서 물을 얻고 우유가루와 초콜릿가루를 섞어 초코우유를 만들고 시리얼로 아침을 먹었다. 녹은 눈에 철저히 대비한 후 11시쯤 길을 나섰다. 비가 올 때를 대비해 준비해 두었던 천막을 트레일러에 덮었다. 오늘도 어김없이 오르락내리락의 연속이었다. 이제는 어느 정도 단련이 되어 얕은 언덕에서는 시속 10킬로미터의 속도를 낼 수 있었다.

  1시쯤이었을까. 건너편을 지나던 차가 유턴을 하더니 내게로 다가왔다. 스코틀랜드에서 왔다는 데이브가 얼룩말 케이크와 주스를 주었다. 사람도 없고 집도 없고 상점도 없는 낯선 길, 그래도 이렇게 우연히 만나 친절을 베푸는 사람들이 있어서 힘이 되는 것 같다. 30분가량 대화도 나누고 서로 사진을 찍고 헤어졌다.

  데이브와 헤어진 후 또 다시 오르락내리락 길을 쉼 없이 반복하다 5시 30분이 되었을 때 텐트를 칠 만한 쉼터를 발견했다. 아직까지는 밤이면 온도가 심하게 떨어져 라이딩을 하는 건 위험했다. 쉼터에 텐트를 치고는 텐트 밖에서 라면을 끓여 먹었다. 텐트 안에서 물을 끓이면 물이 끓는 동안 수증기가 발생해서 텐트 안이 조금이나마 따뜻해졌지만 이 수증기가 나중에는 얼어붙어서 더 추워진다는 걸 체감했기 때문이었다. 라이딩 후 야외에서 먹는 라면은 정말 최고라는 말밖에 나오지 않는다. 자고 일어났을 때는 물이라도 얼지 않도록 날씨가 조금이라도 풀리면 얼마나 좋을까. 오늘도 여기까지 무사히 별 탈 없이 도착한 것에 감사하며 침낭을 폈다.

#스코틀랜드에서온_데이브 #라면은_꿀맛_그냥_진리
#오늘도_무사히 #추워도_너무_추워

23day
왓슨레이크에서 만난 기적 같은 우연
2017년 3월 27일 월요일 _ 이동 시간: 5시간 5분 | 이동 거리: 34,857km

어젯밤 바람이 심하게 불더니 아침이 되었는데도 바람은 여전히 심상치 않았다. 아침부터 바람이 불 때면 하루 종일 바람을 맞으며 라이딩을 해야 할 각오를 해야 했다. 아침부터 바람이 불면 그날은 하루 종일 바람이 불고, 아침부터 눈이 내리면 온종일 눈이 내렸다. 일관성 있는 날씨라고 해야 할지 극단적인 날씨라고 해야 할지 모르겠다. 그리고 보니 내 성향과도 많이 닮은 듯 했다.

민가가 나타나 자전거를 세웠다. 마을에서 나를 맞아 준 것은 어느 노부부였다. 할머니가 내 이야기를 듣더니 혀를 차듯 고개를 저으며 퉁명스럽게 말씀하셨다.

"왜 하필 겨울에 자전거를 타는지 모르겠어. 그 먼 곳을 왜 가려고 그래."

괜히 혼나는 느낌이라 머쓱해졌지만 할머니가 물통에 물을 가득 담아 주셨다. 할머니에게 물을 얻고 역풍을 맞으며 또 다시 오르락내리락 길을 달렸다. 4시쯤이었을까. 어떤 사람이 차를 멈추더니 내게 말을 걸었다. 영어회화를 듣고 있어서 자세히 듣지 못했지만 눈치를 보아 하니 "괜찮은 거야?" 하고 묻는 것 같아 괜찮다는 표현으로 고개를 끄덕였다. 그러자 갑자기 그가 차에서 내렸다. 그제야 그가 괜찮은지를 물은 것이 아니라 '태워 주었으면 하느냐'로 물은 것 같았고 내가 고개를 끄덕이자 차에서 내린 것 같았다. 상황이 이렇게 되고 보니 이제 와서 거절하기도 그렇고 몸도 지쳐 그의 차에 올라탔다. 이렇게 하여 의도하지 않게 100킬로미터를 점프하게 되었다.

왓슨레이크(Watson Lake)에 도착해 마트에서 산 치킨으로 저녁을 해결하고 텐트를 칠 장소를 찾아 헤매다 두 번째 방문한 집에서 승낙을 받았다. 저녁으로 치킨을 먹었는데도 또 저녁을 얻어먹고 맥주도 두 병이나 얻어마셨다. 여행에 대한 이야기를 나누다 보니 테슬린에서 많은 도움을 줬던 에릭과 아는 사이였다. 캐나다가 이렇게 좁은 나라였나? 갑자기 어리둥절해졌다. 에릭은 캐나다에서 살아남은 오리지널 인디언이고 틀링깃족(Tlingit)이라 불리는 인디언의 보스였다는 걸 톰을 통해 알게 되었다. 에릭을 아는 사람을 만났다는 것이 그저 신기했다. 텐트는 톰의 집 정원에 쳐 놓고 잠은 톰의 집에서 잤다.

#에릭은_오리지널인디언 #소름끼치도록_신기한_우연
#톰의집에서_따뜻한_하룻밤

24day
자전거 여행자 자빅 존에게 행운을
2017년 3월 28일 화요일 _ 이동 시간: 8시 19분 | 이동 거리: 70.019 ㎞

톰이 만들어 준 피넛 버터를 바른 토스트와 허브티를 먹고 비닐로 짐을 꽁꽁 싸매고 출발했다. 여행을 시작한 이래 오늘이 최고로 많은 눈이 내리는 날 같았다. 하루 종일 눈을 맞으며 자전거를 탈 각오로 페달을 밟기 시작했는데 다행스럽게도 점심시간이 되자 눈이 그쳤다.

레저용 자전거로 무리하게 긴 여행을 한 탓인지 벨트 쪽에서 자꾸 삐걱거리는 소리가 났다. 오르막을 힘겹게 갈 때만 삐걱거리는 소리가 들렸는데 이제 제

발 그만 타고 끌고 가라고 자전거가 보내는 신호 같았다. 사람도 건강에 이상이 생겼을 때 몸에서 신호를 보낸다고 하지 않는가. 이제는 오르락내리락을 반복하는 게 일상처럼 무뎌졌다. 하루 종일 70킬로미터를 달려 어느 주유소 겸 카페에 도착했다. 날씨가 좋아지고 조금 더 서둘러 출발하면 조금 더 많이 갈 수 있을 것 같다는 생각에 마음이 부풀었다.

주유소에서 아프리카 청년 존을 만났다. 퀘백부터 뉴펀들랜드, 그리고 미국을 갔다가 이곳까지 왔다고 했다. 여기까지 오는 데 무려 1년이 걸렸다며 여행을 위해서 1년 동안 열심히 일해 경비를 모았다고 했다. 나는 침낭과 텐트, 음식까지 많은 것들을 싣고 다니는 반면 존의 짐은 달랑 자전거 한 대뿐이었다. 야생동물 때문에 밖에서 자는 게 무섭다고 했다. 그건 나도 동의하는 바였다. 긴 거리를 자전거 하나로 여행하는 게 무모하다는 생각도 들었지만 짐이라고는 자전거 하나뿐이라는 것이 부럽기도 했다. 다른 사람의 시선에서 나도 다르지 않을 것 같았다. 무겁게 모든 걸 바리바리 싸서 끌고 다니며 하는 여행이라니. 존은 내가 이동한 거리의 정확히 두 배의 거리를 자전거로 이동해 온 것이었다. 복장 또한 자전거를 타기에 편한 쫄쫄이 차림이 전부였다. 아직도 밤이면 기온이 급격히 떨어지고 아침에도 무척 추운 날씨인데 저런 복장으로 다녀도 괜찮나 싶었다. 하나 남은 초코바를 존에게 건넸다. 존이 사진을 찍자고 해서 자전거를 세우기 위해 퀵 스탠드를 폈는데 그만 부러지고 말았다. 존은 나와 사진을 찍은 후 히치하이킹을 해서 왓슨레이크로 떠났다. 멀어져가는 차를 보며 자빅 존의 행운을 빌어 주었다.

주유소에서 텐트를 치는 걸 허락 받은 뒤 부러진 퀵 스탠드를 어찌하면 좋을지 고민하기 시작했다. 어차피 접착제로 붙여도 퀵 스탠드는 제 기능을 발휘할지 못할 것이다. 부러진 상태에서 중심만 잘 맞추면 세울 수는 있어서 그대로 사용하기로 했지만 텐트를 친 후에도 퀵 스탠드에 대한 고민은 끝날 줄 몰랐다. 혹시나 하는 마음에 삼각대를 지지대 삼아 자전거를 고정시켜 보았다. 결과는 놀라웠다. 삼각대는 훌륭한 지지대가 되어 주었다.

너구리라면을 끓여 먹던 중에 우연히 도로 쪽을 바라보았다가 이동하는 버팔로 두 마리를 발견했다. 여행을 시작하고 도로 위에서 처음 만난 야생동물이었다. 좀 더 일찍 발견했더라면 제대로 사진을 찍었을 텐데 사라져가는 뒤꽁무니를 발견한 것이다. 아쉬운 마음을 뒤로 하고 완전 무장을 한 채 침낭 속으로 들어갔다.

#자전거가_하고싶은_말은 #아싸_하루이동_70킬로미터_돌파
#퀵스탠드와_삼각대의_바뀐운명

25day

이름만 따뜻했던 난롯가 카페

2017년 3월 29일 수요일 _ 이동 시간: 8시 34분 | 이동 거리: 71.565㎞

우유에 초코가루를 타서 만든 초코우유와 시리얼로 아침을 먹고 물통에 물을 채운 뒤 길을 나섰다. 오늘따라 유난히 힘이 나지 않았다. 몸 상태가 좋지 않은 탓에 영어회화 대신 신나는 음악을 들었다. 그러다 운 좋게도 어제 뒤꽁무니만 봤던 버팔로 무리를 만났다.

버팔로를 만난 신기함도 잠시, 길 위에는 나무들이 끝도 없이 펼쳐져 지루함의 연속, 길은 오르락내리락의 연속, 아무도 없는 고속도로 위에는 나 자신과의 싸움의 연속이었다.

트레일러와 자전거 간의 연결고리가 이리저리 움직이며 내는 소리가 귀에 거슬렸다. 자전거를 세우고 30분간의 씨름 끝에 고정할 수 있었다. 오늘도 또 한 건 해냈다는 생각에 뿌듯해졌다. 7시가 넘어 파이어사이드(Fireside)라는 카페에 도착했다. 계획대로라면 카페에서 텐트를 치는 것이었지만 카페는 영업을 하지 않았다. 다행히 건너편에 고속도로를 관리하는 직원들의 숙소가 있어서 외딴 곳은 아니구나 하는 생각이 들어 조금 안심이 되었다.

텐트를 쳐도 되겠느냐는 허락을 받으려고 한 아저씨에게 말을 거니 텐트를 치는 건 상관없지만 새벽 6시에 트럭기사들이 출근을 한다고 말해 주었다. 아직까지는 추워서 아침 일찍 움직일 수가 없기에 작업에 방해가 되지 않도록 최대한 구석에 자리를 잡았다. 텐트를 펴 보니 젖어 있었다. 오늘 아침까지 얼어 있던 텐트가 날이 풀리면서 녹은 것 같았다. 오늘은 몸 상태가 별로 좋지 않아 일찍 잠자리에 들기로 했다. 오늘도 오르막길이 많았지만 71킬로미터를 주행했다는 생각에 더 없이 뿌듯해졌다.

#신기한_버팔로_구경 #여행이라고_매일_신나나
#오늘도_71킬로미터_주행

26day
나를 앞질러가는 버팔로들
2017년 3월 30일 목요일 _ 이동 시간: 8시간 37분 | 이동 거리: 78.484㎞

과자는 포만감이 없어서 조절이 안 되는 모양인지 과자를 스무 개 가까이나 먹어 치웠다. 안 되겠다 싶어 마을이 나오면 마트에서 간단한 식품을 구입하기로 했다. 한참을 가던 중 물이 흐르는 계곡을 만나 물통에 물을 채웠다. 세수도 하고 싶었지만 물은 손대기 힘들 정도로 차가웠다. 오늘은 라이딩을 하는 내게 버팔로들이 응원해 주었다. 가까이에서 사진을 찍고 싶어 시속 14킬로미터로 쫓아갔지만 결국 따라가지 못했다. 버팔로들이 나만 보면 반대 방향으로 도망을 가버리는 탓이었다. 멍청한 얼굴에 거대한 덩치로 엄청나게 빨리 달렸다. 인기척이 느껴져서 무심코 뒤를 돌아보았더니 버팔로 두 마리가 나를 따라오고 있었다. 가까이에 가려고 그렇게 달렸는데 막상 내게로 다가오니 깜짝 놀라고 말았다. 오르막길이라 자전거를 끌고 가던 중이었는데 버팔로들이 느린 나를 앞질러 갔다.

7시 20분쯤 리어드 핫 스프링스 로지(Liard Hot Springs Lodge)에 도착해 텐트를 쳐도 된다는 허락을 받았다. 하지만 창고에서 자는 것이 낫겠다며 창고로 안내해 주었다. 창고에는 각종 공구와 침대가 있었다. 화장실에서 씻는 걸 허락

받고 세수를 하고 머리를 감고 면도도 했다. 세어 보니 대략 열흘 만이었다.

저녁으로 라면 두 봉지를 끓여 먹고 플라스틱 박스 안에 든 짐 정리를 하며 옷가지 몇 벌을 버렸다. 오늘도 이렇게 하루가 지고 있었다. 날이 지날수록 이동 거리가 점점 늘어나는 것 같아 뿌듯했지만 날이 지나고 이동 거리가 늘어날수록 내 무릎은 점점 망가지는 것 같다.

#버팔로가_비키라고_난리 #열흘만에세수_노숙자스타일_탈출
#이동거리_올리고_무릎은_나가고

27day
길고 험난한 문초 레이크 가는 길
2017년 3월 31일 금요일 _ 이동 시간: 9시간 12분 | 이동 거리: 55.463㎞

50킬로미터만 가면 문초 레이크(Munncho Lake)가 나오니 쉬운 라이딩이 될 것 같은 기대감에 페달을 힘껏 밟았다. 하지만 오늘도 역풍은 심하게 불었고 도로는 진흙탕이었다. 결국 오늘은 라이딩을 포기한 채 3시까지 25킬로미터를 걸었다. 오르막길과 평지에서는 자전거를 끌고 내리막길에서만 자전거에 올라탔지만 자전거는 내리막길마저도 쉽게 나아가지 못했다.

문초 레이크에 도착한 것은 8시가 다 되어서였다. 첫 번째 로지는 영업을 하지 않았고 캠프그라운드도 굳게 닫혀 있었다. 두 번째 찾아간 꽤 큰 로지에서는 텐트를 치고 자는 데 40달러를 내야 했다. 텐트에서 자는 데 40달러란 돈을 내야 하다니 도저히 내키지가 않아 다시 텐트를 칠 만한 장소를 찾아 나섰다. 도로 옆 갓길에 텐트를 치고 저녁으로 등산식량을 먹었다. 오늘 이곳까지 55킬로미터 정도를 달려 왔지만 그중 50킬로미터는 걸어서 온 것 같다. 바람 때문에 쉽지 않은 라이딩이었지만 오늘도 해냈다.

#텐트치는데_40달러_나는_반댈세 #라이딩인가_도보여행인가

강물이 녹으니
얼어 죽을 걱정은 사라졌지만

드디어 강물이 녹다

2017년 4월 1일 토요일 _ 이동 시간: 7시간 16분 | 이동 거리: 64.885㎞

오늘도 아침은 초코우유와 시리얼이었다. 여행을 시작하기 전에는 초코우유와 시리얼을 거의 먹지 않았는데 지금은 생존과 절약을 위한 주식이 되었다. 출발한 지 얼마 되지 않아 앵커리지로 가던 카노를 만났다. 이런저런 얘기를 나눈 후 작별인사를 하고 돌아서서 짐을 살피고 자전거를 타려는 순간 카노가 다시 돌아왔다. 돈을 인출하지 못했다며 4달러를 내밀었다. 마음만 받겠다며 사양했지만 어쩐 일인지 카노가 받아 달라며 애원하듯 내 손에 꼭 쥐어주었다. 이런 경우는 처음이라 무척 난감했다.

오르막길을 오를 때면 힘들어도 아무 생각 없이 자전거를 끌다 보면 언젠가는 오르막길 끝에 도착해 있었고 결국 올라간 만큼 내리막길이 펼쳐졌다. 이렇게 길 위에서는 많은 걸 깨닫고 느끼고 배울 수 있는 것 같다. 자동차를 타고 지나가면 절대 모를 것들을.

어느새 날씨가 많이 따뜻해져서 얼어 있던 강물이 녹아 흐르고 있었다. 내 머리에는 비니가 없어졌으며 마스크는 얇아졌고 다섯 겹이던 점퍼는 두 겹이 되었다. 두꺼운 점퍼는 이제 고스란히 짐이 되었다. 타이즈도 두 겹에서 한 겹으로, 세 켤레나 겹쳐 신었던 양말은 한 켤레면 족했다. 이제는 흐르는 강물에서 세면도 해결할 수 있게 됐다. 물도 얼지 않았고 텐트 안에도 한기가 느껴지지 않았다. 추워서 얼어 죽을 걱정에, 발이 시려서 동상 걸릴 걱정에 잠 못 이룰 일도 없어졌다. 꽁꽁 얼어 있는 신발 속에 억지로 발을 넣을 일도 없어졌고 물을 얻기 위해 눈을 끓이지 않아도 되었다. 내리막길에서 손이 약간 시리기는 했지만 굳이 장갑을 낄 정도는 아니었다. 이제 장갑은 자전거 핸들에 걸려 있고 가방 대용이 되었다.

61킬로미터나 떨어져 있던 토드 리버(Toad River)에 도착한 것은 7시쯤이었다. 텐트를 쳐도 되는지 물으니 18달러를 내야 한다고 했지만 야영지에는 아직 눈이 쌓여 있어 주변에 공짜로 텐트를 칠 수 있도록 해 주었다. 필리핀 사람들이었는데 간단한 한국어를 곧잘 했다. 한국 드라마와 영화를 보며 한국말을 배웠다고 했다. 이곳에서 필리핀 사람으로부터 한국말을 들으니 신기하고 반가웠다. 한류의 인기를 실감하는 순간이었다.

천장에는 엄청나게 많은 모자들이 빼곡히 붙어 있었다. 똑같은 모자는 단 한 개도 없었다. 모자를 주면 음식 값도 깎아 주는 듯 했는데 그들이 농담으로 내 헬멧을 달라며 웃었다. 하지만 난 내 생명과도 같은 헬멧을 절대 줄 수 없었다.

#카노_고마워 #얼어죽을_걱정_사라짐
#내마음에도_봄이 #한류열풍실감

29day

제프 아저씨의 다락방

2017년 4월 2일 일요일 _ 이동 시간: 8시간 46분 | 이동 거리: 87㎞

짐을 정리하고 10시쯤 라이딩을 시작했다. 오늘은 라이딩을 하면서 이상하게도 잡념이 많이 들었다. 라이딩에만 집중하고 싶었고, 나 자신의 한계를 테스트해 보고 싶었고, 나 자신을 벼랑 끝까지 내몰고 싶어서 미친 듯이 페달을 밟았다. 하지만 길이 도와주지 않았다. 험난한 오르막길의 연속이었다.

오늘은 8시간 46분 동안 87킬로미터를 이동했다. 오늘 또 기록을 경신한 것이다. 저녁이 되어 텐트를 칠 만한 장소를 찾아 헤매던 끝에 차 안에서 통화를 하고 있던 제프 아저씨를 만났다. 제프 아저씨에게 텐트 치는 걸 허락받았다. 제프 아저씨가 내 텐트를 눈여겨보는가 싶더니 따뜻한지 물었다.

"따뜻하진 않지만 다른 방법이 없으니 어쩔 수 없죠, 나는 아무 데서나 잘 자는 걸요."

불쌍한 표정을 지으며 대답했더니 제프 아저씨가 아직 공사가 완료되지 않은 다락방에 머물도록 해 주었다. 다락방은 90% 완성된 상태였는데 아직 전기는 들어오지 않았다. 워낙 텐트 생활을 많이 한 탓인지 전기는 그다지 필요하지 않았다. 여행을 하면서 느낀 것이 또 하나 있다. 필요한 것이 있어도 없으면 없는 대로 적응하며 살게 된다는 것이다.

제프 아저씨의 집 안에는 각종 동물들의 얼굴뼈와 밍크 가죽, 꼬리, 뿔 등이 있었고 들판에는 울버린 사체와 도마뱀으로 보이는 사체가 있었다. 야생동물들을 잡는 덫도 많이 보였다. 제프 아저씨는 아마도 야생동물 사냥을 즐기는 것 같았다. 저녁에 제프 아저씨가 준 밀러 맥주를 마시며 캐나다의 역사, 다른 나라의 여행담, 캐나다의 도로 사정까지 끝없는 수다를 떨었다.

#오늘_또_기록경신 #불쌍한_연기에_소질있어
#제프아저씨와_끝없는_수다

30day
목장에서의 하룻밤
2017년 4월 3일 월요일 _ 이동 시간: 9시간 27분 | 이동 거리: 84km

허벅지에 극심한 통증을 느끼며 잠에서 깼다. 아침 일찍 일어났지만 제프 아저씨의 이야기를 들어 주느라 출발이 늦어졌다. 혼자 사시는 터라 말동무가 그리운 모양이었다.

3시간가량 자전거를 끌고 오르막길을 넘어 산 하나를 정복했다. 또 해냈다. 이런 산 하나를 넘는 일쯤은 이제 거뜬했다. 뿌듯한 마음에 사로잡혀 있다가 불현듯 뒷바퀴를 보니 이제는 거의 터지기 직전이었다. 자전거 구조의 특성상 뒷바퀴에 모든 체중이 다 실리게 되는 탓이었다. 튜브는 여유분으로 갖고 있지만 타이어는 여분이 없어 내일 포트넬슨(Port Nelson)에 도착해 타이어를 찾아보기로 했다.

말 목장 주인에게 텐트를 쳐도 좋다는 승낙을 받았다. 말의 먹이를 보관하는 곳에 텐트를 친 후 뒷바퀴에 바람을 채워 넣고 물티슈로 얼굴을 닦았다. 그리고 보니 여행을 시작할 때부터 가지고 있던 물티슈를 이제야 사용했다. 그동안 물티슈도 꽁꽁 얼어 있었기 때문이었다.

저녁으로 김치라면 두 봉지를 끓여 국물까지 탈탈 털어먹었다. 여행을 하는 동안 많은 라면을 먹어 보았지만 단언컨대 한국라면을 따라올 수 있는 라면은 없는 것 같다. 한국에서 라면을 먹을 때는 국물을 거의 먹지 않았는데 여행을 시작하면서 국물까지 모조리 먹어야 든든한 느낌이 들었다. 에릭이 챙겨 준 초콜릿 한 봉지도 다 먹었다. 폭식이 안 좋은 걸 알지만 이상하게 조절하기가 힘들었다.

#타이어의_수명은 #목장에서_하룻밤
#우리나라_라면만세

31day
포트넬슨에서 일어난 꿈같은 일들
2017년 4월 4일 화요일 _ 이동 시간: 3시간 20분 | 이동 거리: 30.268㎞

이곳에서 포트넬슨까지는 얼마 멀지 않아 여유롭게 짐을 챙기고 드넓은 목장을 둘러보다 오후 1시가 다 되어서야 길을 나섰다. 하늘에 구름 한 점 없는 무척 좋은 날씨였다.

로키산맥 줄기가 시작되는 곳을 넘고 험난한 산들을 넘어 27킬로미터가량을 달린 끝에 드디어 포트넬슨에 도착했다. 마을 입구에 방문객 센터가 있었다. 들어가야 할지 말아야 할지 한참을 고민 끝에 들어가 시티 맵과 스페어타이어를 구할 수 있는 곳의 정보도 얻고 영어 공부하기에 좋은 얇은 책자도 얻었다. 볼일을 보러 화장실에 들어갔지만 실패하고 말았다. 이제 자전거 타는 일보다 배변하는 일이 더 힘든 일이 되었다.

방문객 센터에서 알려준 CMP라는 스포츠 용품점에 들렀다. 그곳에는 온갖 캠핑용품과 사냥 도구, 옷과 스포츠 용품, 자전거 용품 들이 있었다. 내 자전거

타이어에 맞는 사이즈를 판매하고 있었지만 아쉽게도 두께가 맞지 않았다. 가게주인이 한참을 뒤져 두께가 딱 들어맞는 타이어를 찾아 왔다. 계산을 하려는데 가게주인이 돈을 받지 않았다. 얼떨결에 공짜로 스페어타이어를 얻었다.

SD카드 리더기가 필요해서 들른 가구점의 주인이 맵을 보여 주며 친절하게 루트를 설명해 준 덕분에 캐나다 지형과 도로 사정을 파악할 수 있었다. 하지만 고민거리가 하나 생겼다. 앞으로 남은 여정에 대한 루트를 다시 생각해 봐야 하는 일이었다. 가게주인에게 소시지와 치즈도 얻어먹고 청포도도 얻었다. 그리고 약국에 들러 약을 사고 자전거 속도계 건전지를 샀다. 은행에도 들러서 가지고 있던 미국 돈을 캐나다 돈으로 환전했다. 자전거도 재정비하고 필요한 것들도 챙겨야 할 것 같아서 포트넬슨에서 하루를 머물기로 했다.

텐트를 쳐도 되겠느냐는 허락을 받기 위해 가구점으로 되돌아가는 길에 건너편에서 누군가 부르는 소리를 들었다. 주변을 두리번거렸지만 아무도 없었다. 멀어서 정확하게 듣지는 못했지만 분명히 한국어였다. 소리가 나는 쪽으로 달려갔다. 내 예감은 딱 들어맞았다. 나를 부른 사람은 한국 사람이었다. 방문객 센터 직원이 페이스북에 내 사진을 올렸는데 그걸 보셨다고 했다. 여행을 시작하고 처음 만나는 한국인이었다. 엄청나게 반가워 탄성이 절로 나왔다. 아저씨는 이곳에서 주유소와 모텔을 운영하고 있다며 나를 집에 초대해 주셨다. 덕분에 여행을 시작한 지 한 달 만에 처음으로 한국식 저녁을 먹게 되었다. 게다가 한국어로 의사소통을 하게 되니 속이 시원했다. 흥분한 나머지 그동안 가슴속에 담아 두었던 말들이 쉴 새 없이 쏟아져 나왔다.

아저씨에게 캐나다 지도를 얻고 여행 루트에 대한 정보도 얻었다. 아저씨가 자전거에 고정할 수 있는 삼각대도 주시고 저녁을 먹은 후에는 마트에도 같이 가 주셨다. 그리고 아저씨가 운영하시는 모텔에 짐을 풀었다. 맛있는 저녁에 편안한 잠자리, 게다가 한국 사람을 만나다니. 마냥 신이 나서 진정이 되지 않았다.

#친절한_포트넬슨사람들 #캐나다에서_만난_한국아저씨 #한국음식_최고
#향수병_걸리기도_전에_치유

32day

엉덩이에서 전달되는 극심한 고통

2017년 4월 5일 수요일 _ 이동 거리: 제자리에서 휴식

어제 볼일을 보던 중 엉덩이 안쪽에 심한 고통을 느꼈다. 딱딱해진 변을 억지로 밀어내려다 보니 항문에 무리가 온 듯했다. 라이딩은 불가능할 듯해 아저씨께 양해를 구하고 하루를 더 머물기로 했다.

처음 이곳에 도착해 타이어를 얻었던 가게를 찾아갔다. 쿠션이 있는 자전거 안장을 구하기 위해서였다. 내가 원하던 쿠션 안장이 있었지만 가격만 확인하고 가게를 나왔다. 포트넬슨에 있는 백화점의 노던이라는 상점에 들렀지만 내가 원했던 사이클 복장과 쿠션 안장은 없어서 세일 중인 모자와 물병을 샀다. 하염없이 돌아다니다가 '캐내디언 달러 스토어'에서 쓰레기봉투와 철사를 샀다. 비가 올 때를 대비한 물건이었다. 아무리 둘러봐도 자전거 안장을 파는 곳은 CMP 스포츠 용품점뿐이었지만 아무래도 이 가격은 내게 무리였다. 좋은 방법이 없을까 궁리 끝에 이제는 신지 않는 두꺼운 양말들로 쿠션을 만들 수 있지 않을까 하는 생각이 들었다. 모텔로 돌아와 수면양말 세 켤레와 두꺼운 양말을 겹쳐서 엉덩이를 조금이나마 보호할 수 있는 쿠션을 만들었다. 그리고 양말로 만든 쿠션 위에 비니를 덮어서 마무리했다.

저녁에는 비빔밥을 얻어먹었다. 매번 인스턴트식품으로 끼니를 해결하다가 제대로 된 한식을 먹으니 모든 음식들이 꿀맛이었다. 반가운 한국 사람도 만나고 꿈에 그리던 한식도 먹고, 이제 엉덩이 문제만 해결되면 아무 걱정이 없을 것 같았다.

#쿠션안장_찾아_삼만리 #양말_발에서_엉덩이로
#비니_머리에서_엉덩이로

33day
자랑하고 싶은 양말 쿠션
2017년 4월 6일 목요일 _ 이동 시간: 7시간 44분 | 이동 거리: 74.565㎞

아침으로 유부초밥과 된장국을 얻어먹고 떠날 채비를 했다. 이틀을 머무는 동안 아저씨가 무척이나 잘 챙겨 주셔서 고마움과 아쉬움에 떠나는 발걸음이 어느 때보다 무거웠다. 아저씨와 작별인사를 하고 10시 30분쯤 라이딩을 시작했다. 어제 손 가는 대로 만든 양말 쿠션이 제대로 된 역할을 해 주고 있었다. 돈도 아끼고 내 손으로 무언가를 해결했다는 것에 무척이나 뿌듯했다. 쿠션을 단 자전거의 승차감은 마치 경차에서 고급 세단으로 바꾸어 탄 듯한 편안한 느낌이었다. 푹신푹신하니 엉덩이에 느껴지는 압박도 덜했다.

1시쯤 갓길에 자전거를 세우고 점심으로 피넛버터를 바른 식빵에 통조림 콩을 얹은 샌드위치 네 개를 먹었다. 비록 자동차가 지나다니는 갓길에서의 점심이지만 정말 맛있었다. 오늘은 길도 평탄하니 좋았고 날씨 또한 최고였다.

7시쯤 라이딩을 마무리 짓고 허허벌판에 텐트를 쳤다. 장거리 주행을 해야 하기에 안장의 쿠션감을 더 늘려야 할 듯 해 쿠션을 업그레이드하기 위한 제작에 돌입했다. 길게 고정했던 양말을 반으로 접어 세 겹이던 양말을 여섯 겹으로 만들어 고정했다.

저녁으로 바나나 한 개와 스파게티를 먹고도 모자라 너구리라면 한 봉지를 끓여 먹었다. 미국에서 샀던 너구리라면 다섯 봉지는 오늘로 끝이었다. 그렇게 먹었는데도 양이 차지 않아 쿠키를 집어 먹었다. 저녁이 되면 왜 이리 식욕이 절제가 안 되는 건지 도통 모르겠다.

#럭셔리여행은_끝 #보기만해도_흐뭇한_핸드메이드쿠션
#먹방의_끝은_어디인가

34day

화장실 가기가 무서워

2017년 4월 7일 금요일 _ 이동 시간: 7시간 40분 | 이동 거리: 75.612㎞

이틀 동안의 달콤했던 한식 식단이 끝나자 다시 초코우유와 시리얼의 아침이 시작되었다. 점심에는 피넛버터를 바른 식빵을 다섯 개나 먹은 후 사과 한 개를 먹었다. 단단하고 굵은 변이 너무 무서운 탓이었다. 섬유질이 많은 음식들을 먹어야 했다.

오후 라이딩을 시작했다. 예상 밖에 오르락내리락이 너무 심했다. 1시간 30분가량 자전거를 끌고 긴 오르막길 하나를 정복했다. 힘들어도 정상에 설 때의 기분은 언제나 최고였다. 항상 듣던 영어회화를 가요로 바꾸고 평지가 나올 때면 전속력으로 자전거를 몰았다. 어차피 오르막길을 만나면 자전거를 끌어야 하니 평지에서라도 속력을 내야 조금이나마 더 빨리 갈 수 있을 것 같았다.

저녁이 되어 텐트를 칠 장소를 물색하고 오늘도 허허벌판에 텐트를 쳤다. 저녁은 등산식량으로 해결했다. 인스턴트식품을 자제하고 싶지만 아무것도 없는 곳에서 요리를 하는 것은 불가능했다. 3인분짜리 음식을 바닥이 보이도록 싹싹 긁어먹고 바나나 한 개에 엄청난 양의 쿠키를 먹었다. 오늘은 방한복을 입지 않고 새벽을 보내기로 했다. 온도를 알 수 없으니 이렇게 임상실험이라도 해 봐야지 별 수 없었다.

#무서운_변 #오늘도_허허벌판 #멈추지않는식욕
#영어회화보다_아무래도_가요가_신나

하나씩 사라지는 물건,
절대 사라지지 않는 식욕

35day

겨울비

2017년 4월 8일 토요일 _ 이동 시간: 4시간 | 이동 거리: 35,481㎞

새벽부터 내리기 시작한 눈은 아침까지도 그치지 않고 있었다. 침낭 속에서 게으름을 피우다 10시가 다 되어 라이딩을 시작했다. 사흘 만에 4리터의 물이 바닥나는 바람에 라이딩을 하면서 물을 마시지 못했다. 눈이 많이 녹아서 이제는 눈을 끓여 물을 얻을 수도 없었다.

4시가 다 되어서야 물을 얻을 수 있을 만한 주유소 겸 식당에서 물을 얻고 73쪽 분량의 알래스카 하이웨이 역사책을 샀다. 내가 지나온 길에 대한 역사를 알고 싶기도 했고 텐트에서 읽을 책도 필요했다. 여행을 나서기 전 챙겼던 책은 너무 지루한데다 내가 읽기에는 수준이 너무 높아 포트넬슨에 도착했을 때 쓰레기통에 버리고 말았다. 내게 적합한 책을 구하기 전까지 이 책을 반복해서 읽기로 했다.

1시간가량 머문 뒤 길을 나섰다. 언덕 하나를 넘자 비가 거세지기 시작했다. 출발할 때는 늦게까지 라이딩을 할 각오였지만 더 이상의 라이딩은 불가능해 물을 얻은 곳으로 되돌아 왔다. 식당에 앉아 창밖으로 내리는 비를 하염없이 바라보고 있었다. 그런 내 모습이 처연하게 보였던 것일까. 가게주인인 윌리엄 아저씨가 오늘 밤에 눈이 온다며 방 하나를 내주셨다.

오늘은 예기치 않은 비를 만나서 당황스러웠다. 내 짐과 전자기기에 대해서는 비에 완벽히 대비했지만 내 몸은 무방비 상태였다. 겨울에 하는 자전거 여행도 처음이고 겨울에 자전거 여행을 하며 갑자기 비를 만난 것도 처음이었다. 겨울에 자전거 여행을 할 때는 대비해야 할 것들이 많다. 보온도 생각해야 하고 옷과 신발이 젖지 않도록 신경 써야 했다. 그렇다면 철저히 대비하는 방법은 무엇일까. 많은 방법을 생각해 보았지만 딱히 떠오르는 방안이 없었다. 지금으로서는 최대한 단순하게 생각해야 할 것 같았다. 비가 안 오기를 바랄 것, 만약에 비가 온다면 욕심을 버리고 라이딩을 접고 텐트를 칠 것, 결국 자연에 순응하고 순순히 받아들일 것.

#눈과비_자연앞에_나라는_존재란
#와이파이_대신_전기

36day
뒷바퀴야 그동안 고생 많았어!
2017년 4월 9일 일요일 _ 이동 시간: 5시간 33분 | 이동 거리: 48.810km

언제나 강과 연결되어 있는 다리를 지날 때면 급격한 내리막길이 나타났고 그 후에는 엄청난 오르막길이 나타났다. 이번에도 마찬가지였다. 오르막길이 나타나 자전거를 끌기 시작해 5킬로미터를 지나 정상에 도착했다. 또 한 번의 크나큰 오르막길을 정복한 것이다. 오르막길을 다 올랐는데도 애매한 높이의 오르막길이 이어져 자전거를 끌고 한참을 가야 했다. 자전거를 타는 도중에 양말로 만든 쿠션이 조금씩 움직이는 바람에 여간 신경 쓰이는 게 아니었다. 자전거를 세우고 양말을 한 겹 한 겹 안장에 씌우기 시작했다. 수면양말 세 켤레와 두꺼운 양말 한 켤레가 안장에 모두 씌워졌다. 모양도 나쁘지 않고 쿠션감도 좋았다. 양말이 이렇게도 많이 늘어나다니 놀라웠다. 이제 움직이는 쿠션을 신경 쓰지 않고 자전거를 탈 수 있게 되었다. 하지만 복병은 또 있었다. 체인 역할을 해주는 벨트가 늘어날 대로 늘어나 헛도는 빈도가 점점 증가하는 것이었다. 여행 끝날 때까지 만이라도 버텨 주기를 비는 수밖에 없었다.

오늘도 많은 오르막길을 넘겼고 평지를 만나면 전속력으로 페달을 밟았다. 4시쯤 됐을까. 자전거가 무거워지면서 잘 나가지 않는 느낌이 들었다. 이상하다 싶어서 자전거를 살펴보니 뒷바퀴에 바람이 빠지고 있었다. 바퀴의 바람을 빼고 타이어와 튜브를 분리한 후 다시 튜브에 바람을 넣어 새는 부분을 찾기 시작했다. 새는 부분은 금세 찾을 수 있었지만 타이어는 많이 헤져 있었고 구멍도 나 있었다. 조금 더 버텨 주길 바랐지만 헌 타이어의 운명은 여기까지였다. 결국 포트넬슨에서 얻은 스페어타이어로 교체했다.

바퀴 때문에 1시간이나 지체되어 신나게 달리다 5시 30분쯤 식당 겸 모텔을 발견하고 자전거를 멈췄다. 단지 물을 얻으려고 들른 것이었는데 저녁으로 볶음밥과 닭 가슴살 두 쪽, 닭다리 하나와 채소를 얻어먹고 디저트로 초코케이크까지 얻어먹었다. 그리고 늦은 밤 공짜로 얻은 머핀도 먹었다. 엄청나게 먹어대는 음식의 양이 자전거를 타면서 소모되는 칼로리를 대변해 주는 것 같다. 오늘 오후에 반대편에서 가던 차가 태워 주겠다며 말을 걸어 왔다. 그 차를 탔더라면 오늘 이 친절한 주인은 만나지 못했을 것이다.

#양말의_재발견 #뒷바퀴_운명의_날
#모텔에서_포근한_밤

37day
빗속을 뚫고 달리다
2017년 4월 10일 월요일 _ 이동 시간: 8시간 21분 | 이동 거리: 74㎞

아침을 먹은 뒤 주인아주머니가 원하는 만큼 가져가라며 큰 종이 가방을 내밀었다. 머뭇거리다 햄버거와 요거트, 빵 하나, 사과와 쿠키 두 개씩을 종이 가방에 담았다. 미안한 마음에 더 많은 음식을 담을 수는 없었다. 12시 되기 전에 오르막길을 가면서 쿠키 두 개와 사과 한 개를 먹었다. 아침도 많이 먹었건만 내 소화기관들은 엄청나게 열심히 일하는 것 같았다.

4시가 되어갈 무렵 비가 내리기 시작했다. 빗줄기가 가늘고 조금씩 내리는 모양새를 보니 금세 그칠 비 같았건만 시간이 갈수록 빗줄기는 점점 거세졌다. 하지만 오늘은 빗속을 뚫고 갈 수 있는 데까지 가보고 싶었다. 쏟아지는 비를 맞으며 전속력으로 페달을 밟았다. 그렇게 1시간쯤 달렸을까. 갑자기 비가 그치고 햇볕이 내리쬐기 시작했다. 이게 웬 일인가 싶어 신나게 달리기를 30여 분. 갑자기 하늘이 시커멓게 변하더니 또 다시 비가 쏟아졌다. 흡사 마술을 보고 있는 듯 했다. 빗속에서 전속력으로 달리다 보니 옷과 신발, 자전거와 트레일러는 진흙투성이였다.

7시쯤 민가를 발견하고 자전거를 멈췄다. 텐트 치는 걸 허락받고자 여러 집의 문을 두드렸지만 어쩐 일인지 가는 곳마다 거절을 당했다. 결국 근처 모텔에 가서야 허락을 받을 수 있었다. 하지만 모텔 주인이 안내해 준 곳은 진흙투성이의 땅이었다. 씁쓸한 마음으로 또 다시 이곳저곳 장소를 물색하고 다닌 끝에 말놀이터를 발견했다. 더 이상 괜찮은 장소는 없을 것 같았다. 텐트를 치려고 보니 바로 옆에 술을 파는 가게가 있었다. 텐트 치는 걸 미루고 맥주 두 캔을 샀다. 오늘은 맥주와 이 밤을 함께하기로 했다.

#열일하는_소화기관 #마술같은_날씨 #텐트_좀_치게_해주세요
#맥주와_이밤을

38day
아아 선글라스 님은 갔습니다
2017년 4월 11일 화요일 _ 이동 시간: 8시간 40분 | 이동 거리: 83.099㎞

포근하지 않은 침낭 속인데도 벗어나기가 쉽지 않아 꾸물대다가 10시가 되어서야 길을 나섰다. 자전거가 진흙 범벅인 채로 얼어붙어서 진흙들을 떼어 내고 라이딩을 시작해야 했다. 진흙을 떼어 내는 일은 종일 계속됐다. 모텔 주인아주머니에게 얻은 햄버거와 사과를 먹고 또 다시 자전거에 붙은 흙을 떼어 내고 출발하려는 순간 선글라스가 없어진 걸 알아챘다. 선글라스는 항상 자전거 핸들에 걸어두었는데 보이질 않았다. 3킬로미터를 되돌아갔지만 찾지 못했다. 자전거를 타면서 떨어뜨렸거나 흙을 떼 낼 때 떨어졌다면 바로 알아차렸을 텐데 무언가에 홀린 기분이었다.

'선글라스 님은 갔습니다. 약 35일 동안 나와 함께 흙, 먼지, 눈, 비, 바람을 맞으며 동고동락하고 햇빛으로부터 내 눈을 보호해 주던 소중한 님은 이렇게 제 곁을 떠나갔습니다.'

나와 이 힘든 여행을 함께한 선글라스가 갑자기 사라지니 허망한 기분이 들었다. 이 기분은 쉽게 사라지지 않을 것만 같았다.

오르막길을 만날 때면 내 다리는 더욱 힘이 나서 힘차게 오르고 싶어 했지만 벨트에서 이제 그만 타고 제발 끌고 가라고 삐걱삐걱 괴성을 질러댔다. 오늘은 포트 세인트존(Fort St. Jons)에 도착할 때까지 라이딩을 하고 싶었다. 하지만 빗방울이 떨어지는 바람에 7시 30분쯤 라이딩을 마무리 짓고 텐트 칠 곳을 찾아다녔다. 거의 열 군데가 넘는 집을 찾아가 양해를 구했지만 모두 거절당했다. 이 드넓은 땅에 한 평 남짓한 텐트 칠 곳이 없다니. 큰 도시에 점점 가까워질수록 인심이 야박해지는 것 같다. 그렇게 한 시간의 시도 끝에 톰과 버나의 집에 텐트 치는 걸 허락받을 수 있었다. 내게는 구세주나 다름없었다. 톰과 버나는 저녁식사를 챙겨 주고 잠자리도 제공해 주었다. 진흙 범벅으로 엉망이 된 옷도 빨고 샤워도 할 수 있었다.

#어디선가헤매고있을_선글라스 #삐걱삐걱_성깔있는벨트
#톰과버나_감사합니다_배꼽인사

064

선글라스를 따라간 장갑

2017년 4월 12일 수요일 _ 이동 시간: 4시간 | 이동 거리: 33.094㎞

버나가 챙겨 준 머핀과 크래커를 받아 들고 집을 나서 두 시간을 열심히 달린 끝에 포트 세인트존에 도착했다. 다음 마을과는 거리가 꽤 떨어져 있어서 이곳에서 자전거 정비를 하고 가야 하나 잠깐 고민에 빠졌지만 다음 마을인 도슨크릭(Dawson Creek)은 큰 마을이라 이곳에 있는 것이라면 그곳에도 모두 다 있을 것이므로 간단한 물건만 구입하기로 했다.

　방문객 센터에 들러서 필요한 정보를 얻은 뒤 '캐나디안 타이어(Canadian Tire)' 숍에서 스패너와 스페어타이어를 구입했다. 그리고 또 필요한 게 있을까 싶어서 구석구석 살피다가 스포츠 용품점에서 그토록 사고 싶었던 사이클복과

가방을 샀다. 문득 시계를 보니 5시였다. 꼼꼼히 살피다 보니 어느새 시간이 훌쩍 지나 있었다. 사이클복으로 갈아입고 다시 출발했다. 달리다 보니 한기가 느껴져 사이클 반바지 위에 레깅스를 껴입고 달리다 8시 20분쯤 테일러 방문객 센터에 도착했다. 문은 굳게 닫혀 있었다. 안내문을 읽어 보니 겨울에는 문을 열지 않는다고 쓰여 있었다. 방문객 센터 뒤 잔디밭에 텐트를 쳤다.

끼고 있던 장갑을 벗어서 자전거 짐받이 위에 두었는데 어느 순간 돌아보니 장갑 한 짝만 덩그러니 놓여 있었다. 그대로 자리를 박차고 일어나 지나갔던 곳, 머물렀던 곳, 움직였던 동선을 그대로 따라갔다. 어디에도 장갑은 없었다. 왔던 길도 되돌아가 보고 바람에 날아갔나 싶어 잔디밭도 꼼꼼히 살펴보았지만 찾지 못했다. 또 무언가에 홀린 것 같았다. 어제 선글라스를 잃어버린 충격이 채 가시지도 않았건만 선글라스를 잃어버렸을 때보다 더 큰 충격이었다.

물건을 곧잘 흘리는 성격도 아닐 뿐더러 이곳까지 오는 동안 장갑을 벗을 일도 없었고 이곳에 도착해서 짐받이 위에 잠깐 올려놓았을 뿐인데 대체 어디로 사라졌을까. 아직까지는 장갑이 필요한데 정말 큰일이었다. 아침에 다시 한 번 찾아보자며 마음을 다독이고는 김치라면 두 봉지를 끓여 먹고 버나가 챙겨준 크래커 한 팩을 깨끗하게 먹어치웠다. 이제 내게 '적당히'라는 단어는 없는 모양이었다.

#사이클복_위에_레깅스는_무슨_패션 #장갑_찾고_말테야
#나도_적당히_먹고_싶다

40day

끊어진 벨트, 맺어진 인연
2017년 4월 13일 목요일 _ 이동 시간: 4시간 3분 | 이동 거리: 33.094㎞

장갑 찾기는 포기한 채 9시쯤 라이딩을 시작했다. 이제 겨울은 거의 물러나고 있다고 여겼는데 새벽부터 내리기 시작한 눈은 아침에 함박눈으로 변해 있었다. 잃어버린 장갑을 생각하니 목구멍에서 쓴물이 넘어왔다. 내가 봐도 우스꽝

스럽지만 어쩔 수 없었다. 양말 두 겹을 손에 꼈다.

테일러를 벗어나자 5.8킬로미터나 되는 오르막길이 나타났다. 날씨가 포근한 탓에 눈은 지상에 내려오기 무섭게 물로 변했다. 덕분에 옷과 신발, 양말까지 모두 젖었다. 장갑을 대신한 양말이 보온성은 있었지만 눈이 오면 젖어 버렸고 신던 양말을 손에 낀 탓에 손에서 발 냄새가 나는 단점이 있었다.

1시간 30분가량 자전거를 끌고 힘겹게 정상에 도착했다. 언덕 정상에서 트럭운전사 팀 할아버지를 만났다. 팀 할아버지가 내게 장갑을 주고는 필요한 게 또 있는지 물었다. 자전거 뒤 브레이크를 수리하기 위해 렌치가 있는지 물었더니 아쉬운 표정으로 고개를 저었다. 씌워놓은 커버를 벗기고 렌치를 찾는 것이 귀찮아서 수리를 미룬 채 갈 길을 재촉했다.

젖은 옷 때문에 추위에 떨며 함박눈을 뚫고 가고 있을 때 차 한 대가 내 앞에 멈춰 섰다. 팀 할아버지였다. 포트 세인트존에 산다고 했었는데 집에 가서 자전거 수리 툴을 가지고 다시 나를 찾아 온 것이었다. 팀 할아버지가 자전거 뒷바퀴 브레이크를 고쳐 주고 맞는 사이즈의 렌치도 주었다.

팀 할아버지와 헤어진 후 10분도 못 가서 또 다른 문제가 발생했다. 늘어질 때로 늘어난 벨트가 결국 끊어져 버린 것이었다. 눈이 오는 와중에 오르막길에서 무리하게 자전거를 탔던 게 원인이었다. 자전거를 끌기 시작한 지 5분이나 지났을까. 트럭 한 대가 내 앞에 멈춰 섰다. 그렇게 만난 머레이 덕분에 도슨크릭까지 올 수 있었다. 머레이가 끊어진 벨트를 함께 찾아 주겠다며 팔을 걷어붙였다. 벨트가 있을 만한 곳을 모두 돌아다녔지만 결국 찾지 못했다.

벨트는 온라인으로 구입해야 했다. 하지만 온라인으로 벨트를 주문하려면 물건을 받을 주소와 시간이 필요했다. 고민 끝에 팀 할아버지에게 전화를 해 상황을 설명하고는 맥도날드에서 머레이와 햄버거를 먹고 아쉬운 작별을 나눴다. 1시간 뒤 팀 할아버지가 나를 위해 도슨크릭까지 와주었다. 그리고 다시 자전거와 트레일러를 차에 싣고 다시 포트 세인트존까지 돌아왔다. 돌아오는 도중에 팀 할아버지의 아내 미셸 할머니가 핸드폰으로 인터넷으로 온라인 판매업체를 검색해 벨트를 주문해 주었다. 팀 할아버지의 일터에서 자전거를 깨끗하게 씻은 뒤 뒷바퀴 샤프트 상태를 확인했다. 많이 닳은 데다 부러진 곳도 있어 샤프트도 주문했다. 주문한 벨트와 샤프트는 일요일쯤 도착한다고 했다.

물건이 도착할 때까지 팀 할아버지의 집에 머물도록 허락해 주었다. 길에서 우연히 만난 팀 할아버지가 이 많은 문제를 차곡차곡 해결해 주고 있었다. 팀 할아버지의 집에서 저녁도 얻어먹고 샤워도 하고 빨래도 해결했다. 잠자리도 제공받았다. 이 은혜를 어떻게 갚아야 할지 감도 오지 않았다. 여러 가지 문제를 겪으며 다시 포트 세인트존으로 돌아오게 되었고, 그래서 5.8킬로미터나 되는 고개를 다시 올라야 하지만 이번 일을 통해 많은 것을 배우고 깨달았다. 그 중 한 가지는 욕심이 지나치면 화를 부른다는 것, 그리고 낯선 길에서 우연히 만난 사람들로부터 많은 도움을 받은 나는 분명히 행운아라는 것이었다.

#손에서_나는_발냄새 #끊어진_벨트 #고마운_머레이
#팀과미셸부부_잊지않겠습니다

나를 아낌없이 도와주는
길 위의 사람들

41day

난생 처음 복싱 경기를 관람하다

2017년 4월 14일 금요일 _ 이동 거리: 잠시 멈춤

뒷바퀴 샤프트를 교체하기 위해 오후에 포트 세인트존 다운타운 바이크 숍에 가서 뒷바퀴를 분리했다. 팀 할아버지가 샤프트 분해 조립에 관해 직원에게 이모저모를 물어봐 주었다. 팀 할아버지는 한결같이 자기 일처럼 나서서 내 일을 도와주고 있었다. 뒷바퀴를 분리한 자전거를 팀의 창고에 둔 채 집으로 돌아왔다.

팀 할아버지와 아들, 직장동료와 함께 저녁을 먹은 후 팀 할아버지의 사촌 조카가 출전한다는 복싱 경기를 보러 갔다. 시골마을의 작은 호텔에서 열리는 경기였지만 복싱링과 조명, 음향기기도 설치되어 있었고 심판, 심사위원, 트로피, 링걸, 링아나운서, 사진사까지 갖추고 있었다.

복싱 경기는 초등학생, 중학생, 고등학생, 일반 매치가 벌어졌는데 여자 경기는 팀 할아버지의 사촌 조카가 참가하는 한 경기뿐이었다. 스포츠를 현장에서 직접 관람한 건 난생 처음이었다. 현장감과 생동감을 느낄 수 있었고 무엇보다 흥미진진했다. 복싱 경기를 관람한 후 늦은 밤이 되어서야 집으로 돌아왔다.

#스포츠관람_첫경험 #여행오길_정말_잘했어
#멋진_여성복서

069

캐나다에서 보낸 부활절

2017년 4월 15일 토요일 _ 이동 거리: 오늘도 멈춤

여행을 시작하고 이틀째 되던 날 매리 아주머니에게 받았던 웜 슈트와 두꺼운 점퍼를 우편으로 보내기로 했다. 이 옷이 없었더라면 지금 여기까지 오지 못했을 것이다. 이 옷들은 추운 겨울을 꿋꿋하게 버틸 수 있도록 가장 큰 도움을 준 주인공이었다. 그리고 그 도움은 매리 아주머니로부터 비롯된 것임을 절대 잊지 못할 것이다. 우체국에서 옷의 무게를 재보니 5킬로그램이었다. 트레일러도 이제 한결 가벼워질 것이었다. 택배비는 생각보다 비쌌다. 74달러나 되는 비용을 지불했지만 전혀 아깝지 않았다. 돌려주겠다는 약속을 지킬 수 있어서 다행이었다. 하지만 눈밭과 빗속, 진흙길을 지나느라 더러워진 옷을 세탁하지 못한 채 돌려보내는 게 너무나 마음에 걸렸다.

오늘은 캐나다의 큰 명절인 부활절(Easter Day)이어서 팀 할아버지의 가족과 저녁 식사를 했다. 칠면조, 햄, 감자, 토끼 케이크, 샐러드, 각종 채소 등 많은 음식을 배가 터지도록 먹었다. 캐나다의 부활절은 내게 색다른 문화였다. 어른들은 손자 손녀들을 위해 선물을 마련하고 아이들은 부활절 달걀 찾기(Easter Egg Hunt)를 하며 놀았다. 부활절 달걀 안에 장난감을 넣은 뒤 어른들이 이 달걀을 숨겨놓으면 아이들이 찾는 게임이었다. 영어에는 존칭이 없는 탓에 할아버지와 손자 간에 대화하는 걸 듣다 보니 어딘지 모르게 불편하고 삭막한 느낌이었다.

#겨울점퍼_다시_주인에게로
#캐나다의_부활절_내가_배터진날

포트 세인트존에서의 마지막 밤

2017년 4월 16일 일요일 _ 이동 거리: 오늘까지 멈춤

인터넷으로 주문했던 샤프트와 벨트를 받았다. 박스 안에는 브레이크 패드가 덤으로 동봉되어 있었다. 샤프트는 은색 알루미늄으로 아주 견고해 보여 만족스러웠다. 팀 할아버지 부부가 도슨 크릭까지 함께 와 준 것이 고마워 한국 음식을 대접하고 싶었지만 아쉽게도 이 도시에 한국 음식을 파는 식당은 없었다. 일본 레스토랑에서 점심을 먹고 다시 포트 세인트존으로 돌아왔다. 도슨 크릭에서 출발하지 않고 이곳 포트 세인트존에서 다시 라이딩을 시작할 계획이었다. 더 이상의 점프는 하지 않을 것이었다. 오로지 내 힘으로 가고 싶었다.

팀 할아버지와 자전거 수리를 시작했다. 기어와 벨트는 순조롭게 교체했지만 브레이크가 문제였다. 양쪽 모두를 새 브레이크 패드로 갈아 주는 바람에 그 사이에 바퀴가 돌아갈 만한 공간이 없었다. 결국 한 쪽만 새 것으로 교체하고 한 쪽은 쓰던 것으로 다시 교체했다. 팀 할아버지가 브레이크 패드를 디스크에 닿도록 조정했다. 자전거를 타면서 닳게 되니 상관없을 거라며 내리막길 주행을 위해 강하게 조정해야 한다는 것이었다. 하지만 내 생각은 조금 달랐다. 브레이크 패드는 그리 빨리 닳지 않을 뿐더러 경험상 패드가 디스크에 닿으면 자전거를 타면서 저항이 생겨 더 힘든 라이딩이 될 것 같았다. 저녁을 먹은 후 본격적으로 자전거를 다시 손보기 시작했다. 브레이크 패드가 디스크에 닿지 않도록 조정하고 브레이크 간격을 적당하게 맞춰야 했다. 시간과 공을 들여 브레이크 패드를 교체해 줬건만 늘어날 대로 늘어난 와이어는 도구가 부족해 손대지 못한 채 결국 브레이크 손잡이에서 와이어를 빼버렸다. 한쪽 브레이크는 포기하기로 한 것이다. 내일 아침 일찍 출발하기 위해서 모든 준비를 끝냈다.

#도슨크릭에_한국음식점을 #포트세인트존에서_다시_시작
#자전거수리_내일부터_씽씽

나를 도와주는 사람들

2017년 4월 17일 월요일 _ 이동 시간: 45분 | 이동 거리: 24.795㎞

창밖을 보니 눈이 내리고 있었다. 만반의 준비를 갖춘 만큼 눈 속의 라이딩도 자신 있었다. 팀 할아버지가 준 빨간 비옷으로 완전 무장을 했다. 눈과 비에 흠뻑 젖어 보니 비옷의 필요성을 깨달은 것이다. 경험이란 그 무엇보다도 값진 공부다.

'아무런 연결고리도 없는 그저 길에서 우연히 만난 자전거 여행자를 나흘이나 보살펴 주시고 많은 도움을 주셨던 팀 할아버지, 미셸 할머니, 정말 감사합니다. 이 은혜 잊지 않을게요.'

몇 번이나 작별의 인사를 나누고 8시 30분쯤 길을 나섰다. 11시쯤 나흘 전에 올랐던 5.3킬로미터나 되는 언덕을 또 오르기 시작했다. 자전거를 끌고 2시간을 올라가자 팀 할아버지를 만났던 언덕 정상에 도착해 미셸 할머니가 싸 준 샌드위치를 먹었다.

낮은 오르막길이 이어져 자전거를 한참을 끌고 가다 평지가 나타나 자전거에 올랐다. 그런데 자전거에 또 문제가 생겼다. 어제 교체했던 샤프트가 헛도는 것이었다. 포트 세인트존에서 도슨 크릭까지는 70킬로미터로 하루면 갈 수 있는 거리였지만 도슨 크릭까지 가는 길은 험난하기만 했다. 바퀴를 떼어내고 무엇이 문제인지 꼼꼼히 살피고 있을 때였다. 낯익은 남자가 나를 향해 걸어오고 있었다. 바로 머레이였다. 5일 전 벨트를 찾아 주었던 머레이를 다시 만난 것이다. 이런 우연이 또 있나 싶어 어리둥절했지만 그렇게 반가울 수가 없었다. 머레이 덕분에 팀 할아버지에게 전화를 할 수 있었다. 팀 할아버지가 한달음에 달려와 주었고 그렇게 도슨 크릭까지 올 수 있었다. 더 이상 점프하지 않고 오로지 내 힘으로만 가고 싶었는데 이렇게 또 예기치 못한 상황에 맞닥뜨리니 아쉽기만 했다.

도슨 크릭까지 오는 차 안에서 팀 할아버지가 스트라이다 딜러의 말을 전해 주었다. 눈이 오고 날씨가 추운 탓에 도로 위에 흙과 섞여 있던 눈이 샤프트 기어에 들어가 그 안에서 얼어 버리고 또 그만큼의 공간이 생겨 기어가 헛도는 것이라고 했다. 하지만 날씨가 좋아지면 다시 원래대로 돌아온다고 했다. 떼어낸 휠을 히터로 녹이자 그 딜러의 말대로 기어가 정상적으로 작동하기 시작했다. 무수히 만난 악천후 속에서도 10년 된 낡은 기어는 잘 버텨 주었는데 새 기어로 바꾼 지 채 하루도 안 돼 이런 현상이 발생했다는 게 어이가 없었다.

팀 할아버지와 헤어진 후 방수 천막을 더 사고 싶어서 상점을 돌아다니다가 5일 전 언덕 정상에서 만났던 제이슨을 또 만났다. 제이슨은 내게 도움을 줄 수 있을 것이라며 엘을 소개해 주었다. 엘은 내게 카페에서 사용할 수 있는 25달러짜리 기프트 카드를 주었다. 그렇게 만난 엘 덕분에 도슨 크릭에서 차로 1시간 정도 떨어진 텀블러 리지(Tumbler Ridge)에 올 수 있었다. 알고 보니 아까 언덕을 오르면서 만났던 터키 청년이 내 사진과 내 이야기를 도슨 크릭 페이스북 페이지에 게시했고 그걸 본 제이슨이 나를 찾아온 것이었다. 그리고 그 글을 본 엘이 나를 도와주고 싶어 제이슨에게 연락한 것이었다. 더 신기한 것은 엘과 제이슨은 서로 모르는 사이라는 것이다.

엘 덕분에 맛있는 저녁도 얻어먹고 편히 쉴 수 있었다. 엘이 내게 페이스북 페이지를 보여 주었다. 내게 도움을 주고 싶다는 사람들의 글이 줄을 이었다. 게다가 자전거 숍을 운영하고 있다는 사람은 내게 공짜로 새 자전거로 바꿔주겠다며 엘에게 직접 전화를 걸어오기도 했다. 알면 알수록 캐나다는 놀랍고 신기한 나라였다. 자전거를 받을 이유도 없지만 내게는 좋은 자전거가 필요 없다고 전했다. 잦은 고장에 느리고 오르막길을 오르는 것도 쉽지 않지만 나는 이 자전거와 끝까지 함께할 것이다. 점프를 하지 않겠다는 결심도 변함없었고, 나는 할 수 있다고 믿었다. 나는 다시 도슨크릭으로 돌아갈 계획이었다. 엘의 일정에 맞추어야 하기에 라이딩은 수요일부터 다시 시작해야 했다.

#다시_만난_머레이_제이슨 #페북스타_부담스럽지만_어째
#자전거와_끝까지_함께

45day

내 마음 같지 않은 까다로운 파트너

2017년 4월 18일 화요일 _ 이동 거리: 멈춤

어제 분리해 두었던 바퀴를 다시 조립하기 전에 기어의 상태를 체크하기 위해 바퀴에서 기어를 분리했다. 기어를 손으로 돌리니 베어링 안에 이물질이 잔뜩 껴 있는 게 보였다. 베어링을 감싸고 있는 커버 벗기기는 성공했지만 베어링은 벗겨 내지 못했다. 기어를 물로 헹구고 다시 커버를 조립했다. 하지만 조립을 해 나갈수록 또 다른 문제가 계속 발생했다. 전에 없던 잡음이 났고 바퀴도 잘 돌아가지 않았다. 더 이상 손대지 않고 조립만 해 두었다. 내게 새 자전거를 준다고 했었던 숍 주인에게 가서 수리를 맡기기로 했다.

#기어분해_해결못하고_조립만 #지금은_무늬만_자전거

46day

자꾸 사라지는 물건들

2017년 4월 19일 수요일 _ 이동 시간: 4시간 48분 | 이동 거리: 47.434㎞

엘이 겨울용 텐트와 내복 몇 벌, 상비약까지 여행에 필요한 것들을 주려 했지만 필요한 게 없어서 모두 거절하다 칼을 하나 받았다. 엘을 기억할 수 있는 물건이라는 생각이 들었기 때문이다. 엘의 여자 친구 클라우디아 덕분에 캐나다 군인들이 먹는 전투식량 세 팩을 얻고 11시쯤 도슨 크릭 자전거 숍 앞에서 엘과 작별을 했다.

기어에서 나는 소리를 잡고 싶었지만 자전거 숍에서도 해결하지 못했다. 짐작한 대로 브레이크 와이어 쪽에 문제가 있었다. 주인아저씨가 공짜로 자전거도 수리해 주시고 자전거 수리키트도 주셨다.

월마트에 가서 잃어버린 것들을 구입했다. 꼼꼼히 챙긴다고 챙겼건만 헬멧과 장갑, 미셸 할머니가 챙겨준 에너지 바와 토끼 케이크를 엘의 집에 두고 온 것이었다. 헬멧과 함께 자전거 전조등과 건전지 케이블 타이도 구입했다. 물건을 잃어버리면 허탈한 마음뿐 아니라 경제적인 타격도 따르기 마련이다. 그저 물건을 잘 챙기는 게 상책이라는 다짐으로 길을 나섰다.

오늘은 47킬로미터의 여정을 마치고 텐트를 쳤다. 그리고 양배추와 토마토, 양파, 햄으로 샌드위치를 만들어 먹었다. 여행을 시작하고 처음으로 텐트 안에서 인스턴트음식이 아닌 무언가를 만들어 먹었다는 생각에 뿌듯했다. 그러고 보니 오랜만에 텐트에서 보내는 밤이었다.

#나름_꼼꼼한_사람인데 #속타네_물건간수_철저히
#텐트야_오랜만

비버로지
에서
위니펙
까지

Beaverlodge

Winnipeg

2

저 … 인터뷰도 해 본 사람이에요〜

한 트럭운전사가
페이스북에서 내 이야기를 읽었다며 물 한 병을 주었다.
자전거 옆에는 물 두 병과 쿠키가 놓여 있었다.
많은 사람들이 나를 격려하고 응원해 주는 것 같았다.
길을 나서려고 할 때는 제설작업을 하던 사람들이 알은척을 해 주었다.

대단한 SNS,
나를 유명인사로 만들다니

47day

내게 맛없는 음식이란 없다

2017년 4월 20일 목요일 _ 이동 시간: 3시간 52분 | 이동 거리: 53.266㎞

날씨가 서서히 풀리고 있었다. 며칠만 지나면 반바지 차림으로 자전거를 탈 수 있을 것 같았다. 좋은 날씨만큼이나 길도 순탄했다. 4시간 만에 53킬로미터를 달려 비버로지(Beaverlodge)에 도착했다. 브리티시컬럼비아에서 앨버타(Alberta) 주로 바뀌었다. 드디어 또 한 개의 주를 넘은 것이다. 시계를 보니 1시간이 빨라져 있었다. 오늘의 목적지는 엘의 동생 폴이 살고 있는 이곳 비버로지였다. 방문객 센터에서 엘에게 연락을 한 뒤 폴을 기다렸다.

폴을 기다리는 동안 방문객 센터 직원이 쿠키와 커피를 주었다. 그러고는 내 여행에 흥미를 보이며 신문기자를 소개해 주고 싶다고 했다. 그리고 인터뷰를 하듯 직원에게 내 여행 이야기를 들려주었다. 무언가 내가 대단한 일을 하고 있는 듯 괜히 어깨가 으쓱해졌다. 내 여행 스토리가 비버로지 마을 신문에 실릴 것이라고 했다.

얼마 후 근무 중인 폴을 대신해 그의 여자친구 던이 나를 데리러 왔다. 폴의 집에 도착하고 보니 트레일러에 꽂아 둔 일기장이 보이지 않았다. 아까 사진을 찍느라 일기장을 트레일러에 대충 꽂아두었던 게 생각났다. 한숨을 쉬고는 일기장을 찾으러 다시 되돌아갔다. 내 일기장은 눈이 녹아 물이 흐르는 도로 구석에 빠져 있었다. 주저앉고 싶은 마음뿐이었다. 물에 젖은 일기장을 들고 폴의 집으로 터덜터덜 돌아왔다.

폴이 도착한 것은 5시였다. 폴과 함께 40킬로미터 정도 떨어져 있는 그랜드 프레리(Grande Prairie)의 중국 음식 뷔페식당에 가서 저녁을 먹었다. 우리나라 뷔페와는 비교도 할 수 없을 만큼 가짓수도 많지 않고 맛도 형편없는 수준이었다. 그런데 그 모든 음식들이 맛있게 느껴진 이유는 무엇이었을까. 설명할 수 없을 만큼 엄청난 양의 음식을 먹어 치웠다. 음식을 먹을 때는 대체 왜 '적당히'라는 단어를 잊는지 모르겠다.

#나_인터뷰도_해본_사람 #물에_빠진_일기장_살아날_수_있을까

48day

금일휴업

2017년 4월 21일 금요일 _이동 거리: 멈춤

폴의 집에서 하루 더 머물기로 했다. 어제 폴과 함께 엄청나게 마신 술에서 아직 깨어나지 못했고, 내 보물인 물에 빠진 일기장 문제도 해결해야 했다. 하루 종일 그렇게 빈둥거리다 저녁이 되어 폴과 함께 모터쇼를 관람하러 갔다. 모터쇼에는 무척이나 오래된 자동차들이 전시되어 있었다. 차마다 주인이 있는 걸 보니 개인 소유의 차를 전시해 놓은 것 같았다. 연식이 꽤 된 자동차들이었지만 외관부터 엔진룸까지 무척이나 깨끗했다. 고장이라도 나면 부품을 구하기도 힘들 텐데 무척이나 공을 들여 관리를 한 모양이었다. 대단한 열정이 느껴지는 모터쇼였다. 9시쯤 폴의 집에 돌아와 일기를 컴퓨터로 옮기는 작업에 몰두했다.

#숙취에는_휴식뿐 #라이딩은_쉬고_모터쇼_구경
#일기_두번_써봤니

49day
주는 것 없이 받기만 하는 날들
2017년 4월 22일 토요일 _ 이동 시간: 5시간 30분 | 이동 거리: 45㎞

폴과 작별인사를 하고 길을 나섰다. 눈발이 흩날리고 바람이 심하게 불었다. 자전거를 세우고 팀 할아버지에게 얻은 비옷을 입었다. 한참을 달리다 보니 땀이 났고 땀 때문에 옷이 젖었다. 방수는 탁월하지만 통풍은 안 되는 것이 이 비옷의 단점이었다. 비가 엄청 많이 오는 날은 비옷을 입지 않는 게 나을 것 같았다.

한참을 달리고 있을 때 갓길에 서 있는 흰색 자동차를 발견했다. 멀리서부터 지켜봤지만 한참이나 서 있는 것이 흡사 나를 기다리는 것처럼 느껴졌다. 가까이 다다르자 운전자가 차에서 내리더니 햄버거와 달달한 커피 한 잔을 내밀었다. 커피를 들고 달릴 수가 없어 거절하다가 결국 고맙다는 인사를 하고 받았다. 내게 음식을 주기 위해 한참이나 기다려 준 마음이 무척이나 고마웠다.

그랜드 프레리를 향해 달리는 중에 폴을 또 만났다. 내가 원하는 마을 핀을 사려면 4시까지는 그랜드 프레리 방문객 센터에 도착해야 하건만 시계를 보니 두 시간밖에 남지 않았다. 폴이 쇼핑하러 가는 김에 먼저 가서 핀을 사 놓고 나를 기다리겠다고 했다. 폴은 담배와 마리화나를 좋아하는 괴짜 아저씨였지만 나를 위해 하나하나 신경 써 주는 마음이 따뜻한 아저씨였다. 그리고 보니 엘의 가족은 모두 친절하고 좋은 사람들이었다.

역풍을 뚫고 그랜드 프레리에 도착한 것은 4시였다. 폴의 여자 친구 던이 나를 위해 페이스북 페이지를 만들어 주었다. 나에 대한 이야기들을 읽어 보니 많은 사람들이 내게 관심을 가지며 걱정해 주고 있었다. 그대로 길을 떠나려 했으나 엘이 계속 내 걱정을 하는 바람에 오늘의 라이딩은 이쯤에서 접고 오늘은 엘의 여동생 집에서 잠자리를 해결하기로 했다.

#비옷은_땀복이었어 #배불러도_잘먹어요
#엘_가족에게_행운을

50day

끈질기게 나를 따라다니는 눈

2017년 4월 23일 일요일 _ 이동 시간: 7시간 55분 | 이동 거리: 67.580㎞

아침에 폴을 만나 그랜드 프레리를 상징하는 곳에서 사진을 찍고 작별인사를
하려는 찰나 폴이 나를 붙잡았다. 그랜드 캐시(Grande Cache)까지 가는 길의 다
리가 너무 좁아 위험한데다 언덕길 또한 심하다는 것이었다. 결국 폴이 그랜드
프레리부터 시작되는 언덕길 정상까지 약 8킬로미터를 데려다 주었다.

  오늘도 날씨는 눈이었다. 눈은 끈질기게도 나를 따라다녔다. 좋은 날씨를 만
나는 건 일주일에 이틀 정도였고, 나머지 닷새는 흐리고 눈이 왔다. 춥지 않은
날씨에 내리는 눈은 쌓이지 않고 그대로 녹았다. 녹은 눈들이 도로를 금세 적셔
오늘 라이딩은 더더욱 쉽지 않았다. 날이 어두워져 도로 옆 제법 여유로운 공간
을 발견하고 텐트를 쳤다. 바닥이 젖어 있어서 텐트를 친 후 방수 천막을 이중
으로 깔아 주었다. 그리고 직접 만든 샌드위치를 먹었다. 샌드위치 재료들이 상
하기 전에 빨리 해치워야 했다.

#끝까지_친절한_폴
#끈질긴눈_네가_이기나_내가_이기나

51day

나는야 유명인사

2017년 4월 24일 월요일 _ 이동 시간: 6시간 23분 | 이동 거리: 48.830㎞

눈을 뜨니 눈이 제법 많이 내리고 있었다. 샌드위치를 먹고도 엉덩이가 떨어지
지 않아 고민 끝에 아예 점심까지 먹고 출발하기로 하고 텐트 속에서 쉬었다.
점심도 샌드위치를 만들어 먹고 짐을 싸고 있을 때 텐트 밖에서 인기척이 났다.
한 트럭운전사가 페이스북에서 내 이야기를 읽었다며 물 한 병을 주었다. 그러

다 텐트 정리를 하며 고개를 돌리니 자전거 옆에 물 두 병과 쿠키가 놓여 있었다. 많은 사람들이 이 여행을 포기하지 말라며 격려하고 응원해 주는 것 같았다. 길을 나서려고 할 때는 제설작업을 하던 사람들이 알은척을 해 주었다.

오늘도 역시나 눈 때문에 도로는 젖어 있고 눈은 계속 내리고 있었다. 언덕 길이 시작되어 습관처럼 자전거를 끌고 언덕을 오르고 올랐다. 표시판도 하나 없고 오늘은 유독 더욱 힘이 들었다. 하지만 언덕 저편에서 나를 기다리고 있을 내리막길을 기대하며 이를 악물었다.

밤 9시가 훌쩍 넘어서야 텐트를 칠 장소를 발견하고는 멈춰 섰다. 햄과 양파를 넣은 스파게티를 저녁으로 먹으면서 하루를 돌아보니 설명할 수 없는 야릇한 기분이었다. 오늘 48킬로미터를 달리는 동안 물을 열 병이나 넘게 얻는 바람에 갑자기 물 부자가 됐다. 페이스북 때문인지 알은척을 해 주고 물이든 과자든 무언가를 주는 사람들이 부쩍 늘었다.

#어쩌다_유명인사 #어쩌다_물부자 #대단한_페이스북
#열화와_같은_성원으로_달려_달려

산 너머 나를 기다리던 행운

2017년 4월 25일 화요일 _ 이동 시간: 7시간 20분 | 이동 거리: 64.687㎞

폴이 챙겨 준 브리또 두 개를 먹고 아침 10시쯤 길을 나섰다. 오늘도 내게 알은 척을 해 주는 사람이 무척 많았다. 건너편에서 오던 트럭운전사에게는 빵과 샌드위치, 에너지바, 땅콩, 물 등이 담긴 봉투를 받았고, 어떤 아저씨는 에너지 바를 박스째로 주려고 해서 만류 끝에 8개만 받았다.

　오르막길을 만날 때면 폴이 준 소고기 육포를 신나게 먹으며 자전거를 끌었다. 그러다 그랜드 캐시까지 1킬로미터가 남았다는 표지판을 발견했다. 조금만 더 가면 그랜드 캐시에 도착할 것이라 생각하며 신나게 페달을 밟았다. 하지만 신나는 마음은 아주 잠깐, 큰 언덕은 오르고 또 올라도 끝이 없었다. 산 아래부터 정상까지 단번에 연결된 언덕길이었다. 언덕이 아니라 자전거를 끌고 산을 올라가는 느낌이었다. 이 언덕은 그야말로 지옥이었다. 그렇게 1시간 30분가량 자전거를 끌고 올랐을까. 1킬로미터가 남았다는 표지판은 거짓말인 것 같았다.

　그랜드 캐시 입구에 도착해서 사진을 찍으려고 할 때 자동차 한 대가 내 앞에 멈춰 섰다. 페이스북에서 봤다며 말을 걸어 왔다. 잘 됐다 싶은 마음에 이곳에 텐트를 쳐도 되느냐고 물으니 텐트를 칠 공간은 없다며 고개를 저었다. 그런데 낙담할 새도 없이 그가 손을 뻗어 자신의 집을 가리켰다. 그렇게 만난 버나 덕분에 젖은 텐트와 침낭을 말리고 샤워와 빨래도 할 수 있게 되었다. 지금까지 지나온 많은 마을들은 언덕 아래 평지에 형성되어 있었지만 그랜드 캐시에서는 산 정상에 마을이 자리하고 있었다. 경치 또한 끝내주는 것은 물론이었다.

#죽음의산_정복 #페이스북_대단해
#산위의마을_세계최고의_경치

노숙은 괜찮지만
야생동물이 문제야

53day

드디어 그랜드 캐시를 가다

2017년 4월 26일 수요일 _ 이동 시간: 5시간 22분 | 이동 거리: 47.566km

아침을 먹고 있을 때 한 저널리스트가 찾아와서 인터뷰를 했다. 마을 신문에 내 여행 이야기가 실릴 거라고 했다. 텀블러 리지, 비버로지에 이어서 그랜드 캐시까지. 나는 그저 나만의 방법으로 여행을 하는 것뿐인데 점점 이슈가 되어 가고 있는 것 같아 어리둥절할 뿐이었다.

잠자리를 제공해 준 친절한 암벽등반가 버나가 그랜드 캐시를 구경시켜 주었다. 둘로 쪼개져 한쪽에서는 이끼가 자라고 있는 거대한 바위도 구경하고 산 깊은 곳까지 들어가서 산과 강을 둘러보기도 했다. 대자연의 신비란 이런 풍경을 두고 하는 말인 것 같았다. 그랜드 캐시 구석구석을 구경시켜 준 버나에게 고마울 뿐이었다.

텐트를 치고 샌드위치를 만들어 먹었다. 식료품을 적당히 산 것 같았는데 워낙 얻어먹고 다니다 보니 포트 세인트존에서 샀던 음식을 아직도 먹고 있었다.

#또_인터뷰_이러다_연예인병 #그랜드캐시_구경_버나_고마워요
#잘얻어먹고_다니는_여행

087

54day

오늘은 죽어도 힌튼까지 가야 해

2017년 4월 27일 목요일 _ 이동 시간: 10시간 | 이동 거리: 107.56㎞

6시 30분쯤이었을까. 텐트 밖에서 인기척이 느껴져 고개를 내미니 어떤 아저씨가 커피와 브리또를 주고는 제 갈 길을 걸어갔다. 지금까지 여행을 하며 내게 음식을 준 사람은 한둘이 아니건만 오늘도 어리둥절하기는 마찬가지였다.

점심 무렵 샌드위치를 먹고 있을 때 갑자기 바람이 세차게 불더니 자전거가 넘어지면서 자전거와 트레일러가 분리되고 말았다. 고정해 놓았던 케이블 타이가 끊어진 것이다. 이번에는 설상가상으로 엄청난 함박눈이 쏟아지기 시작했다. 눈을 뚫고 열심히 달리고 있는데 아침에 나를 깨워 브리또를 주고 갔던 AJ를 또 만났다. 그가 이번에는 물을 주었다. 만난 사람을 또 만나는 일도 여러 번 겪었지만 이번에도 신기하기는 마찬가지였다.

함박눈이 내릴 때 비닐로 짐을 바로 덮었어야 했는데 눈이 금방 그치겠거니 하고 귀찮은 마음에 그대로 라이딩을 했더니 눈이 오다가 우박이 떨어지다가 비가 오다가를 반복한 덕분에 침낭과 텐트가 홀딱 젖고 말았다. 조금 전 AJ와 다시 만났을 때 힌튼(Hinton)에 도착하면 메시지를 보내라는 말이 생각났다. 오늘 같은 날씨에 캠핑은 불가능할 게 뻔했으므로 기필코 힌튼까지 가야만 했다.

약 40킬로미터가 남은 지점에서 자동차 한 대가 멈추더니 태워 주겠다며 타라는 손짓을 했다. 오늘만큼은 거절하는 게 쉽지 않았다. 날씨도 좋지 않았고 갓길이 없어서 위험하기도 했다. 그리고 오늘 안에 반드시 힌튼까지 가야 했다. 하지만 잠시 머뭇거리다가 유혹을 뿌리쳤다. 자전거를 타는 내내 눈, 우박, 비바람이 번갈아 내렸다. 큰 언덕을 지나자 엄청난 거리의 내리막길이 나왔다. 내려가면 내려갈수록 앞 브레이크가 점점 헐거워지는 것 같았다. 뒤 브레이크는 진즉에 포기하고 앞 브레이크에만 의존한 채 자전거를 탔는데 이제는 앞 브레이크마저도 느슨해져서 속도 제어가 힘들었다. 속도가 시속 50킬로미터를 넘어서자 별별 생각이 다 들었지만 무사히 긴 내리막길을 내려왔다. 죽다 살아난 기분이었다. 자전거에서 내려 앞 브레이크 패드를 단단히 조이고 다시 출발했다. 두 개의 언덕을 넘자 큰 도로가 나왔고 힌튼 팻말이 보였다. 8시 30분, 드디어 오늘 목적지인 힌튼에 도착한 것이다.

AJ 집에 도착해서야 오늘의 여정이 진짜 끝났다는 것을 실감했다. 평소보다 더 미친 듯이 무리해서 페달을 밟았고 오르막에서는 더 빠른 걸음으로 끌었다. 오늘 내가 지나온 거리는 107킬로미터. 새로운 기록이었다. 오늘의 가장 큰 깨달음은 날씨가 조금이라도 흐리면 트레일러에 방수 커버를 씌워야 한다는 것이었다.

#AJ_브리또로_맺은_인연 #힌튼까지_가는길
#왜_너는_나를_만나서_점프의유혹

55day
머무를 것인가 떠날 것인가
2017년 4월 28일 금요일 _ 이동 시간: 2시간 43분 | 이동 거리: 21.606㎞

아침에 일어나니 허리부터 다리까지 근육통이 심했다. 어제 너무 무리한 탓이었다. 브레이크를 고치고 싶어서 자전거 숍에 갔지만 수리를 하지 못해 브레이크 와이어와 와이어를 씌우는 부품을 사서 직접 수리했다. 이렇게 해도 뒤 브레이크가 작동이 잘 되지 않으면 앞 브레이크에만 의지해서 타는 수밖에 없었다.

AJ에게 점심을 얻어먹고 떠날 채비를 하면서도 날씨가 좋지 않으니 하루 더 머무를 것인지, 아니면 출발할 것인지의 갈림길에서 계속 고민을 하다가 갈 길이 멀다는 생각으로 마음을 다잡고 오후 5시가 되어서야 집을 나섰다. 오늘은 안경을 잃어버렸다. 이렇게 물건을 하나씩 잃어버리다 보니 이제는 잃어버린 물건에 대해 무감각해지는 게 아닐까 싶기도 했다. 8시 30분쯤 꽤 큰 규모의 휴게소(Rest Area)에 도착했다. 그랜드 캐시에서 얻은 스파게티로 저녁을 먹고 시리얼과 햄, 바나나까지 엄청난 양의 식사를 했다.

#브레이크_수리_나_좀_소질있는_듯 #안경은_잃어버리고_배는_채우고

56day
강가에서 보낸 낭만의 하룻밤
2017년 4월 29일 토요일 _ 이동 시간: 7시간 43분 | 이동 거리: 69.397㎞

매일 아침에 먹던 초코우유와 시리얼을 오랜만에 먹으니 반갑기까지 했다. 마치 내 일상으로 돌아온 것 같았다. 오늘도 날씨가 흐려서 출발하기 전에 트레일러를 단단히 포장했다. 텐트와 침낭이 젖는 불상사를 다시 겪기는 싫었다. 자스퍼(Jasper)까지 가는 길은 평지의 연속이었지만 바람이 많이 부는 탓에 속도가 나질 않았다. 그래도 자스퍼와 가까워질수록 경치가 좋아졌다. 눈 덮인 거대한 산들과 크고 작은 호수들, 멋진 풍경을 감상하는 사이 드디어 자스퍼에 도착했다. 그랜드 캐시와 마찬가지로 자스퍼도 산으로 둘러싸인 곳이지만 풍경은 많이 달랐다. 아기자기한 건물들과 관광지답게 깔끔하고 잘 정돈된 느낌이었다. 물을 쓸 수 있는 화장실을 발견해 설거지를 할까 했다가 트레일러의 포장을 벗기기가 귀찮아 설거지를 미루고 라이딩을 했다. 트레일러에 포장을 씌우면 벗기기가 귀찮은 단점이 있었다.

저녁 7시쯤 텐트를 치기 좋은 최적의 장소를 발견했다. 앞에는 강이 흐르고 화장실도 있는 곳이었다. 여행하는 내내 강물이 흐르는 곳에 텐트를 치고 싶었는데 오늘이 바로 그날이었다. 숲속이라 그런지 야생동물이 출몰할까 두렵기도 했다. 그렇지 않아도 만나는 사람들마다 야생동물을 조심해야 한다며, 특히 곰을 조심하라고 일러 주었다. 오늘 라이딩을 하는 도중 블랙 베어를 본 탓인지 사람들의 조언이 더욱 실감났다. 그래도 내가 꿈꾸던 강가의 야영이었다.

#자스퍼_도착 #귀찮은설거지_더귀찮은_포장벗기기
#강가의야영_야생동물은_무섭지만

57day

길 위에서 다시 만나는 인연들

2017년 4월 30일 일요일 _ 이동 시간: 4시간 20분 | 이동 거리: 약 50㎞

밤새 야생동물의 방해 없이 평화로운 아침을 맞이했지만 기분이 그다지 맑지 않은 건 순전히 맛없는 시리얼 탓이었다. 이런 시리얼을 왜 돈을 주고 사 먹는지 모를 만큼의 맛이라고 궁시렁대다 하늘까지 흐린 탓에 꾸물거렸다.

자스퍼는 세계적으로 유명한 관광지답게 끝내 주는 자연경관을 자랑하고 있었다. 넋이 나갈 만큼 멋진 풍경이었다. 점심 무렵 트레일러에서 삼각대를 꺼내다 자전거가 넘어지면서 트레일러와 또 분리되고 말았다. 덤덤하게 연결 작업을 하고 있을 때 그랜드 캐시에서 만났던 한국 사람을 다시 만났다. 점심은 이분에게서 얻은 빵과 주먹밥으로 해결하고 다시 길을 나섰다.

한참을 달리고 있을 때 낯익은 차 한 대가 멈춰 섰다. 한 달 전에 길에서 만났던 이탈리아 여행가들이었다. 이렇게 길 위에서 또 만나니 무척이나 반가웠다. 캠핑카에서 차도 대접받고 저녁으로 파스타도 먹었다. 임청난 수나를 떨다 보니 해가 지고 있어 근처 휴게소로 이동했다. 오늘은 이탈리안 여행가의 캠핑카 안에서 밤을 보내기로 했다.

#자전거와_트레일러_친하게_지내길 #길위의_재회
#오늘밤은_캠핑카에서

58day

로키 마운틴의 경관에 빠지다

2017년 5월 1일 월요일 _ 이동 시간: 6시간 18분 | 이동 거리: 60,671㎞

캠핑카에서 밤을 보낸 후 아침 겸 점심으로 커피와 빵을 얻어먹었다. 이탈리아 여행가들을 한 달 전에 처음 만났을 때는 이야기 몇 마디 나누지 못하고 헤어졌는데 어제부터 오늘까지 우리의 대화는 끊이지 않았다. 이탈리아 문화에 대해 많이 알 수 있었고 재미있는 여행담도 들으며 여러 가지 생각을 공유할 수 있었던 1박 2일이었다. 아쉬운 작별을 하고 점심 무렵 라이딩을 시작했다. 유명한 여행지답게 구간 구간마다 볼 것도 많았고 덕분에 사진도 많이 찍었다. 언덕길이 꽤 있었지만 그리 힘들지 않았다. 중간 중간 자전거를 세우고 사진도 찍고 로키 마운틴을 감상하며 여유롭게 라이딩을 했다.

날이 어두워져 자전거를 세우고 텐트를 쳤다. 포트넬슨에서 샀던 인스턴트 밥으로 저녁을 해결했다. 라면 끓이듯이 해 먹으면 되는 간단한 음식이었는데 설명서대로 따라 했지만 물이 조금 많아 죽도 아니고 국물도 아닌 음식이 되어버렸다. 하지만 가격이 싼 편이라 그럭저럭 마음에 들었다. 설거지를 해야 하는 단점을 빼고는 말이다. 무언가 부실하게 먹은 것일까. 포만감이 들지 않아 엘의 여자 친구 클라우디아에게 받은 전투식량을 먹었다. 제품을 아무리 살펴봐도 조리법이 적혀 있지 않았다. 제품을 뜯어보니 햄과 같은 가공식품이었다. 조리하지 않고 그대로 먹었더니 꽤 맛있었다. 이동 거리를 체크해 보니 오늘 내리막 길이 많았기 때문인지 라이딩을 늦게 시작했는데도 60킬로미터나 이동했다.

#만남뒤에_헤어짐 #나도_오늘은_여유로운_관광객
#별걸_다먹어보는_여행

첫마음이
영원할 리 없다는 건 알지만

59day

페퍼 스프레이가 거기서 왜 나와

2017년 5월 2일 화요일 _ 이동 시간: 6시간 15분 | 이동 거리: 48.327㎞

10시쯤 길을 나서 점심 무렵 한 모텔에 도착했다. 고속도로의 휴게소 같은 곳이
었다. 이곳에서 물도 얻고 에너지 바도 구비했다. 의자에 앉아 그랜드 캐시에서
얻은 피자를 먹고 있는데 중국인 관광객들이 나를 발견하고는 신기한 듯 카메
라 셔터를 마구 눌러댔다. 불편한 마음에 자리를 떠나고 싶은 걸 꾹 누르고 그
들이 가기만을 기다렸다.

남은 피자 두 조각을 먹고 사진을 찍으려는 찰나 어이없는 사고가 발생했다.
자전거를 세우고 삼각대를 꺼내려고 할 때였다. 자전거가 바람에 쓰러지는 걸
잡으려다 그대로 넘어지고 말았다. 그때 자전거 안장 밑에 달아 놓았던 페퍼 스
프레이가 제멋대로 분사된 것이다. 분사되는 페퍼 스프레이를 막으려 한참을
발버둥을 치던 끝에 페퍼 스프레이는 스스로 분사를 멈추었지만 결국 얼굴과
눈에 페퍼 스프레이를 뒤집어쓰고 말았다. 야생동물을 쫓으려고 만든 매운 스
프레이였다. 엄청 따갑고 뜨거워 눈을 뜰 수가 없었다. 화생방 훈련보다 10배는
더 고통스러웠다. 그 자리에 주저앉아 더듬더듬 물을 찾아 얼굴에 마구 부어 댔
다. 하지만 고통은 점점 심해졌다. 급기야는 도와 달라며 소리를 질러댔다.

근처에 있던 모텔 직원이 달려와 식당 주방에 있는 세면대로 데려다 주었다. 30분 정도 흐르는 물에 눈과 얼굴을 씻으니 점차 나아졌다. 입고 있던 옷은 빨래를 해야 했고 페퍼 스프레이가 묻은 물병들은 버려야 했다. 내가 직접 페퍼 스프레이의 위력을 체험해 보니 이제 야생동물은 하나도 무서울 것이 없었다. 어이없는 실수로 얻은 교훈이었다.

오르막길을 오르고 올라 밤 10시 반이 넘어서야 텐트를 칠 장소를 발견하고 자전거를 세웠다. 페퍼 스프레이를 뒤집어쓰고 고함을 치던 내 모습이 자꾸 생각났다. 꿈에서라도 다시 보고 싶지 않은 장면이었다.

#눈치_없는_페퍼스프레이 #이제_야생동물_무섭지_않아 #내일은_무사히
#며칠간_이불킥_할듯

60day
1달러가 정신건강에 미치는 영향
2017년 5월 3일 수요일 _ 이동 시간: 7시간 1분 | 이동 거리: 88.480km

손등에 페퍼 스프레이가 여전히 묻어 있는 듯 화끈거리고 따가워 물티슈를 얹어 놓았다. 손등의 통증 때문에 잠을 설치다가 겨우 일어나 9시쯤에 라이딩을 시작해 3시쯤 로키 마운틴의 끝자락인 루이스 호수(Lake Luise)에 도착했다.

중국인이 운영하는 식당에서 18.85달러짜리 밥을 사먹었다. 카운터에서 20달러를 냈는데 점원이 거스름돈을 줄 생각을 안 하고 있었다. 한참을 기다리자 팁을 내야 한다는 것이었다. 처음 당하는 일에 당황스러웠다. 1.15달러밖에 안 되는 돈이었지만 생각하면 할수록 어이가 없고 화가 났다. 낯선 땅에서 갑자기 무력해지는 기분마저 들었다. 텐트를 치고 라면을 끓여 먹으면서도 빨리 잊는 게 상책이라고 다독였다가 이를 갈다가를 반복하며 밤을 보냈다.

#루이스호수_도착 #중국인아_내다리_내놔_아니_1달러_내놔

61day

동쪽을 향해 달려라

2017년 5월 4일 목요일 _ 이동 시간: 5시간 | 이동 거리: 50㎞

10시에 라이딩을 시작해 평탄한 길을 따라 1시쯤 밴프(Banff)에 도착했다. 아름다운 마을은 관광지답게 사람들로 북적댔다. 엘에게서 얻은 기프트 카드로 팀홀튼에서 점심을 사 먹었다. 와이파이를 이용하느라 한정 없이 시간을 보내다 7시 30분이 되어서야 자리에서 일어섰다. 그전까지는 북동쪽, 남동쪽, 남쪽으로 애매하게 달려왔지만 이제 동쪽으로의 여정이 시작되었다. 두 시간을 달려 캔모어(Canmore)에 도착했다. 마을 입구에 방문객 센터가 있었다. 화장실 근처 구석에 텐트를 치고 보니 텐트를 치지 말라는 안내문구가 보였다. 아침 일찍 떠나면 괜찮겠지 하는 생각이 들어 오늘 밤은 이곳에서 보내기로 했다. 동쪽으로의 여행 첫날밤이 지고 있었다.

#밴프_입성 #동쪽에는_어떤일이_두근두근
#화장실옆_하룻밤

62day

내 결심을 제자리로 돌려줘

2017년 5월 5일 금요일 _ 이동 시간: 2시간 27분 | 이동 거리: 26,662㎞

눈을 뜨니 6시, 허겁지겁 텐트를 정리했지만 결국 방문객 센터에서 와이파이를 사용하느라 시간을 보냈다. 시리얼을 먹고 주변을 더 둘러본 후 길을 나서려 했지만 갑자기 모든 것이 귀찮아졌다. 자전거를 타기가 싫어진 것이다. 로키 마운틴을 넘은 후 슬럼프를 맞은 것 같다고 스스로 진단할 무렵 온갖 잡생각이 다 들기 시작했다. 그야말로 멘탈이 붕괴된 것이다.

　오늘 하루 묵어갈 곳을 이리저리 찾았지만 마땅한 곳이 없었다. 결국 다음 쉼터에서 텐트를 칠 생각으로 맥주 여섯 캔을 사고 5시가 되어서야 길을 나섰다. 어서 빨리 자리를 잡고 텐트를 치고 싶었지만 아무리 달려도 쉼터는 보이지 않았다.

저녁 무렵이 되자 날씨도 좋지 않고 더 이상은 자전거를 타기도 싫어 도로 옆 구석에 자리를 잡았다. 텐트를 마저 치지도 못했는데 갑자기 엄청난 비가 쏟아졌다. 그 바람에 옷이 흠뻑 젖고 말았다. 캐나다에서 처음 맞는 엄청난 비였다. 텐트가 잘 버텨줄지 불안에 떨면서 라면을 끓여 먹었다. 마음이 허전한 탓이었을까. 허기가 가시지 않아 라면 한 봉지를 더 끓여 먹고, 사과와 귤도 먹었다. 적당히 먹는 훈련은 잊어버린 채 또 엄청난 폭식을 하고 말았다. 재미있는 영화를 보면서 마음을 조금이나마 되돌리려 했지만 노트북이 켜지질 않았다. 힌튼을 지나고부터 계속 노숙을 해왔으니 배터리가 남아 있을 리 없었다. 내 뜻대로 되지 않는 엉망진창 하루. 허탈한 마음에 맥주 한 캔을 마셨다.

#엉망진창_하루 #무엇이_문제일까
#빨리_정신_차리고_싶다

63day
나는 온라인보다 오프라인 체질
2017년 5월 6일 토요일 _ 이동 시간: 6시간 45분 | 이동 거리: 76,660㎞

지난밤 엄청난 폭우가 쏟아지더니 30분가량 지나자 거짓말처럼 비가 그치고 날이 갰다. 덕분에 비 걱정 없이 편히 잘 수 있었다. 이제는 산들이 사라지고 들판만 나왔다. 이따금 언덕을 만났지만 모두 낮아 오르락내리락하는 빈도도 줄어들었고 줄곧 평평한 길이 이어졌다.

5시쯤 캘거리(Calgary) 외곽 부근에 도착했다. 캘거리 입구는 많은 구간들이 공사 중이었다. 갓길도 없어서 차들의 진로를 방해해야만 했다. 맥도날드에서 커피 한 잔을 마시며 와이파이를 사용했다. 머물 수 있을 만한 곳을 인터넷으로 뒤적거렸지만 아무런 소득 없이 2시간을 허비했다. 온라인의 도움 없이 여기까지 무사히 잘 왔건만 지금 무얼 하고 있는 건가 싶었다. 돌아다니다가 마을 입구에서 잔디밭을 발견하고는 자전거를 세웠다. 텐트를 치면서 나는 온라인보다는 오프라인이 적성에 더 맞는 것 같다는 생각이 들었다. 발로 직접 뛰고 몸으로 부딪쳐서 보고, 느끼고, 깨닫는 게 더 많다. 그리고 그게 내게 어울리는 여행법인 것 같다.

#오프라인과목_참_잘했어요 #온라인과목_검색의_문제인가
#내게_어울리는_단무지_여행법

64day
텐트 좀 치게 해 주세요
2017년 5월 7일 일요일 _ 이동 시간: 3시간 8분 | 이동 거리: 25.204㎞

캘거리 다운타운까지는 자전거 길도 잘 닦여 있었고 강줄기를 따라 산책로도 잘 조성되어 있었다. 점심 무렵 캘거리 다운타운에 도착해 카페에 앉아서 한정 없이 와이파이를 사용하다 1시간 반이나 흐른 걸 깨닫고 오프라인 전공자가 또 왜 이러고 있나 싶은 마음에 카페를 박차고 나왔다. 다운타운을 거닐다가 한인식당을 발견해 물도 얻고 김치볶음밥을 먹었다. 캘거리를 벗어나기 전에 서점에 들러서 한참 책 구경에 빠졌지만. 공부할 수 있을 만한 책을 찾지 못하고 서점을 나왔다.

두 시간쯤 달렸을까. 인터내셔널 애비뉴(International Avenue)라는 거리에 도착해 슈퍼마켓을 발견하고 장을 보기로 했다. 이틀 치 식량이면 족했는데 라면이며 쌀이 무척 저렴해서 한꺼번에 너무 많이 사 버렸다. 앞으로 한 달 동안은 라면 걱정을 하지 않을 정도였다. 장을 본 후 동네 놀이터에 텐트를 쳤다. 냉동 해물을 넣은 치즈 스파게티를 먹고 정리하려는 순간 자동차 헤드라이트가 내 텐트를 비추고 있었다. 나가 보니 경찰이었다. 동네 사람이 나를 신고한 것이었

다. 놀이터에 텐트만 쳤을 뿐이고 이웃 주민들에게 피해를 주는 행동 하나 하지 않았지만 이 상황이 이해가 안 되는 건 아니었기에 묵묵히 텐트를 정리했다.

밤 10시. 너무 늦은 시간이라 텐트를 칠 만한 곳을 찾기는 어려웠다. 텐트를 칠 곳을 찾아 헤매다 어느 상점에 들어가서 양해를 구했는데 다짜고짜 욕설을 퍼부었다. 문제를 일으키고 싶지 않아서 꾹 참고 다시 길을 나섰다. 2킬로미터 정도 가니 큰 공원이 보였다. 경찰과 또 마주치지 않기를 바라는 마음으로 텐트를 쳤다. 텐트를 하루에 두 번 쳐 보기는 처음이었다.

#한달동안_라면걱정_없어
#정착할_곳_찾아_삼만리 #나는_해치지_않아요

바람 같은 남자
바람에 적응하다

65day

산이나 언덕이나 오늘도 오르락내리락

2017년 5월 8일 월요일 _ 이동 시간: 7시간 1분 ㅣ 이동 거리: 70.187㎞

8시 30분쯤 길을 나서 10킬로미터쯤 달리자 체스트미어(Chestermere)라는 마을에 도착했다. 잘 정리된 잔디밭 주변으로 커다란 집들이 옹기종기 모여 있었다. 대충 훑어봐도 부유한 사람들이 사는 마을이라는 느낌이 들었다. 마을 어귀에는 기차역이 있었는데 기차역을 중심으로 상권이 잘 발달해 있었다. 도시 못지않게 있을 만한 상점은 다 있었다. 조용한 위성도시의 느낌을 주는 마을로 앨버타 주의 수도인 캘거리와 그리 멀지도 않아 살기에 좋을 것 같았다. 잘 조성된 공원 앞에는 커다란 호수도 있었다. 호수에는 자그마한 배를 타고 다니며 낚시를 하는 사람들이 보였고 아이들과 함께 한가로이 시간을 보내는 가족들도 많았다. 사람들의 표정에는 여유가 느껴졌다. 공원 화장실에서 세면을 하고 설거지도 해결했다. 쉬는 김에 벤치에서 낮잠도 자고 점심도 먹었다. 벌레들이 많이 달라붙는 것 빼고는 꽤 괜찮은 곳이었다.

마을을 조금 벗어나자 고속도로가 나왔다. 복잡한 마을이나 도시보다는 차라리 아무것도 없는, 자동차들만 오가는, 복잡한 일이 생길 것도 없고 길을 찾아 해매지 않아도 되는 고속도로가 더 편한 것 같았다. 어쩌면 외로이 나 홀로 고속도로 위에 있는 게 더 익숙한 탓인지도 몰랐다. 스트라스모어(Strathmore)라는 마을에 들러 필요한 물건들을 구입한 후 8시 30분쯤 고속도로 옆 잔디밭에 텐트를 쳤다. 어제 샀던 냉동 해물이 녹아 흐물흐물해져 가는 것이 더 두었다가는 상할 것 같아 냉동 해물을 삶아 먹고, 미고랭라면 두 봉지를 끓여 먹었다. 그리고 맥주 한 캔에 프링글스 한 통을 먹고서야 포만감이 들었다.

#호수근처에서_낮잠 #자전거의_용도_끄는_것
#배고픔은_외로움일까

66day

무료하지만 꽤 괜찮은 날들

2017년 5월 9일 화요일 _ 이동 시간: 8시간 56분 | 이동 거리: 98.871㎞

오후 2시쯤 도로변에서 주유소를 발견하고는 자전거를 멈췄다. 최근 이상한 신체 변화를 겪고 있었다. 루이스 호수에 도착했을 때부터인 듯한데 무얼 먹기만 하면 설사를 했다. 아침이나 저녁에는 괜찮았으나 유독 점심에만 속이 뒤틀렸다. 속을 비워 내고 다시 길을 나섰다.

도로가 넓어지면서 반대편 차들과 인사하는 재미가 사라졌고 루이스 호수부터 여기까지 길 위에서 단 한 명도 말을 걸어 주는 이가 없었다. 무료한 날들이 이어지고 있었다. 비록 험한 길에 좁은 도로를 달릴 때가 더 좋지 않았나 싶을 정도였다.

날이 어두워져 도로 옆 잔디밭에 텐트를 쳤다. 힌튼을 지나고부터 줄곧 노숙 중이었다. 어찌 보면 이제는 텐트에서 자는 게 더 편한 것 같기도 했다. 사람들을 만나 수다를 떠는 재미는 없지만 그 어떤 것에도 구애를 받지 않으니 이게 진정한 내 세상이 아닌가 싶은 마음도 들었다. 날씨가 따뜻해지면서 땀 때문에 발이 젖어 발 여기저기에 물집이 생길 기미가 보였다. 겨울용 신발을 벗어던져야 할 때가 온 것 같다.

#길어지는_노숙생활 #입에_곰팡이_피겠어 #따뜻한_날씨_내발에_물집

67day

기다리고 기다리던 반바지의 계절

2017년 5월 10일 수요일 _ 이동 시간: 6시간 30분 | 이동 거리: 57.517㎞

드디어 반팔에 반바지 차림으로 자전거를 탈 수 있게 되었다. 이제는 바람이 불어도 춥지 않았다. 2시쯤 브룩스(Brooks)라는 마을에 도착해 월마트에 들러 점심거리와 선크림을 구입했다. 오늘은 9시가 다 되어서야 자전거를 멈추고 도로 옆 잔디밭에 텐트를 쳤다. 저녁메뉴는 스파게티였다. 스파게티는 싼 가격에 여러 번 먹을 수 있는 장점이 있지만 면이 익는 데 시간이 꽤 걸리고 손이 많이 가는 단점이 있어 더 이상 스파게티는 사지 않기로 했다. 여행을 하면서 저렴하고 해먹기도 편한 식품들이 내 머릿속에 명확하게 정리되어 가고 있다. 누군가 이런 여행을 한다면 메뉴에 대해 조언해 줄 수 있을 것 같다.

#추위에_떨던게-엊그제_같건만 #춥지않아_내맘도_춥지않아
#여행무드_전문셰프

68day
빗속에서 먹는 치킨의 맛
2017년 5월 11일 목요일 _ 이동 시간: 8시간 57분 | 이동 거리: 92,520㎞

며칠간 전속력으로 자전거를 탔더니 다음날 아침이면 근육통 때문에 끙끙 앓는 소리가 절로 나왔다. 날씨가 따뜻해지면서 자전거도 신바람이 난 모양이었다. 하지만 장점이 있으면 단점도 있는 법. 오르막길에서 자전거를 끌고 갈 때면 모기가 들러붙었다. 반팔을 입고 라이딩을 한다고 좋아 했더니 따가운 햇볕 탓에 팔뚝이 벌겋게 달아올랐고 그늘이 없으면 점심을 먹지 못할 정도였다. 겨우 찾은 그늘이라고 해 봐야 화장실 건물 앞 직사광선이 들지 않는 곳이었다.

이곳의 쉼터나 화장실은 우리나라처럼 곳곳에 마련되어 있지 않아 화장실을 찾아 달렸지만 오후 5시 레드클리프(Redcliff)에 도착하기 전까지 화장실은 나타나지 않았다. 결국 점심은 굶고 말았다. 저녁 무렵 메디신햇(Medicine Hat)이라는 큰 마을에 도착했다. 다음 마을까지 200킬로미터나 남았다는 말을 듣고 음식을 사러 다운타운까지 들어갔지만 슈퍼를 찾지 못해 고속도로로 발길을 돌리는 순간 큰 슈퍼를 발견했다. 반가운 마음으로 슈퍼에 들어가 치킨을 사들고 나왔더니 물 폭탄이라고밖에 설명할 수 없는 엄청난 비가 쏟아지고 있었다.

근처 버스 정류장으로 들어가 비가 그치기를 기다리다 할 수 없이 치킨을 먹었다. 비가 쏟아지는 버스 정류장에서 먹는 치킨이었지만 치킨은 어디에서 먹어도 맛있다는 말을 실감했다.

#모기와의_전쟁선포 #화장실_찾아_삼만리
#물폭탄_아래에서_치킨먹기

69day
천둥 번개, 장대비, 그리고 강풍
2017년 5월 12일 금요일 _ 이동 시간: 4시간 | 이동 거리: 40㎞

밤새 바람이 많이 부는 탓에 뜬눈으로 밤을 지새우고 10시쯤 길을 나섰다. 점심은 그야말로 길 위의 식사였다. 땅바닥에 철퍼덕 앉아서 통조림과 사과, 오렌지를 먹었다. 바람도 거세고 발에 잡힌 물집도 점점 심해져서 5시쯤 텐트를 쳤다. 일찍 자려는데 텐트 밖에서 인기척이 느껴졌다. 나가보니 한 할아버지가 갓길에 차를 세우고 걱정스러운 표정으로 괜찮은지 물었다. 토론토까지 가는 중이라던 할아버지로부터 물과 바나나 한 개와 모기 쫓는 로션을 얻었다.

다시 잠을 청하려 할 때였다. 천둥 번개를 동반한 엄청난 장대비에 강풍이 불어 댔다. 바람이 심하게 부는 것에 대비해서 텐트를 칠 때 핀과 줄로 고정을 해 놓았지만 소용이 없었다. 강풍은 텐트를 한방에 날려 버릴 기세였다. 텐트 안에서 바닥 부분을 잡고 힘을 다해 눌러 주어야 간신히 버틸 만했다. 시간이 점차 지나자 비는 그쳤지만 바람은 여전히 거세기만 했다. 바닥이 뜨는 곳에 가방을 올려두고 그것도 안심이 안 되어 가방 위에 내 체중을 실었다. 배가 고팠지만 저녁을 해먹기도 귀찮아서 굶기로 했다.

#토론토가는_할아버지_고맙습니다 #강풍속의_하룻밤
#오죽했으면_저녁은_패스

바람 속 위로가 되는 한 잔의 라면 스프

2017년 5월 13일 토요일 _이동 시간: 4시간 36분 | 이동 거리: 66.329㎞

이제는 바람 속에서 자는 법을 터득했다. 바람 속에서 짐 정리하는 법도 터득했다. 아침에도 바람이 많이 불고 있어서 자전거를 타야 하나 말아야 하나 고민 끝에 갈 수 있는 만큼만 가자고 생각하고 몸을 일으켜 4시쯤 메이플 크리크(Maple Creek)라는 마을 입구에 도착했다. 주유소에 들러 화장실에서 물을 받았는데 뿌연 물 색깔을 보니 식수로는 안 되겠다 싶어 음식을 해 먹을 용도만 사용하기로 했다.

6시쯤 금방이라도 비가 쏟아질 듯 하늘이 무겁게 내려 앉아 라이딩을 마무리 지었다. 혹시나 내릴 비와 강풍에 철저히 대비하기 위해 말뚝도 박고 텐트의 위치도 바람을 많이 안 받는 쪽으로 설치했다. 허브가 들어 있는 맛없는 인스턴트 밥을 억지로 먹고 라면 스프를 끓여 마셨다. 수프도 아닌 스프였지만 바람 속에서 따뜻한 국물을 마시니 조금 위로가 되는 듯했다.

#바람에_적응한_남자 #메이플크리크_도착
#수프아니고_라면스프

여행이란
길 위에 서 있는 게 아닐까

71day
바람은 불고 바퀴의 바람은 빠지고
2017년 5월 14일 일요일 _ 이동 시간: 4시간 55분 | 이동 거리: 53.076㎞

오늘도 날씨가 흐릴 대로 흐려서 자전거를 타야 하나 말아야 하나를 두고 생각 끝에 나선 길인데 점심을 먹고 나자 하늘에 먹구름이 잔뜩 끼었다. 그리고 먹구름은 결국 어마어마한 우박을 쏟아 냈다. 그런데 이번에는 설상가상으로 뒷바퀴의 바람이 빠져 있었다. 하는 수 없이 내리는 우박을 맞으며 날씨가 좋아지기만을 기다렸다. 오후 4시쯤 우박이 그쳤지만 이쯤에서 텐트를 쳐야 할지, 아니면 계속 달려야 할지 고민이 되었다. 우선 텐트의 뼈대를 완성하고 보니 물이 바닥을 드러내고 있었다. 자전거를 재빨리 수리하고 갈 수 있는 데까지 가야 했다.

텐트를 접고는 자전거 뒷바퀴의 구멍 난 곳을 때우지 않고 튜브를 교체한 후 길을 나섰다. 한 시간가량을 달려 주유소에 도착했지만 문은 굳게 닫혀 있었다. 하는 수 없이 다시 자전거 뒷바퀴에 바람을 넣고 한참을 달리는 도중에 자전거가 잘 나가지 않는 느낌이 들었다. 자전거를 세우고 체크해 보니 이번에는 트레일러 왼쪽 바퀴에 바람이 빠져 있었다. 하루에 펑크가 두 번이나 나다니.

더 이상의 라이딩은 불가능할 것 같아 도로 옆 잔디밭에 텐트를 치고 트레일러 바퀴를 분리한 후 수리를 시작했다. 트레일러 바퀴와 펌프의 투입구가 서로 맞지 않아서 할 수 없이 여분의 튜브로 교체했다. 가지고 있던 여분의 튜브 두 개를 다 써버린 것이다. 일반적인 펌프로는 바람을 넣을 수가 없었기 때문에 유연하게 휘어지는 볼 펌프가 필요했다. 이 펌프에 맞는 튜브를 찾든지 자전거에 맞는 펌프를 찾아야 했다. 날씨든, 자전거든, 트레일러든 무엇 하나 도와주는 게 없는 날이다.

#나란히_펑크 #튜브_펌프_둘중_하나를_찾아서
#오늘은_글렀고_내일을_기대해

72day
길 위에서 만나는 사람들, 사람들
2017년 5월 15일 월요일 _ 이동 시간: 8시간 23분 | 이동 거리: 103.68Km

일찍 일어나서 텐트를 정리하고 있을 때 자전거를 타고 여행하는 리오 할아버지를 만났다. 그저 몇 마디 나누고 사진을 찍고 가려나 했더니 외롭지 않도록 나와 함께 자전거를 타 주겠다는 것이었다. 내 자전거 속도가 느린 탓에 그다지 좋은 방법은 아닌 것 같아 내키지 않았지만 함께 타 보기로 하고 내가 먼저 출발했다. 하지만 출발한 지 10초도 채 안 되어 리오 할아버지가 그대로 나를 앞질러 가버렸다. 애초에 사진을 찍는 게 목적이었던 듯했다. 이상한 할아버지라 여기고 지나치려는데 생각해 보니 리오 할아버지 자전거에 짐이 가득 실려 있던 게 생각났다. 이상한 할아버지지만 대단한 체력을 가진 할아버지였다.

10시쯤 한 주유소 레스토랑에서 물을 얻었다. 주유소 직원은 한국 사람이었다. 항상 혼자 길 위를 떠돌다 보니 누군가를 만나면 폭풍 수다를 떨게 된다. 그분은 말이 많은 편은 아니었지만 1시간가량 커피를 마시며 수다를 떨고는 쿠키와 바나나, 컵라면을 챙겨 주었다.

오르막길에서 자전거를 열심히 끌고 가는 도중 한 자전거 여행자를 만났다. 캐나다 동쪽에서 시작해서 서쪽의 밴쿠버를 통과해 다시 동쪽으로 가는 여정이라고 했다. 길 위에서는 여러 부류의 사람들을 만나게 된다. 여행이란 길 위에서 있는 게 아닐까라는 생각이 들었다.

4시쯤 스위프트 커런트(Swift Current) 마을 입구에 도착했다. 안내 센터에 들르려면 5시까지 가야 했기에 이정표를 확인하면서 악착같이 페달을 밟았는데 어느 순간 이정표가 사라졌다. 안내센터 찾기를 포기하고 다운타운으로 향하는 길에 자전거 숍을 발견했다. 작은 가게라 기대 없이 들어갔는데 이게 웬 일인가. 내 자전거에 딱 맞는 펌프를 찾은 것이다. 하지만 가격이 생각보다 비쌌다. 어째야 하나 고민하고 있을 때 주인아저씨가 가격을 깎아 주셨고 그렇게 해서 여분의 튜브도 구매했다. 생각했던 것보다 쉽게 펌프를 구할 수 있어서 다행스러웠다.

밤 9시가 되어서야 마을 근처에 있는 캠프 그라운드에 도착했지만 아무도 없었다. 연락할 수 있는 수단이 없어서 내일 직원을 만나면 돈을 지불해야겠다고 생각하고 근처를 둘러보니 텐트를 칠 만한 공간은 없었고 화장실과 세면장은 비밀번호를 알아야 사용할 수 있도록 되어 있었다. 그렇다면 이 캠프 그라운드에서 잘 이유가 없어 고속도로 옆 잔디밭에 텐트를 쳤다.

#길에서_만나는_다양한_여행자들 #펌프_튜브_구비완료
#캠프그라운드_내스타일은_아니야

73day
확실히 이상한 리오 할아버지
2017년 5월 16일 화요일 _ 이동 시간: 6시간 3분 | 이동 거리: 60.848km

새벽까지 지나가는 차들이 많아서 잠을 자는 둥 마는 둥 했는데 6시가 채 되지 않은 시간에 누군가가 내 이름을 불러서 잠에서 깼다. 텐트를 여니 어제 만났던 이상한 할아버지 리오였다. 그때 리오 할아버지의 딸이 스위프트 커런트에 산다고 했던 것이 기억났다. 딸의 집에서 자고 아침 일찍 길을 나선 것 같았다. 내 이름을 부르고는 그냥 지나가버렸다. 정말 이상한 할아버지였다.

오늘도 바람이 많이 불고 날씨가 좋지 않았다. 이제는 캐나다 날씨에 질려버릴 것 같았다. 날씨가 좋기를 바라기보다 좋지 않은 날씨에 철저히 대비를 하는 게 그저 최선일 뿐이었다. 4시쯤 허버트(Herbert) 마을의 주유소에서 물을 얻고 한 시간을 더 달리다 작은 마을 안에 캠프 그라운드가 있다는 표시를 보고 멈추었다. 캠프 그라운드 입구에 텐트 치는 비용은 15달러였다. 캠프 그라운드를 둘러보니 화장실은 잠겨 있었고 사람도 없었다. 허름한 조리장 같은 곳에 전기가 들어오는 걸 보고 보조배터리들을 충전하다가 오늘은 그냥 여기서 머물렀다 가기로 결정하고 텐트를 쳤다. 전기라도 쓸 수 있어서 노트북으로 가지고 있던 영화를 감상했다. 오랜만에 누려 보는 문화생활이었다.

#리오할아버지의_정체는 #새벽잠을_깨우다니
#오늘은_영화감상_감성보충

74day

오늘은 영화 감상의 날

2017년 5월 17일 수요일 _ 이동 거리: 오늘은 멈춤

아침에 일어나자마자 하늘을 올려다보니 먹구름이 잔뜩 끼어 있고 바람도 많이 불었다. 날씨가 좋아질 때까지 기다렸지만 오후 2시가 넘어서도 날씨가 좋아질 기미가 보이지 않아 오늘은 이곳에서 머물기로 했다. 늦은 밤까지 『토이스토리』, 『니모를 찾아서』, 『슈렉』까지 애니메이션 영화를 보며 시간을 보냈다. 영어 공부를 위해 본 영화를 또 보고 질릴 만큼 봤지만 어른이 된 지금도 애니메이션 영화를 보는 시간은 즐겁고 행복하다. 애니메이션 영화를 보면 무수히 많은 영어 표현들을 배울 수 있고, 감독이 곳곳에 숨겨 놓은 삶의 교훈들을 찾으며 또 다른 재미와 감동도 느낄 수 있다. 감추어져 있는 교훈들을 찾으며 반복해서 감상하다 보면 우리의 삶 그대로가 애니메이션 영화에 녹아 들어가 있다는 것도 깨닫게 된다. 동심을 돌아보고 찾는 것도 때때로 필요한 일이다. 나는 나이가 더 들어도 매번 똑같은 애니메이션을 보고 또 보며 살아가지 않을까 싶다.

#라이딩은_휴업 #폭풍의_영화감상_감성보충

75day

5달러도 없는 빈곤한 여행자

2017년 5월 18일 목요일 _ 이동 시간: 7시간 57분 | 이동 거리: 90.378㎞

10시쯤 길을 나섰다가 도중에 자전거에서 내려 뒷바퀴를 만져보니 바람이 빠져 있었다. 마을 입구 주유소에서 물을 얻고 바퀴에 바람을 넣었다. 또 바람이 빠지면 바퀴 상태를 제대로 확인해야 했다.

3시쯤 채플린이라는 마을에 도착했다. 마을 핀을 사고 싶으나 현금 5달러가 없어서 사지 못했다. 그러고 보니 캘거리를 지나고부터는 마을 핀을 한 개도

사지 못했다.

자전거 바퀴의 바람이 자꾸 빠지는 것이 불안해 8시쯤 도로 옆 잔디밭에 텐트를 쳤다. 바퀴의 상태를 체크해야 했지만 귀찮아서 내일로 미뤘다. 그러고 보니 바퀴 때문에 텐트를 일찍 쳤던 건데 정작 바퀴는 체크하지 않고 쉬는 꼴이 되었다.

#5달러도_없다니
#자전거바퀴_점검하다_하루가_저물어

76day
와이파이의 노예가 되다니
2017년 5월 19일 금요일 _ 이동 시간: 4시간 | 이동 거리: 35km

텐트에서 꼼지락대다가 뒷바퀴를 점검해 보니 아주 작은 구멍이 나 있었다. 구멍 난 곳을 때우고 점심 무렵 길을 나섰다. 오늘도 바람이 심하게 불어 자전거 타는 게 쉽지 않았다. 4시쯤에 무스조(Moose Jaw)라는 마을에 도착해 필요한 것과 먹을 것을 사고 맥도날드에 죽치고 앉아 와이파이를 사용했다. 정신을 차리고 보니 내 자신이 참 한심하게 느껴졌다. 인터넷이 안 되면 안 쓰면 그만인데 왜 굳이 와이파이가 되는 곳을 찾아 와서 절제를 못 하고 시간을 버리고 있는 건지 자괴감마저 들었다. 9시 30분이 되어서야 고속도로로 향해 한 시간을 달리다 도로 옆 잔디밭에 텐트를 쳤다. 김치라면을 끓여 먹고 사과와 오렌지, 도넛 두 개를 먹었다. 참, 아까 햄버거도 먹었건만 또 엄청나게 먹고 말았다. 오늘은 이동도 많이 못했는데 먹는 양은 여전했다.

#자전거_점검하다_지쳐 #와이파이가_뭐라고
#좀_적당히_먹자

떠나지 않았다면 몰랐을 것들,
보이지 않았을 것들

77day

검둥개 친구와 보낸 행복한 한때

2017년 5월 20일 토요일 _이동 시간: 8시간 10분 | 이동 거리: 91.998km

풀밭에서 점심을 먹고 출발하려는데 길 위에서 갑자기 검정개 한 마리가 나타나더니 내게 다가왔다. 그냥 지나쳐 가겠거니 했는데 검정개는 내가 가는 방향으로 내 자전거 속도에 맞춰 함께 달리기 시작했다. 목걸이가 있는 걸 보니 주인이 있는 개 같았다. 나와 함께 가는 시간이 늘어날수록 개를 찾을 주인이 걱정됐다. 개 목걸이를 살펴봤지만 연락처는 새겨져 있지 않았다. 검정개는 그렇게 1시간가량을 나와 함께 달리다 사라졌다. 제 집을 찾아간 거라면 다행이었지만 아쉬운 마음도 들었다. 길 위에서는 항상 혼자였는데 검정개와 함께 달리는 한 시간 동안은 외롭지 않았다. 나와 잠시 함께해 주었던 녀석이 제 집을 잘 찾아가기만을 바랐다.

#길위에서_만난_동물친구 #검둥개_이름이_뭐니_집은_어디니
#오늘도_무사히

112

78day

내 뱃속에서는 지금 무슨 일이

2017년 5월 21일 일요일 _ 이동 시간: 6시간 10분 | 이동 거리: 67.784km

자전거를 끌면서 바나나와 사과를 먹었는데 잠시 후 뱃속이 요동쳐댔다. 만날 인스턴트식품만 먹은 탓인지 무얼 먹으면 바로 뱃속이 화를 내기 시작했다. 큰 나무 뒤에서 볼일을 보고 다시 길을 나섰다. 한참을 달리다 길 위에서 신호가 올 때만큼 난감한 일은 없다. 해결해야 할 곳을 두리번거릴 때면 자전거 여행은 고행이라는 생각이 든다.

4시가 되어서야 쉴 만한 곳을 발견하고 자전거를 세웠다. 하지만 바람이 심하게 불어서 앉아서 밥을 먹는 것조차 만만치 않았다. 바람 때문에 통조림과 빵에 자꾸 흙먼지가 앉았다. 바람이 불기 시작하면 하루 종일 바람이 불었고 마치 태풍이 온 듯 바람도 강력했다. 저녁이 되자 뱃속이 또 다시 요동을 쳐 마을 주유소에 들러 또 한 번 뱃속을 비워 냈다. 이상한 건 아침이나 저녁은 괜찮은데 유독 점심만 먹으면 이런 증상이 나타난다는 것이었다.

8시쯤 자전거 뒷바퀴에 바람이 빠진 걸 발견하고는 도로 옆 잔디밭에 텐트를 쳤다. 오늘은 텐트를 치자마자 타이어의 구멍을 때웠다. 타이어를 자세히 살펴보니 작은 철사가 박혀 있었다. 오늘 하루는 타이어 구멍의 땜질로 시작해서 땜질로 마무리 짓는 것 같았다. 저녁으로 싸구려 라면 두 봉지를 끓여 먹었다. 단숨에 1,040칼로리를 섭취했는데 쿠키를 꺼내고는 무려 스무 개를 다 먹어 치웠다. 비운 만큼 채우려는 것일까. 대체 내 뱃속에서는 무슨 일이 일어나고 있는 것일까.

#나는_여행자인가_땜질장인인가 #뱃속은_전쟁중
#비웠으니_먹을_차례인가

79day

레오보다 느리지만 괜찮아

2017년 5월 22일 월요일 _ 이동 시간: 7시간 50분 | 이동 거리: 76.124㎞

12시쯤 올즐리(wolseley)라는 마을에 도착해 점심을 먹고 다시 발걸음을 재촉했다. 길에서 할아버지 히치하이커를 만났다. 오랜 기간 동안 씻지 못한 듯 꾀죄죄한 인상에 낡은 옷가지를 입고 구정물로 범벅이 된 배낭 한 개를 들쳐 멘 채고속도로 위에서 쌩쌩 달리는 차를 향해 엄지손가락을 치켜드는 모습이 안쓰러웠다. 가진 게 없어서 물이라도 드리고 싶었지만 할아버지가 사양하셨다. 할아

114

버지의 이야기를 들어 보고 싶었지만 서로 갈 길이 바빴던 탓인지 몇 마디 나누지 못하고 헤어진 것이 계속 마음에 걸렸다.

밴쿠버 아일랜드(Vancouver Island)부터 시작해 나와 같은 목적지로 향해 가는 뉴질랜드인 레오를 만났다. 그는 나와 자전거를 신기한 눈으로 번갈아 보았다. 그의 하루 최고 기록은 230킬로미터라고 했다. 내 최고 기록은 107킬로미터였으니 그가 나보다 두 배 넘게 빨리 움직이는 셈이었다. 나보다 더 빨리, 더 멀리 가는 레오가 부러웠다. 하지만 내 자전거를 바꾸고 싶은 마음은 들지 않았다.

엄청나게 불어대는 바람을 뚫고 자전거를 타느라 무릎과 허벅지, 엉덩이까지 통증이 심해 8시쯤 라이딩을 마무리 지었다. 오늘도 도로 옆 잔디밭에 텐트를 쳤다. 내일 아침 다가올 근육통이 기대되는 건 무슨 일인지 모르겠다.

#할아버지_히치하이커 #나보다_두배_빠른_레오
#느려도_내_자전거가_좋아

80day
떠나지 않았다면 몰랐을 것들
2017년 5월 23일 화요일 _ 이동 시간: 7시간 20분 | 이동 거리: 80.946km

12시쯤 로드뷰 마을에 도착했다. 안내센터 표시가 있었지만 결국 찾지 못하고 주유소에서 물을 얻고 샌드위치를 사 먹었다. 점심만 먹으면 설사를 하는 증상은 여전했지만 길들여진 것인지 나름대로 적응해가고 있었다.

로키마운틴 쪽에 있을 때만 해도 밤 9시 30분이 넘어서도 날이 지지 않았는데 이쪽으로 오니 8시가 되자 어둑어둑해졌다. 곰곰이 생각해 보니 내가 계속 동쪽으로 가고 있어서 그런 게 아닐까 싶었다. 동쪽으로 가면 갈수록 해 뜨는 시간도, 해가 지는 시간도 빨라지는 것 같다. 그 전에는 몰랐던 일들을 이렇게 길 위에서 배워가고 있었다.

라이딩을 마무리하고 도로 옆에 텐트를 쳤다. 바람이 부는 쪽에 닿는 면적을 최소화해야 바람이 많이 불더라도 텐트에 가해지는 바람의 힘을 분산시킬 수 있는데 바람이 어디서 어떻게 불고 있는지 파악이 되지 않았다. 결국 손 가는 대로 텐트를 쳤다.

#동쪽으로_달리는_길 #해가_짧아지다 #바람의_방향은

81day
비인지 우박인지 온종일 퍼붓다
2017년 5월 24일 수요일 _ 이동 시간: 6시간 50분 | 이동 거리: 걸어서 29.576㎞

텐트 속에서 '30분만 더, 30분만 더' 하며 일어나는 시간을 미루다가 짐 위에 올려놓았던 물통이 떨어지는 바람에 화들짝 놀라 벌떡 일어났다. 오늘은 바람이 세차게 불었다. 무거운 짐이 바람에 들썩일 정도였다. 고민할 새도 없이 부랴부랴 떠날 채비를 했다. 날씨에 좌지우지하지 않고 무조건 앞만 보고 가기로 마음을 굳혔기 때문이었다.

길을 나서자마자 걷는 여정이 시작되었다. 바람이 이렇게 많이 부는 날은 하루 종일 걸을 생각을 하는 게 오히려 마음이 편했다. 오늘도 음식을 먹고 출발한 지 얼마 되지 않아 뱃속에서 신호가 시작되었다. 처음에는 허허벌판 고속도로 위에서 뱃속의 신호가 전해져 올 때면 막막했지만 이제는 일상처럼 나무 덤불 사이에 들어가서 볼일을 해결하고 발걸음을 재촉했다.

2시쯤 사스캐치원(Saskatchewan) 주를 넘어 매니토바(Manitoba) 주에 도착했다. 알래스카, 유콘, 브리티시컬럼비아, 앨버타, 사스캐치원 주를 지나 또 새로운 주에 도착한 것이다. 한참을 걷고 있을 때 바람이 심하게 불어 자전거 헬멧이 날아갔다. 헬멧을 주우려고 몸을 돌리는 순간 트럭이 내 헬멧을 밟고 지나가 버렸다. 헬멧이 깨지면서 헬멧에 고정시켜 두었던 전조등도 같이 깨지고 말았다. 순식간에 벌어진 일이었다. 이렇게 바람이 심하게 부는 날에는 내 몸 하나만 조심하면 되는 게 아니었다. 길 위에서 또 한 가지를 배운 참이었다.

의자가 있는 쉼터에 발견하고 자전거를 세웠다. 시계를 보니 한 시간이 빨라져 있었다. 다시 자전거를 끌고 길을 나서는데 빗방울이 떨어지기 시작했다. 자전거 끌기를 끝내고 도로 옆 잔디밭에 텐트를 쳤다. 텐트를 치고 저녁을 해 먹으려는데 이번에는 비인지 우박인지 모를 것이 쏟아지기 시작했다. 비인지 우박인지 쏟아지는 가운데에서도 저녁을 엄청나게 먹었다. 비인지 우박인지는 온종일 내렸다.

#자전거끌고_7시간 #헬멧의_비극적인_최후
#비_우박_속에서도_잘먹는_나

82day

해가 지는 위치가 바뀌다

2017년 5월 25일 목요일 _ 이동 시간: 8시간 11분 | 이동 거리: 91.418㎞

오늘도 하늘은 온통 먹구름으로 덮여 있고 바람도 많이 불었다. 점심 무렵 한 시골 마을의 한 주유소에서 물을 얻고 다시 한참을 달리다 늦은 점심으로 통조림과 빵을 먹었다. 바람이 많이 불어서 쉬는 둥 마는 둥 서둘러 길을 나섰다.

저녁 무렵 하늘을 올려다보니 평소에 보던 구름과는 형태가 사뭇 달랐다. 무언가를 금방 쏟아낼 것만 같은 구름이었다. 하지만 라이딩을 마무리 짓기에는 좀 이른 시간인 것 같기도 했고 자전거를 타고 좀 더 가고 싶은 욕심도 생겼다. 두어 시간을 더 달린 끝에 도로 옆 잔디밭에 텐트를 쳤다. 욕심을 부릴 때면 좋지 않은 일이 생기곤 했었는데 오늘은 무사히 도착할 수 있어 다행이었다. 이제는 9시가 넘어가도 대낮처럼 밝았고 해가 지는 위치도 이상했다. 어떻게 하루 만에 해의 위치가 바뀌고 해가 떠 있는 시간대가 바뀔 수 있는지 신기하기만 했다.

#바람을_뚫고_달리는_남자 #10시에_해가_지는_도시
#오늘도_당연하게_노숙

내 친구 라디오와의 첫날밤

2017년 5월 26일 금요일 _ 이동 시간:4시간 50분 | 이동 거리: 58.470㎞

점심이 되기 전 브랜든(Brandon)이라는 큰 마을에 도착했다. 그리고 30분을 걸어 마트에 들어가서 제일 먼저 전자제품 코너로 향했다. 자전거를 타면서 항상 영어회화를 들었는데 아무 생각 없이 듣기에는 이제 더 없이 지루했다. 건전지로 작동하는 라디오도 사고 싶었고 깨져버린 카메라 렌즈도 사고 싶었다. 매장에 들어섰을 때 직원이 내가 원하는 물건을 찾아 주겠다고 했지만 어디에 있는지 모르는 듯 허둥댔고 휴대용 라디오는 없다고 했다. 미심쩍은 마음에 내가 직접 나서 여기저기 들쑤신 끝에 라디오를 발견했다. 아담한 크기에 이어폰 잭을 연결할 수도 있는 휴대용 라디오였다. 카메라 렌즈는 찾지 못했지만 식료품도 사고 깨져버린 헬멧도 구입했다. 이렇게 계획에 없던 물건을 또 사야 할 때면 나 자신에게 화가 났다. 물건을 잘 간수하지 못한 내 탓이니 하소연 할 데도 없다.

장난감 같은 라디오가 제대로 작동을 할까 의심이 들었는데 건전지를 넣으니 신통하게도 음질이 괜찮았다. 여행길에 늘 혼자라는 기분이 들었는데 이제는 라디오라는 친구가 생긴 것 같아 신나는 마음이었다. 라디오를 들으며 자전거를 신나게 몰다가 날이 어두워져 도로 옆 잔디밭에 텐트를 쳤다. 오늘은 라디오를 들으며 잠을 청하기로 했다. 그까짓 소형 라디오가 생긴 것뿐인데 오랜 친구와 함께 자는 것처럼 설레기까지 한 이 기분은 뭔지 모를 일이었다.

#라디오가_생겼어_이제_외롭지_않아
#새_헬멧쓰고_달리는_기분

언젠가는 도착할거야,
멈추지 않는다면

84day
흐르는 냇가에서 드디어 세수를, 면도를
2017년 5월 27일 토요일 _ 이동 시간: 7시간 40분 | 이동 거리: 89.497㎞

11시에 출발해 4시간여를 달리고 있을 때 캠프 그라운드를 발견했다. 와이파이도 사용할 수 있고 씻을 수 있는 곳이었다. 하지만 배도 고프지 않았고 배터리 용량도 충분했으며 오늘의 일정을 이곳에서 마무리 짓기에는 이른 시간이라 눈을 질끈 감고 지나쳤다. 쉴 이유를 만들어 내면 쉴 수 있고, 쉬지 않을 이유를 만들어 내면 이렇게 지나치는 것이다. 어떤 이유를 만들지는 내게 달린 것이었다. 아니, 정확하게는 내 의지가 만들어 내는 것이다.

한 시간가량을 더 달려 길 한쪽에 흐르는 물을 발견했다. 캘거리를 지나고부터 줄곧 고여서 썩어 있는 물만 보다가 이렇게 흐르는 물을 보니 얼마나 반가운지 몰랐다. 사막에서 오아시스를 만난다는 게 이런 기분일까 싶었다. 도로 한쪽에 짐을 풀고 세면도구를 꺼내 들고 물가로 다가가 세수도 하고 머리도 감고 면도도 했다. 사실 물은 그렇게 깨끗해 보이지는 않았지만 물고기들이 살고 있다. 지난번 들렀던 캠프 그라운드에서도 너무 추운 탓에 씻지 못했는데 그렇다면 오늘 며칠 만에 씻은 건지 가물가물했다. 내친 김에 자리에 털썩 주저앉아 통조림을 꺼냈다. 그리고 통조림의 뚜껑을 여는 순간이었다. 빗방울이 떨어지기 시작했다. 하는 수 없이 걸어가며 통조림을 허겁지겁 먹었다.

날이 저물어 도로 옆 잔디밭에 텐트를 쳤다. 매니토바의 수도인 위니펙 (Winnipeg)까지의 거리와 하루에 달릴 수 있는 거리를 따져 보았다. 내가 원하는 시간에 도착하려면 라이딩 시간을 조절할 필요가 있었지만 오로지 감으로 거리를 조절하는 게 어려웠다. 몸이 고단한 여행이라 점점 단순해져 가는 모양이다. 남은 길을 확인하고 루트를 정하기 위해 지도를 펼쳤다. 이곳까지는 그저 고속도로만 타고 달리는 단순한 길이었으나 남은 길들은 복잡 그 자체였다. 선택해야 할 길도 많았고 루트도 다양했다. 바다를 보며 달리는 건 어떨까. 조금 돌아가는 길이지만 최대한 바다를 끼고 있는 길로 루트를 짜 보았다. 내가 짠 루트대로 움직여지는 것도 아니지만 어쨌든 지금은 바다를 끼고 달리는 내 자전거를 떠올리니 갑자기 흐뭇해졌다.

#오랜만에_세수_그동안의_내몰골은 #머리쓰기_귀찮아
#바다를_달리는_자전거

85day
비 오는 날의 휴가
2017년 5월 28일 일요일 _ 이동 거리: 멈춤

아침에 눈을 뜨니 바람이 많이 불고 비가 내리고 있었다. 통조림을 먹으며 비가 잦아들기를 기다리고 있을 때 텐트 근처에서 인기척이 느껴졌다. 얼굴을 내밀어 보니 한 남자가 샌드위치와 커피를 건넸다.

'누군가가 또 페이스북에 내 여행 이야기를 올린 건가?'

생각해 봐도 요 근래에는 누군가와 대화를 나눈 기억이 없었다. 통조림을 먹고는 배가 불러 있었지만 샌드위치와 커피를 먹었다. 한참을 기다려도 날씨가 좋아질 기미는 보이지 않았다. 바람도 많이 불고 비도 세차게 내렸다. 오늘 하루는 텐트 안에서 머물기로 했다. 7시쯤 일본라면을 끓여 먹고는 인스턴트식품에 길들여질 게 걱정되어 오이 반쪽과 양배추를 먹었다. 소스 없는 생 양배추는 처음 먹어 본 거였는데 첫 맛은 배추 맛과 비슷했고, 끝 맛에서 느껴지는 매운 맛은 무와 비슷했다. 비 오는 날 텐트 안에서의 하루는 무척이나 더디게 흘러갔다.

#찾아주는_무료음식 #배고플_새_없는_빈민여행자
#텐트에서_하루종일_뒹굴뒹굴

86day
비를 뚫고 달리는 나는 '쿨'한 남자
2017년 5월 29일 월요일 _ 이동 시간: 5시간 40분 | 이동 거리: 67. 412㎞

아침에 일어나 텐트 밖을 내다보니 경찰차 한 대가 서 있었다. 경찰이 차에서 내려 내게 이름과 생일을 묻고는 별다른 말없이 자리를 떠났다. 경찰이 내게 다가왔을 때 사실 무척이나 쪼그라들었지만 겉으로는 여유롭게 보이고 싶어 괜히 날씨 이야기를 꺼냈다.

"그나저나 오늘 날씨는 어떨 것 같은가요?"

오늘도 먹구름이 잔뜩 껴 있고 바람이 많이 불고 있었다. 날씨에 대비해 중무장을 하고 있을 때 밖에서 인기척이 나서 고개를 내미니 한 남자가 서 있었다. 어제도 이곳을 지나갔었는데 오늘도 여전히 텐트가 세워져 있어 괜찮은지 궁금했다는 것이었다. 나는 아무렇지도 않은 척 괜찮다고 말해 주었다. 최대한 '쿨'한 척을 했는데 그가 보기에도 '쿨'해 보였는지는 모르겠다.

짐 정리를 하는 도중에 갑자기 비가 올 수도 있었으므로 가방과 침낭과 텐트를 비닐봉투에 넣었다. 오늘처럼 봉투에 감싸면서까지 꼼꼼히 대비한 것은 처음이었다. 비가 아주 많이 내리는 날이 아니면 입지 않는 게 낫겠다고 여겼던 비옷도 챙겨 입었다. 이곳에서 하루를 더 머무를 수는 없었다. 어떻게든 악천후를 뚫고 가야만 했다.

출발한 지 얼마 지나지 않아 비가 쏟아졌다. 점심 무렵만 해도 이 정도 비는 견딜 만하다고 생각했다. 하지만 시간이 지날수록 신발이 젖어 갔고 장갑도 무

의미해졌다. 꼼꼼하게 포장해 놓은 짐들은 문제가 없었지만 손과 발이 문제였던 것이다. 2시가 지날 무렵 신발은 완전히 젖었고 손과 발은 시리다 못해 감각이 사라졌다. 5시 반이 채 되지 않았지만 너 이상 안 되겠다 싶어 도로 옆 잔디밭에 자전거를 세웠다. 그리고 비가 잠시 그친 사이 재빠르게 텐트를 치기 시작했다. 하지만 손가락에 힘이 없어 텐트를 치는 것이 쉽지 않았다. 낑낑대며 텐트를 쳤으나 이번에는 비닐봉투에 담았던 짐들이 문제였다. 비에 대비한다고 있는 힘을 다해 매듭을 꽁꽁 묶어 싸 놓은 바람에 안간힘을 써도 잘 풀리지 않는 것이었다. 인스턴트 밥을 끓여 먹고 한숨을 돌리고 나니 악천후에 여기까지 온 것만으로도 천만다행이라는 생각이 들었다.

#경찰이_날씨예측도_하냐 #쿨한척하다_손발이_쿨해
#짐_꽁꽁_쌀때는_뿌듯했어

87day
왼쪽 무릎이 소리 없는 아우성을 쳐도
2017년 5월 30일 화요일 _ 이동 시간: 6시간 4분 | 이동 거리: 62.983㎞

왼쪽 무릎에 통증이 느껴졌지만 아픔을 참고 페달을 밟아 점심 무렵 위니펙 입구에 도착했다. 카메라 렌즈를 구입하기 위해 와이파이를 사용할 수 있는 팀홀튼에 들러 커피를 마시며 맵을 다운로드했다. 도슨크릭에서 엘에게 받은 기프트 카드로 사 먹는 마지막 커피였다. 인터넷으로 카메라 렌즈에 관한 정보를 확인하고 무작정 찾아 나섰다. 전화가 된다면 더 없이 편하겠지만 지금은 직접 발로 뛰는 수밖에 없었다. 위니펙 타운에 있는 카메라 숍을 여섯 군데나 들렀지만 카메라 렌즈를 구할 수 없었다.

저녁이 되자 도시를 벗어나 외곽에 이르렀다. 이제 필요한 물건을 구입할 수 있는 마을은 700킬로미터나 떨어져 있었다. 얼른 자전거를 세우고 근처 마트에 들렀다. 필요한 것만 샀는데도 짐이 한 가득이었다. 필요한 물품은 든든하게 갖추었지만 앞으로 700킬로미터의 여정이 험난하리라는 것은 충분히 짐작되고도 남았다. 페달을 밟기 시작하자 무릎 통증이 다시 시작됐다. 기어도 없는 작은 자전거로 매일 장거리를 이동하니 몸이 정상일 수는 없었다. 하지만 이번 통증은 이제까지 느꼈던 통증과는 사뭇 달랐다. 무릎의 어느 부분이 제대로 어긋난 듯한 통증이랄까. 9시가 넘어서야 오늘의 일정을 마무리하고 도로 옆 잔디밭에 텐트를 쳤다. 무릎의 어긋난 그 어느 부분이 밤새 제자리를 찾기를 바라는 마음뿐이었다.

#색다른_무릎통증_등장 #카메라렌즈_없는_대도시_위니펙

88day

자전거야 아프니? 나도 아프다

2017년 5월 31일 수요일 _ 이동 시간: 7시간 17분 | 이동 거리: 73.582㎞

오랜만에 만나는 좋은 날씨였다. 한참을 달리다 나무 그늘을 발견하고는 잔디밭에 앉아서 늦은 점심으로 통조림과 빵을 먹었다. 두 배나 큰 통조림을 샀더니 배는 찼으나 짐이 무거워졌다. 하나를 얻으면 하나는 감수해야 하는 법이라는 걸 통조림을 통해 깨닫는 순간이다.

신나게 페달을 밟던 중 갑자기 자전거 뒷바퀴에 바람이 빠지고 말았다. 바퀴 상태를 보니 닳아질 대로 닳아 급기야 찢어져 있었다. 바퀴가 찢어지면서 튜브에도 영향을 끼친 듯해 분리해 보니 아니나 다를까 역시나 펑크가 나 있었다. 튜브의 펑크를 때우고 나니 세 개의 수술 자국이 선명하게 드러났다. 바퀴는 스페어타이어로 교체하고 다시 라이딩을 시작했다. 사흘이 멀다 하고 하나씩 고장이 나고 있는 것 같다. 내 몸이든, 자전거든.

#통조림_무거우면_먹고_갈수밖에
#착한자전거_주인을_잘못_만나

89day

느려도 괜찮아. 언젠가는 도착할거야

2017년 6월 1일 목요일 _ 이동 시간: 6시간 51분 | 이동 거리: 71.118㎞

점심시간이 지나 한 주유소에서 약 1천 원을 내고 4리터의 물을 샀다. 불현듯 무엇이든 먹었다 하면 10분도 되지 않아 배탈이 나는 게 어쩌면 물 때문일지도 모른다는 생각이 들었다. 물 때문이 아니라면 도대체 무엇 때문일까.

오늘은 온도가 29까지 올라갔다. 라디오 덕분에 오늘의 날씨를 알 수 있게 되었다. 저녁 7시쯤 팔콘 레이크(Falcon Lake)에 도착했다. 하지만 비치 캠프 그라운드의 사무실은 굳게 닫혀 있었다. 게시판에는 지도가 붙어 있었는데 사이트마다 가격이 정해져 있었다. 텐트에서 자는 건 17달러, 전기를 사용하는 건 22달러, 풀 서비스는 35달러였다. 내게 맞는 최적의 장소를 찾기 위해 캠프 그라운드 주변을 샅샅이 탐색했다. 텐트만 칠 수 있는 곳 주변에는 화장실도 있었고, 화장실 안에는 전기를 사용할 수 있는 플러그도 있었다. 전기와 와이파이를 사용할 수 있는 곳에 텐트를 쳤다. 그런데 이상하게도 생활에 필요한 것들이 제대로 갖춰진 곳에 텐트를 치니 동선이 넓어져서 더 불편했다. 익숙해진다는 게 이렇게 무서운 것이었다. 인스턴트 밥과 채소로 저녁을 해결하고 거의 한 달 만에 샤워를 했다. 돈을 넣으면 물이 나오는 샤워기는 2달러면 충분했다.

무릎에 통증을 느끼기 전까지는 있는 힘껏 자전거 페달을 밟으면 시속 20킬로미터까지 속력을 낼 수 있었지만 지금은 고작 시속 10킬로미터에 그치고 있다. 알래스카에서 꽁꽁 언 음식을 싣고 다니던 때와 비슷한 속도였다. 그래도 괜찮다. 속도는 느려졌지만 열심히 가다 보면 언젠가는 목적지가 나올 테니까.

#날씨_알려주는_내친구_라디오
#한달_묵은때_벗기기_2달러로_충분해

125

Pint-sized bike taking South Korean adventurer across Canada

WITH SO much bad news, there was a good news story crossing international lines that breezed through West County last week.

South Korean cyclist Seong Woo Kim arrived in Beaverlodge on April 21 on his way to Newfoundland after pedaling his single-geared bicycle from Alaska.

The self-described 'crazy traveller' is chasing a dream though he doesn't yet know what the dream is, says the handy adventurer in his halting but understandable English.

"I will know the dream when I find it."

"He came into the Centre asking to use the phone to contact a relative of a good Samaritan who had helped him repair his bicycle in Fort St. John," says Cathrine Gabriel, director of the Beaverlodge Art and Culture Centre which provides tourist information on behalf of the Town of Beaverlodge.

"Those of us who were at the Centre when he arrived were astonished to learn he was riding such a tiny bike across Canada," added Ga-briel. "He had been offered

way 40 and tour Jasper and Banff before heading east, with his ultimate destination the Maritimes.

When asked how long he expects to be on the road before arriving in Newfoundland, he shrugged his shoulders and said, "I don't know, but I hope before next winter!"

Dawn Jolin and boyfriend Paul Szkopiec put up the cyclist for three nights at their home in Beaverlodge. Dawn had heard about the ambitious project from a relative who lived in Tumbler Ridge. He had helped Seong there, fixing him up with some bike repairs.

"My brother-in-law said he was just a great guy and what a remarkable thing he was doing, that he wasn't looking for donations or fame, it was just something he wanted to do," explained Dawn. "He let us know he was coming this way."

'We hope to keep track of him through Facebook as he travels on to Grande Cache, Hinton, Jasper and across to Newfoundland.'

— Dawn Jolin

90day

내 이야기가 신문에 실리다니!

2017년 6월 2일 금요일 _ 이동 시간: 5시간 56분 | 이동 거리: 48.591㎞

와이파이로 메일을 확인했더니 낯선 이로부터 메일 한 통이 와 있었다. 메일에 첨부된 것은 신문기사를 찍은 한 장의 사진이었다. 4월에 들렀던 비버로지의 안내센터에서 직원에게 내 여행 이야기를 해 주었던 일이 생각났다. 내 인터뷰 기사가 마을 신문에 실린 것이었다! 내 일을 찾고자 아무 생각 없이, 치밀한 계획도 없이 시작했던 캐나다 횡단. 내 여행 이야기에 관심을 가져 주는 이들이 있다니 고맙기도 하고 신기하기도 하고 얼떨떨했다.

오후 3시가 넘어 다시 길을 나서 20분 정도 달렸을까. 온타리오(Ontario) 주 경계에 들어섰다. 또 새로운 주 온타리오에 도착한 것이다. 온타리오까지 오는 내내 오르막내리막이 슬슬 반복되는 걸 보니 이제부터 또 시작인 것 같았다. 정신을 바짝 차려야 했다.

저녁 무렵 오른쪽 트레일러 바퀴에 바람이 빠진 걸 발견했다. 그 자리에서 짐을 풀고 작업도구들을 꺼내 펑크 때우기 작업에 돌입했다. 타이어를 찬찬히 살펴보니 작은 철사가 박혀 있었다. 이제 펑크를 때우는 전문가가 되어가고 있는 것 같다. 이게 무슨 대단한 일이라고 갑자기 어깨가 으쓱해졌다. 급작스러운 상황들에 점점 무뎌진다는 건 내 여행도 그만큼 길어지고 있다는 반증일 것이다. 자전거를 수리하고 나니 한 시간이 흘러 있었다. 자전거를 수리하는 시간도 점점 짧아지고 있었다.

9시쯤 텐트를 칠 장소를 발견하고 오늘의 라이딩을 끝냈다. 오늘은 색다르게 라면에 양배추를 넣어 먹어 보았다. 양파만 넣는 것보다는 꽤 괜찮은 식감과 풍미였다. 내가 원래 음식에 관심이 많았던가. 가격이 저렴하고 칼로리가 높은 데다 포만감을 느끼면 되는 내가 아니었던가. 긴 여행이 내 식성까지 알려 주고 있는 것 같았다. 라면에 양배추 한 번 넣어 본 걸 가지고 색다른 음식을 만들어 낸 것처럼 우쭐대는 것은 절대 아니다.

#나_신문에_나온_남자 #온타리오주_입성
#펑크전문가_라면전문가

127

케노라
에서
토론토
까지

Kenora

Toronto

3

라면, 얼마나 먹어 봤니?

길 위에서 미국에서 온 할머니 라이더 두 분을 만났다.

무언가에 도전한다는 것은 아름다운 것,

나이는 그리 중요하지 않다는 것을 다시금 깨닫는 순간이었다.

신발이 젖지 않도록 발을 비닐봉지로 감싸고 있던 할머니의 모습이 자꾸 떠올랐다. .

동쪽으로 가는 길에 만난
나를 닮은 사람들

91day

오늘은 실내취침

2017년 6월 3일 금요일 _ 이동 시간: 4시간 33분 | 이동 거리: 40.439㎞

점심시간이 지날 무렵 케노라(Kenora) 마을 입구에 도착했다. 케노라는 큰 호수를 끼고 마을이 형성되어 있었는데 큰 호수가 있는 만큼 보트를 사고파는 곳, 보트를 끌고 다니는 차들이 심심치 않게 눈에 띄었다. 이곳은 집집마다 보트 한 대씩은 보유하고 있는 것 같았다.

위니펙에서 지도를 통해 마을의 크기를 가늠하고는 내가 필요한 물건을 구할 수 있는 곳이 아니라고 판단했었다. 하지만 생각보다 마을은 컸고 필요한 건 모두 구할 수 있었다. 고속도로를 달릴 때 지나는 차들의 소음 때문에 라디오 소리가 잘 들리지 않는 것이 답답해 헤드셋도 사고 스페어타이어도 샀다. 역시나 카메라 렌즈는 찾을 수 없었지만 언젠가는 낚시할 날이 있을 거라 믿으며 간단한 낚시 도구들도 샀다.

8시가 넘어서자 하늘에 먹구름이 끼기 시작하는 것이 수상해서 텐트를 칠 만한 곳을 찾아 자전거를 세웠다. 텐트를 한창 조립하고 있는데 자동차 한 대가 내 앞에 멈춰 섰다. 차에서 내린 남자가 내게 다가와서는 여기서 멀지 않은 곳에 살고 있으니 혹시 와서 잘 생각이 있으면 찾아오라며 집 약도를 그려 주고는 차를 타고 떠났다. 고민 끝에 그의 집을 찾아가기로 하고 치던 텐트를 정리했다.

133

그의 집은 고속도로에서 벗어나서 호수 쪽으로 3킬로미터 정도 들어가는 곳에 위치하고 있었다. 길은 비포장도로였고 가파른 언덕도 많았다. 트레일러가 무거워서 비포장에 가파른 언덕을 오르는 것도 문제였지만 내리막을 내려갈 때가 더욱 위험했다. 트레일러의 무게 때문에 짧고 가파른 비포장길에서는 제동이 되지 않았다. 자전거를 끌다시피 해서 가까스로 그의 집에 도착했다. 아름다운 호숫가 옆에 자리한 집이었다. 그러고 보니 힌튼에서부터 줄곧 텐트에서 밤을 보냈다는 걸 깨달았다. 오랜만에 실내에서 잘 생각을 하니 마음부터 푸근해졌다.

#케노라마을_보트없는_집은_없는듯 #호숫가옆_조용한집
#오랜만에_실내취침

92day
마음만은 강태공, 그래도 좋지 아니한가
2017년 6월 4일 일요일 _ 이동 시간: 4시간 49분 | 이동 거리: 39.551㎞

앤드류에게 점심을 얻어먹고 2시쯤 길을 나섰다. 날씨가 좋지 않았지만 떠나야 했다. 짐은 포장했지만 비옷은 입지 않았다. 비가 와서 옷이 젖으면 젖은 채로 자전거를 탈 심산이었다. 세 차례 정도 비가 내렸지만 그럭저럭 달릴 만했다.

8시가 되었을 때 텐트를 치고 싶은 장소를 발견했다. 앞에는 호수가 있었고 앉아서 쉴 만한 의자에 화장실까지 있었다. 서둘러 텐트를 치고는 저녁을 해 먹고 낚시를 해 볼 요량으로 어제 산 낚시 도구들을 꺼냈다. 인스턴트 밥 봉투에 낚싯줄을 감은 뒤 뽕들을 달고 낚싯바늘과 루어를 달았다. 줄을 적당히 풀고 뽕들을 던졌다. 별다른 기대 없이 시작한 낚시라는 걸 고기들이 알아챈 것인지 작은 물고기들은 관심이라도 가졌지만 루어를 물 수 있을 만한 고기는 얼씬도 하지 않았다. 1시간가량 멍하니 밤 호수만 바라보던 꼴이었다.

#앤드류_고마웠어요 #고기가_나를_무시해 #기대없던_줄낚시_소득없이_끝

93day

쉰아홉 살의 자전거 여행자, 헬리팩스까지 무사히

2017년 6월 5일 월요일 _ 이동 시간: 8시간 12분 | 이동 거리: 73.348㎞

오늘의 날씨는 무척 좋았으나 길은 그야말로 살인적이었다. 오르락내리락 길이
끝도 없이 반복되었다. 길을 달리다 자전거로 여행을 하고 있다는 쉰아홉 살의
아주머니를 만났다. 토론토에 살고 있다는 아주머니는 노바 스코샤 주의 헬리
팩스까지 간다고 했다. 아주머니의 자전거를 보니 언뜻 보기에도 짐이 많아 보
였다. 대단하다는 생각밖에 들지 않았다. 길 위를 달리다 보면 언제나 재미있는
일이 기다리고 있는 듯하다. 항상 혼자 외롭게 자전거를 타지만 길 위에서 다양
한 사람들을 만나는 걸 보면 자전거 여행은 결코 외로운 여행은 아니라는 생각
이 들었다.

#날씨는_합격_길은_불합격 #낼모레_예순살_자전거여행자
#낯선여행_외롭지_않아

94day

나를 또 기다리는 재미있는 일들, 그리고 사람들

2017년 6월 6일 화요일 _ 이동 시간: 6시간 20분 | 이동 거리: 63.984㎞

열심히 달리고 있을 때 어제 만났던 쉰아홉 살의 토론토 아주머니를 또 만났
다. 어제 분명히 아주머니가 나보다 앞서갔는데 어느새 내가 앞지른 모양이었
다. 점심 무렵 드라이든(Dryden) 마을에 도착했다. 주유소에 들러 물을 얻고 한
조각에 1.6달러짜리 피자 세 조각과 그린티를 사 먹었다. 무언가를 먹기만 하면
바로 배탈이 나는 건 여전했다. 피자를 먹고 속 시원히 비워 낸 후 다시 출발했
다. 날씨가 좋아질수록 길 위에 여행자들이 눈에 많이 띄었다. 히치하이커도 많
이 보였고 자전거를 타는 사람들도 부쩍 늘었다.

7시쯤 텐트를 치기 좋은 쉼터를 발견했다. 하지만 라이딩을 마무리하기에 이른 시간이라 여기에 정착할 것인가, 아니면 달릴 것인가 고민을 하고 있을 때 자전거 여행자로 보이는 두 사람이 멈춰 섰다. 고민할 것도 없이 오늘의 라이딩을 마무리 짓기로 했다. 이들은 퀘백에서 밴쿠버까지 가는 여행자였다. 두 사람도 길 위에서 만난 사이라고 했다. 1시간 쯤 지나자 마크라는 친구가 도착했다. 이들과 일행이었다. 마크의 자전거에는 짐이 한 가득이었다. 이제 곧 스물네 살이 된다는 그는 스위스인으로 자전거 여행을 한 지 2년이 넘었으며 여행하는 게 좋아 마냥 돌아다니는 중이라고 했다. 하고 싶은 것을 하며 청춘을 즐기는 멋있는 친구였다.

이들과 함께 주변에 나무들을 주워 모아 불을 지펴 놓고 호수에 들어가서 함께 수영을 했다. 영하 30도까지 떨어지던 날씨에도 불 한 번 지피지 않고 지냈는데 캐나다에 와서 처음으로 불을 지폈다. 호수에서 나와 불을 쬐면서 몸을 녹이고 각자 음식을 준비해 와서 함께 나눠 먹기로 했다. 나는 인스턴트 밥을 끓였고 파스타와 소시지를 얻어먹었다. 그렇게 밤늦은 시간까지 불 곁에서 수다를 떨었다. 마치 오랜 친구처럼.

#드라이든_도착 #식도에서_대장까지_10분
#마크와_그의_친구들_즐거운_하루

95day
하루살이 떼의 습격
2017년 6월 7일 수요일 _ 이동 시간: 8시간 15분 | 이동 거리: 89.959㎞

마크와 그의 친구들과 아쉬운 작별을 하고 9시에 출발했다. 자전거를 타고 계속 동쪽으로 이동할수록 해가 지는 위치와 시간이 계속 바뀌어 갔다. 내가 눈으로 보고 겪고 있으면서도 신기하기만 했다.

저녁 8시쯤 호숫가를 발견하고 자전거를 세웠다. 하지만 가까이 다가가니 경사가 심하게 져 있었다. 경사진 곳에서 텐트를 치고 잔 다음날은 밤을 샌 것처럼 엄청난 피로감에 하루가 너무 힘들었던 기억이 생생하게 떠올랐다. 물은 포기하고 다른 곳을 찾아야 했다. 자전거를 타면서 땀을 많이 흘리는 탓에 나도 모르게 씻을 수 있는 물가를 고집하고 있었다.

30분 정도를 달려 텐트를 칠 만한 곳을 찾아 자전거를 멈췄다. 텐트를 치기 시작하니 하루살이 떼가 무차별적으로 공격해 왔다. 여러 가지 방법을 써 보았으나 헛수고였고 텐트를 친 후에는 텐트 안으로 몰려 들어왔다. 큰 마을에 도착하면 벌레 퇴치 물품부터 구비해야겠다.

#동쪽으로_전진중 #하루살이_네_하루_인생을_왜_나와_함께하려고

96day
나를 위해 노래해 준 뮤지션 에디 부부
2017년 6월 8일 목요일 _ 이동 시간: 6시간 53분 | 이동 거리: 67.721㎞

새벽에 우박이 내렸다. 비도 우박도 많이 내리는 캐나다. 변화무쌍하고 예측 불가능한 캐나다 날씨는 석 달이 넘었지만 조금도 적응이 되지 않는다. 간밤에 괴롭히던 하루살이 떼가 낮에는 흡혈 파리들과 교대를 했는지 자전거를 타는 내내 나를 따라다녔다. 계속 내 곁을 맴돌며 벌레 회피 크림을 바르지 않은 틈을 찾아 옷을 뚫고 내 피를 흡혈했다. 흡혈 파리들은 자전거를 타는 동안 나를 춤추게 만들었다.

"흡혈 파리들, 너희들에게 조금의 빈틈도 허락하지 않겠다. 너희들에게 내 피를 나눠 줄 생각은 눈곱만큼도 없단다. 너희들과의 전쟁을 선포한다."

점심 무렵 소나기가 쏟아져 쉼터에 들렀다가 뮤지션 에디와 그의 아내를 만났다. 에디 부부에게 코스타리카 커피를 얻어 마셨다. 에디가 나를 위해 즉석에서 기타로 연주하며 노래를 불러 주었다. 에디는 몬테리오 사람으로 아내와 자유롭게 여행을 다니는 뮤지션이었다. 흥이 넘치고 행복해 보였다.

길 위를 달리다 쓸 만한 물병을 주웠다. 술을 담았던 물병인지 술 냄새가 났지만 뚜껑도 제대로 닫혔고 멀쩡했다. 고작 물병 하나를 주웠을 뿐인데 귀중한 걸 얻은 듯 흐뭇했다. 길 위에서 새 깃털도 주웠다. 주운 깃털 두 개를 헬멧에 장식해 주었다. 당나귀 귀처럼 길게 붙여 놓으니 흡사 인디언 같기도 했다. 죽은 호랑나비도 여러 마리 주웠다. 어느새 길 위에서 주운 걸 모으고 사용하는 취미가 생겼다. 길에서 주운 나비도 헬멧에 붙였다. 혹시 죽은 나비가 오해를 할지도 몰라 '나는 너희들을 죽인 게 아니라 단지 길 위에서 주웠을 뿐이야'라고 되뇌었다. 손 가는 대로 마음 가는 대로 헬멧에 나비의 날개를 붙였다. 혹시나 바람에 날아 갈까봐 접착제를 두 겹이나 칠했다. 완성하고 보니 예술적인 헬멧이 되었다. 예술가로서의 자질이 있는 것 같은 의심이 들 정도였다.

#재미있는_뮤지션_에디부부 #물병_깃털_나비_득템_땅거지아냐
#내게_예술기의_향기가

138

흘러가는 강물처럼
우울함도 흘러갈 거야

97day
그래, 이런 날도 있지, 우울한 날도 있지
2017년 6월 9일 금요일 _ 이동 시간: 7시간 30분 | 이동 거리: 67.469km

기찻길 바로 앞에 텐트를 쳤더니 당연하게도 기차들이 많이 지나다녔다. 아침을 먹고 9시 30분쯤 오늘의 라이딩을 시작했다. 업사라(Upsala)라는 작은 마을 주유소에서 물을 얻었지만 다음 마을까지 얼마나 걸릴지 모르기에 물을 아껴 마셔야 했다.

오늘은 자전거를 타는 내내 길도, 날씨도 좋지 않았고 라디오 전파도 잡히지 않은데다 갓길 또한 없었다. 심신이 지칠 대로 지쳐갔다. 갓길이 없으니 자동차들 사이에서 자전거를 타야 했다. 케노라 마을을 지나고부터 갓길 없는 도로가 이어지고 있었다.

오늘은 이쯤에서 라이딩을 마무리 짓고 빨리 텐트를 치고 싶은 심정이었다. 참아왔던 무릎 통증도 점점 더 심해졌다. 오늘따라 무엇에 홀리기라도 한 듯 몸도 기분도 좋아지지 않았다. 사실 자전거를 이제 그만 타고 싶다는 생각도 머릿속을 떠나지 않았다.

어느 지점을 지나면서부터인지 모르겠지만 1시간이 빨라져 있었다. 1시간을 또 잃어버린 느낌이었다. 쉼터에 텐트를 치고 보니 바로 앞에 강물이 흐르고 있었다. 쓰레기통을 뒤져 바가지로 쓸 만한 통을 찾아내어 세수를 하고 머리를 감았다. 씻고 나면 조금 괜찮아질 줄 알았건만 그렇지 못했다. 그래, 오랜 여행을 하다 보면 이런 날도, 저런 날도 있는 거겠지.

#갓길은_언제쯤_나올까
#흘러가는_강물처럼_우울함도_흘러가기를

98day

지도에 없는 102번 도로

2017년 6월 10일 토요일 _ 이동 시간: 5시간 51분 | 이동 거리: 60.926㎞

아침부터 천둥 번개가 치고 비가 많이 내렸다. 비가 그치기만을 기다렸다가 비가 잠시 그친 틈에 짐 정리를 하고 점심이 되어서야 라이딩을 시작했다. 출발한 지 얼마 지나지 않을 때 누군가가 카메라로 나를 찍어 댔다. 대학에서 저널리즘을 가르치는 교수라는 그는 전문가용 카메라 두 대와 핸드폰으로 번갈아가며 다양한 각도에서 내 사진을 100장도 넘게 찍고는 초코바 한 꾸러미와 음료를 건네고 사라졌다. 마치 모델료를 받은 듯했다.

6시쯤 내 목적지로 가려면 좌회전을 해야 한다는 도로 표지판을 만났다. 하지만 지도에서 좌회전 도로는 본 적이 없었다. 갑자기 혼란스러웠다. 17번 도로만 따라가면 되는 것으로 확인했는데 표지판의 도로 번호는 102번이었다. 이상하다 싶었다. 지도를 체크해 보고 싶었지만 비에 대비하느라 포장을 해 놓은 상태였다. 포장을 벗기고 지도를 꺼내기가 번거로워 도로의 표지판대로 좌회전을 했다. 끊임없는 의심 속에 도로를 달리다 9시쯤 자전거를 세우고 고속도로 한쪽에 텐트를 쳤다. 저녁을 먹은 후 지도 두 개를 펼쳐 놓고 확인해 보니 102번 도로는 어디에도 없었다. 이 길이 맞기를 바라야 했다.

#모델료_초코바_한꾸러미 #17번도로는_어디에
#미심쩍은_102번도로_공포영화

기다림의 고생 끝에 프랭크가 온다

2017년 6월 11일 일요일 _ 이동 시간: 4시간 15분 | 이동 거리: 46,771㎞

아침부터 잔뜩 흐리더니 결국 비가 내렸고 비는 그칠 줄을 몰랐다. 비옷도 입지 않은 채 빗속을 달리다가 점심이 되기 전 드디어 선더베이(Thunder Bay) 입구에 도착했다. 선더베이는 11만 인구가 살고 있는 제법 큰 도시였다. 선더베이 중심부로 향해 가는 중에 히치하이킹 중인 사람들을 보았다. 나도 비를 맞는 신세였지만 나보다 더 측은해 보였다.

선더베이에 도착했다고 좋아했지만 마을 입구부터 40분이 넘도록 자전거를 몰아도 숲길만 이어져 불길한 마음이 들었다. 그렇게 1시간 정도 더 달리자 건물들이 보였다. 비가 많이 와서 비도 피하고 싶었고 길 위에서 만났던 여행자들이 소개해 준 사람과 연락도 하고 싶었다. 햄버거 가게에서 점심을 먹으며 연락을 시도했지만 한참을 기다려도 답장이 오질 않았다. 연락할 수 있는 수단이 와이파이뿐이라 답장이 오기만을 무작정 기다려야 했다. 기다림에 지쳐갈 때쯤 30분만 더 기다려 보자고 마음먹었을 때 연락이 닿았다. 햄버거 가게에서 무려 3시간의 기다림 끝에 받은 연락이었다. 집으로 가겠다고 답하고 주소지로 향했다. 1시간가량을 달려 도착했으나 집에는 아무도 없었다. 또 한 번의 기다림이 시작되는 순간이었다. 이웃을 찾아가 전화기를 빌려 달라고 부탁했으나 모두 거절당했다. 이상한 아시아인이 비를 쫄딱 맞아 흠뻑 젖은 채로 핸드폰을 빌려 달라니 선뜻 빌려주기는 어려웠을 것이다.

자전거를 눈앞에 세워둔 채 멍하니 기다리다가 문득 무언가 허전하다는 생각이 들었다. 항상 선글라스가 걸려 있던 곳에 선글라스가 사라져 있었다. 로키마운틴에서 얻었던 선글라스였는데 집을 찾는 데 정신이 팔려서 그만 또 잃어버린 것이다. 잃어버리지 말라는 당부까지 들으며 얻은 선글라스였건만.

2시간여 의 기다림 끝에 집주인인 프랭크와 만날 수 있었다. 기다림에 지친 날이었지만 길에서 만난 여행자들 덕분에 좋은 인연을 만나 샤워도 할 수 있었고 쌓인 빨래도 할 수 있었고 맛있는 스파게티도 먹을 수 있었다.

#선더베이_입구부터_1시간40분 #선글라스_또분실
#프랭크_애인도_이렇게_못기다릴듯

100day

먹방 파티, 아모르 파티, 고마운 쿠바 친구

2017년 6월 12일 월요일 _ 이동 거리: 제자리

프랭크의 집에서 하루 더 머물기로 했다. 그간 쌓인 일기도 정리하고 영상 편집
도 하며 조금 쉬고 싶었다. 프랭크가 오늘 저녁에 파티가 있을 예정이라며 파티
준비를 하기 시작했다. 나도 프랭크를 도와 의자를 닦고 채소를 손질했다. 저
녁이 되자 사람들이 하나둘 모여들기 시작하더니 급기야 열 명가량의 사람들이
둘러앉았다. 먹을 게 많아서 행복한 저녁이었다. 프랭크가 내 여행을 위해 건배
제의도 해 주었다. 이것저것 가리지 않고 무척이나 먹어댔더니 햄버거를 세 개
째 먹을 때 파티에 모인 사람들이 또 먹느냐며 놀라운 표정으로 바라보았다. 여
러 사람들과 음식을 먹고 수다를 떠니 후줄근한 자전거 여행자라는 현실을 잊
을 만큼 즐거웠다.

파티가 끝나고 프랭크가 뒷정리하는 것을 돕고 나니 밤 11시에 가까워지고
있었다. 오늘 파티에서 무척 괜찮은 친구를 만났다. 난생 처음 만난 쿠바인이었
다. 선글라스를 잃어버렸다는 말에 자신보다 내게 더 필요할 것 같다며 자신의
선글라스를 선뜻 건넸다. 뜻하지 않게 선글라스를 또 얻은 것이다. 이제는 절대
잃어버리지 않으리라. 필름을 만드는 재주를 가진 쿠바 친구와 밤늦은 시간까
지 수다를 떨었다.

#몸은_휴식_위장은_막노동 #내가_많이_먹기는_한가봐
#쿠바친구_잊지_않을게

142

캐나다의 국민 영웅 테리 폭스 이야기

2017년 6월 13일 화요일 _ 이동 시간: 5시간 | 이동 거리: 37.546㎞

11시 30분쯤 쿠바 친구와 아쉬운 작별을 하고 집을 나섰다. 마트가 있을 만한 큰 마을은 700킬로미터나 떨어져 있었으므로 식료품을 사기 위해 도심으로 향했다. 빵과 피넛버터와 당근, 그리고 오이, 사과, 바나나로 700킬로미터의 여정을 버틸 생각이었다.

이 여행이 끝나기 전에 카메라 렌즈를 꼭 구입하고 싶어 온라인 사이트를 이곳저곳 이 잡듯 뒤졌다. 카메라 렌즈는 온라인에서 손쉽게 구할 수 있었다. 하지만 물건을 받을 수 있을 만한 주소가 없었으므로 막막하기만 했다. 여행을 하며 계속 찾아보는 수밖에 없었다. 마트에서 라디오 건전지와 속도계, 건전지, 접착제, 물티슈, 그리고 모기향을 샀다.

고속도로로 가는 도중 큰 강을 낀 길로 갈 참이었다. 하지만 길을 잘못 드는 바람에 그대로 고속도로 입구로 접어들고 말았다. 아쉬웠지만 할 수 없었다. 그런데 문제는 여기부터였다. 고속도로 입구에서 지금까지 보지 못했던 자전거 운행 금지 표시를 발견한 것이었다. 지금까지 고속도로로 잘 달려왔는데 갑자기 자전거 운행 금지라니 의문스럽고 혼란스러웠다. 여기서 되돌아가는 길도 모르고 돌아갈 수도 없었기에 눈을 질끈 감고 고속도로로 접어들었다.

고속도로 위를 달리다 테리 폭스(Terrance Stanley Fox)에 관한 이야기가 씌어 있는 표지판을 보았다. 테리 폭스는 수술로 절단한 오른쪽 다리에 의족을 단 채 어린이 암 환자를 위한 기부금을 모으기 위해 희망의 마라톤을 시작하여 세인트존스에서 선더베이 외곽까지 달렸던 캐나다의 운동선수이자 인도주의자, 암 연구 활동가라고 했다. 그에 대한 이야기는 길 위에서 만난 사람들에게 들어 잘 알고 있었지만 고속도로에 세워져 있는 표지판의 글을 읽으니 국민 영웅이라는 의미를 알 것 같았다.

오늘도 바람이 많이 불었다. 바람과의 사투를 벌인 끝에 8시 30분쯤 도로 옆 잔디밭에 텐트를 쳤다. 텐트를 치고 나자 빗방울이 떨어지기 시작했다. 그러고 보니 헬멧에 붙여두었던 깃털들이 어느 순간에 사라져 있었다. 앞으로 남은 700킬로미터 동안 어떤 일들이 생길지 왠지 기대되는 밤이었다.

#자전거운행_금지된_고속도로_달리기 #테리폭스의_마라톤
#내깃털_자유_찾아떠나다

102day
모르는 게 약일까, 아는 게 병일까
2017년 6월 14일 수요일 _ 이동 시간: 3시간 59분 | 이동 거리: 31.119 ㎞

6월 중순에 접어들었는데도 여전히 추위가 느껴졌다. 어제 자전거가 금지된 고속도로의 표지판을 발견한 이후로 주의해서 달리다 보니 그간 보이지 않았던 자전거 금지 표지판이 자꾸 눈에 띄었다. 그간 모르고 달렸으니 마음이라도 편했지, 이렇게 자전거 운행이 금지된 곳이라는 걸 알게 되자 뒷골이 서늘해졌다. 하지만 방법이 없어 그대로 질주했다.

길 위에서 선글라스를 주웠다. 군데군데 흠집이 나 있었지만 착용하기에는 문제 없었다. 주유소에 들러 물을 얻긴 했으나 화장실에서 받은 물이었다. 내게는 생명수려니 생각하고 마셔야 했다.

7시 30분쯤 쉼터를 발견하고 오늘의 라이딩을 마무리했다. 번듯한 화장실에 평평한 잔디밭, 지붕이 있는 의자, 그리고 테이블도 갖추어져 있었다. 자전거를 더 타고 싶었지만 하늘이 너무 흐린 탓에 마음을 접어야 했다. 오늘은 길도 날씨도 좋지 않았지만 여기까지 온 것만으로도 만족스러웠다.

#고속도로지만_자전거_좀_지나가실게요
#화장실물_해골물보다_낫겠지

누구나 저마다의 방식으로
여행을 한다

103day

어느 노부부의 색다른 여행법

2017년 6월 15일 목요일 _ 이동 시간: 8시간 | 이동 거리: 82,701㎞

길 위에서 한 노부부를 만났다. 빅토리아 아일랜드(Victoria Island)부터 나와 같은 목적지를 향해 달리는 분이었다. 할아버지는 자전거를 타고 할머니는 자동차를 타고 여행하는 중이었다. 함께, 다른 방법으로 여행하는 부부의 사연이 궁금했다. 같은 옷을 입고 자전거 여행을 하는 노부부와 캠핑카로 이들과 같이 여행하는 일행도 만났다. 부부가 다른 방법으로 여행을 하는 건 그런대로 이해할 수 있었지만 왜 자동차로 자전거 속도에 맞춰 운행하는지, 처음 만났던 노부부와 그 뒤에 만났던 노부부와는 어떤 관계인지 궁금한 게 한두 가지가 아니었다. 이들의 오늘 목적지는 니피곤(Nipigon)이라고 했고 나도 같은 장소에서 머무를 예정이었다.

당연히 나를 지나쳐 갔을 줄 알았던, 기억에서 거의 잊고 있었던 쉰아홉 살의 토론토 아주머니를 또 만났다. 뒷바퀴 휠에 문제가 있어서 선더베이에서 수리를 하고 나흘 동안 머물렀다 출발한 것이라고 했다. 이 아주머니 또한 니피곤을 향하고 있었다. 당분간은 계속 만나지 않을까 싶었다. 항상 몇 마디를 나누고 각자의 길을 떠났지만 만날 때마다 반가웠다.

146

4시 20분쯤 니피곤 마을에 도착했다. 안내센터에서 물을 얻으면서 언덕길이 많고 큰 언덕이 있다는, 별로 필요도 없고 그다지 도움도 되지 않는 정보를 얻었다. 출발한 지 두어 시간이 지나니 비가 한두 방울씩 떨어지기 시작했다. 더 많은 비가 오기 전에 텐트를 쳐야 했다. 오랜만에 갓길에 텐트를 쳤다.

산에서 흘러 내려오는 물에 씻으려고 가 보니 물이 너무 차가워 씻는 걸 포기하고 저녁으로 인스턴트 밥을 먹었다. 양에 차지 않아 낮에 산 식료품들을 꺼내 보니 '애걔걔? 이거 밖에 안 샀던 거야?' 한숨이 절로 나왔다. 무게에만 신경 쓴 나머지 너무 적게 산 것이다. 뱃속에서는 무언가 더 달라고 아우성이었지만 먹을 게 없었다. 하는 수 없이 내일 점심에 먹으려 했던 빵을 우걱우걱 먹었다. 내일 먹을 건 내일의 내가 고민하기로 했다.

#자전거타는_할아버지_자동차타는_할머니
#내일_먹을_음식은_내일_생각하기로

104day
멀리 갈 수 있었지만 커피를 준다기에
2017년 6월 16일 금요일 _ 이동 시간: 6시간 12분 | 이동 거리: 53,309km

언덕 정상까지 올라와 보니 쉼터가 있었다. 쉼터가 있는 줄 알았더라면 어제 이곳에 텐트를 치고 조금이나마 편히 잤을 텐데 아쉬웠다. 이틀 전 쉼터에서 만났던 청소부 아저씨를 만났다.

"다음 쉼터는 여기에서 40~50킬로미터 정도 떨어져 있는데 경치가 끝내줘. 만약 그곳에서 만나게 되면 커피를 줄게."

하지만 나는 그 정도 거리라면 아마도 그 쉼터를 지나칠 것 같다고 자신 있게 말하고는 그곳을 떠났다. 한창 달리고 있을 때 한 자전거 여행자를 만났다. 자전거 여행을 한 지 30개월이나 됐다는 유럽인은 나와 목적지가 같았다. 돈이 다 떨어지고 있어서 이번 목적지를 끝으로 자전거 여행을 마무리 지을 거라고 했다. 이렇게 길 위에서 자전거 여행자를 만나 이야기를 나누다 보면 외로움이 조금이나마 해소되는 것 같았다.

7시쯤 쉼터 표지판을 발견했다. 쉼터가 나오기 전까지 라이딩을 마무리 지을지 그냥 지나쳐 갈 것인지 계속 고민이 되었지만 텐트를 치기로 결정했다. 어차피 길은 오르막내리막의 연속일 텐데 욕심을 내도 얼마 가지 못할 것 같았다. 청소부 아저씨가 말한 쉼터가 이곳인 것 같았다. 이 쉼터를 지나칠 것 같다고 자신 있게 말하고 떠나왔지만 결국 이곳에 텐트를 치게 될 줄이야. 사실 쉼터는 그다지 필요 없었지만 도로 위의 소음에서 벗어나고 싶었다. 조용한 구석자리를 찾아서 텐트를 치고 바로 앞 호숫가에서 세수를 했다. 벌레가 많은 탓에 텐트 안에서 밥을 먹고 있을 때 개 짖는 소리가 들렸다. 공공장소에 개를 데리고 다니는 여행자들이 못마땅했다.

#길에서_만나는_자전거여행자_동병상련
#벌레를_피하니_개가_짖고

105day
라디오 안테나 만들기
2017년 6월 17일 토요일 _ 이동 시간: 7시간 42분 | 이동 거리: 77.738㎞

쉼터의 청소부 아저씨가 주신 커피를 마시고 텐트를 정리했다. 모기와 하루살이들이 떼로 달려드는 바람에 페퍼 스프레이 맛을 보여 주었다. 덕분에 내 얼굴에도 페퍼 스프레이를 뿌린 격이 됐지만 따가움을 참으며 짐을 쌌다.

조금씩 내리는 비를 맞으며 페달을 밟았다. 오늘은 공사하는 구간이 많았다. 한 차선을 막고 한 차선만 교차로 이용하게 해놓은 곳을 지날 때마다 다른 차들에게 미안한 마음이 들었다. 오늘 날씨는 변덕이 심했다. 옷이 마를 때쯤이면 비가 왔고, 옷이 젖어 간다 싶으면 그쳤다. 옷이 젖고 마르고 젖고 마르고 하는 상황은 하루 종일 반복되었다. 오늘은 자전거를 타면서 길에 버려져 있는 캔들을 주워 왔다. 라디오가 잘 들리지 않는 구간에서도 라디오를 듣고 싶어 안테나를 만들기 위해서였다. 칼로 캔의 윗부분과 바닥 부분을 잘라 내고 세로로 길게 잘라 주었다. 그리고 잘라낸 부분들을 접착제로 붙여 안테나 모양을 만들고 싶었으나 잘 붙지 않았다. 많은 여러 번 시도해 봤지만 헛수고였다. 접착제를 사용하지 않고 안테나를 만들 수 있는 방법을 연구해야 했다.

#청소부아저씨의약속_맛난커피
#페퍼스프레이의맛_또_당한느낌 #안테나만들기_실패

106day
일찍 일어나는 여행자가 일찍 배고픈 법
2017년 6월 18일 일요일 _ 이동 시간: 9시간 12분 | 이동 거리: 82.584㎞

초코우유와 시리얼을 먹고 계곡물에서 이를 닦은 후 8시 20분쯤 길을 나섰다. 오랜만에 빠른 출발이라는 부푼 마음도 잠시 자전거를 일찍부터 탔더니 11시부터 배가 고파지기 시작했다. 점심을 일찍 먹어 버리면 저녁시간이 되기 전에 배가 고파질 것이고, 그렇다면 힘도 빠질 게 뻔해 배고픔을 참고 참다가 12시가 다 되어서야 오르막길을 가면서 피넛버터와 빵 그리고 소시지 통조림을 먹었다.

점심을 먹고 나자 비가 오기 시작했다. 내리는 비를 맞으며 페달을 밟다가 4시쯤 마라톤(Marathon)이라는 마을 입구에 도착했다. 주유소에서 물을 얻으면서 마을까지 얼마나 남았는지 물으니 고속도로를 벗어나 5킬로미터를 더 가야 한다고 일러주었다. 평소 같으면 들르지 않고 그냥 지나쳤을 테지만 먹을거리를 보충하는 일이 시급했다.

마라톤 마을은 평지에 형성되어 있어서 자전거를 끌고 올라온 만큼 마을 중심부까지는 줄곧 내리막길이었다. 점심에 먹을 빵과 잼, 저녁에 먹을 치킨을 사서 마트를 나오니 빗줄기가 굵어져 있었다. 편하게 내려왔던 내리막길을 이제 반대로 비를 맞으며 힘겹게 올라야 했다. 비 때문에 온도가 더 떨어지기 전에

149

텐트를 쳐야 했다. 텐트를 칠 만한 장소가 마땅치 않았지만 비만 피할 수 있는 곳이면 상관없었다.

#오늘도_빗속을_달리는_자전거 #맑은하늘이_그리워

107day
캐나다 동쪽에서 온 히치하이커들
2017년 6월 19일 월요일 _ 이동 시간: 7시간 | 이동 거리: 64.384㎞

오늘도 하늘에 구름이 잔뜩 낀 것이 여지없이 비가 올 것 같아 어제 입었던 비에 홀딱 젖은 옷을 다시 입었다. 신발도 젖어 있어서 양말 대신 비닐봉지를 신었다. 한 시간여를 달렸을까. 의자가 있는 곳을 발견하고는 자전거를 세웠다. 그곳에는 이미 많은 캠핑카와 캐러밴이 서 있었는데 사람들이 나를 보고는 열렬하게 박수를 쳐 주었다. 쑥스러워 얼굴이 뜨거워졌지만 기분이 좋은 건 사실이었다.

2시쯤 화이트 리버(White River)까지 40킬로미터가 남았다는 표지판을 보고 금방 도착하겠거니 하며 열심히 페달을 밟았지만 7시 30분이 되어서야 화이트 리버에 도착할 수 있었다. 마을 주유소에서 물을 얻고 100미터쯤 갔을 때 잔디밭에 세워진 텐트를 발견했다. 그리고 잔디밭 안쪽으로 깊숙이 들어갔다가 또 다른 텐트 하나를 발견했다. 오늘은 여기에 텐트를 쳐도 뭐라고 할 사람이 없을 것 같았다.

처음 발견했던 텐트 근처에 텐트를 쳤다. 그 텐트의 주인은 오토바이를 타고 미국 미네소타에서 이곳까지 왔고 동쪽으로 향해 간다고 했다. 저녁을 먹고 정자에 앉아 있다가 퀘백에서 온 마흔 살의 배고픈 예술가 히치하이커와 몬트리올에서 온 스물한 살의 히치하이커를 만났다. 두 사람 모두 캐나다 동쪽 지역 사람들이라 프랑스어와 영어를 모두 사용했다. 두 가지 언어를 능수능란하게 구사하는 것이 무척이나 부러웠다. 시간 가는 줄 모르게 많은 이야기를 나누고는 내가 가지고 있던 쿠키를 나누어 주었다. 스물한 살의 히치하이커는 내 텐트 옆에 텐트를 쳤고, 예술가 아저씨는 지붕이 있는 정자에 침낭을 폈다.

108day
냄비와 숟가락도 빌려 드릴게요
2017년 6월 20일 화요일 _ 이동 시간: 6시간 42분 | 이동 거리: 64,632km

아침에 짐을 꾸리면서도 옆 텐트의 히치하이커가 계속 마음에 걸려 바나나와 사과를 들고 옆 텐트로 다가갔다. 10시를 향해 가는 시간이었는데 텐트의 주인은 아직 자고 있었다. 텐트 밖에서 누군가가 말을 걸면 화들짝 놀란다는 것을 알기에 깨우지 않고 돌아왔다. 마저 짐을 꾸리고 있을 때 옆 텐트에서 부스럭거리는 소리가 들렸다. 바나나와 사과를 건네며 시리얼을 먹겠느냐고 물었더니 딱히 거절하지 않아 내 초코우유와 물, 시리얼을 나누어 주었다. 취사도구가 없었는지 냄비와 숟가락도 빌려 주었다. 오늘도 하늘은 온통 어두컴컴했다. 1시 30분쯤 쉼터를 발견하고 자전거를 세웠다. 빵을 먹으려고 살펴보니 빵 여기저기에 곰팡이가 피어 있었다. 그냥 버리기에는 아깝고 짐도 꼼꼼하게 포장해 놓은 상태라 별 탈이 없기를 바라며 곰팡이가 없는 부분을 뜯어 먹었다.

갑자기 오늘 낮에 만난 옆 텐트의 히치하이커가 떠올랐다. 매일 누군가로부터 음식이든 물건들을 받아오다가 나도 누군가에게 필요한 무엇인가를 주었다는 생각에 뿌듯한 마음이 들었다. 냄비도 수저도 없는 그 히치하이커는 무엇을 어떻게 먹고 다니는 것일까 궁금해졌다.

속도를 높여라,
꽃이 피었다

6월 중순, 드디어 꽃이 피다

2017년 6월 21일 수요일 _ 이동 시간: 6시간 32분 | 이동 거리: 56,610㎞

6월 중순이 지나면서 도로 옆에 야생화가 하나둘 피기 시작했다. 길가의 꽃들이 캐나다의 날씨를 대변해 주는 것 같았다. 와와(Wawa) 마을에 도착해 안내센터에서 마을 핀을 사고 온타리오 지도를 얻었다. 수세인트마리(Sault Saint Marie)까지 길이 험하다는 쓸데없는 정보도 입수했다. 안내센터에서 만난 아주머니가 마을 전체가 공사 중이니 자전거를 세워 두고 가는 게 편할 거라며 자전거는 자기가 봐주겠다고 했다. 20분 정도를 걸어 마을에 단 하나 있다는 마트에 도착했다. 간단한 식료품들을 사고는 안내센터로 돌아와 다시 출발했다. 도로가 공사 중이라 주행하는 차들에게 피해를 주지 않기 위해 잔디밭으로 달렸다.

8시쯤 도로 옆 구석진 곳에 텐트를 치고 낮에 마트에서 샀던 신라면 두 봉지를 끓여 먹었다. 역시 한국라면이 최고라는 감탄이 절로 나왔다. 한국에서 먹을 때보다 매운맛이 더 강하게 느껴졌다. 만날 영어만 달고 사니 혀도 서양화가 되어가는 모양이었다.

#와와마을_괜히_함성이_들려 #쓸데없는_정보_감사합니다
#역시_한국라면

무릎아, 지금은 아플 때가 아니야

2017년 6월 22일 목요일 _ 이동 시간: 6시간 33분 | 이동 거리: 63,111㎞

아침부터 비가 와서 텐트 안에서 하염없이 꾸물거리다 베이글 두 개에 소시지 통조림, 바나나를 먹고 나서야 텐트를 정리하고 길을 나섰다. 길가에는 노랗고 하얀 꽃들이 예쁘게 피어 있었다. 어제와는 또 다른 풍경인 것만 같았다. 이제 평지에서도 조금 무리해서 자전거 페달을 밟으면 양쪽 무릎에서 통증이 느껴졌다. 이 여행이 끝나갈 때쯤이면 무릎이 많이 고장 나지 않을까 싶었다. 어느 지점을 벗어나자 라디오의 주파수가 잘 잡히지 않아 잡음이 흘러나왔다. 사실 비가 오거나 엉망진창인 길을 만나는 것보다 라디오 소리가 잘 들리지 않는 것이 더 큰 고역이었다.

8시쯤 텐트를 칠 만한 곳을 발견했다. 고속도로에서 조금 높은 곳으로 탁 트인 전망이 제법 괜찮은 곳이었다. 다른 사람들에게 피해가 가지 않도록 풀숲이 있는 구석에 텐트를 쳤다. 풀숲에 나무가 많은 곳이라 텐트를 치는 도중에 하루살이와 모기가 떼로 덤벼들었다. 춤추다시피 두 팔과 온몸을 흔들며 겨우 텐트를 쳤다.

#자전거야_꽃길만_달리게_해줄게 #라디오안테나가_정말_필요해

111day

가까워지는 수세인트마리, 속도를 높여라

2017년 6월 23일 금요일 _ 이동 시간: 8시간 40분 | 이동 거리: 94.512㎞

지도를 확인해 보니 아직도 가야 할 길은 많이 남아 있었다. 간간히 보이는 강들이 점점 지겨워지기 시작했다. 도로 옆 한쪽에 자전거를 세우고 점심을 먹은 후 조금 쉬고 싶었지만 흡혈파리의 성화에 못 이겨 자전거에 올랐다. 하지만 흡혈파리들은 자전거를 타는 동안에도 집요하게 나를 따라붙었다. 내 손가락 한 마디 크기나 되는 파리도 더러 있었다. 페퍼 스프레이라도 뿌려서 쫓고 싶은 심정이었다. 수세인트마리까지의 거리가 애매하게 남은 터라 텐트를 칠 만한 장소를 발견할 때까지 최고속도로 온 힘을 다해 자전거를 몰았다.

#흡혈파리_난_네가_정말_싫어 #수세인트마리를_향해_달려라달려

멀고도 험난한 여정, 내가 나를 더 힘들게 해

2017년 6월 24일 토요일 _ 이동 시간: 6시간 16분 | 이동 거리: 68.523㎞

수세인트마리에 조금이라도 빨리 도착하고 싶어서 열심히 페달을 밟던 중 반대편에서 자전거를 타고 지나가던 타이완 여행자를 만났다. 토론토부터 시작해 이곳까지 오는 데 8일이 걸렸으며 최종 목적지는 밴쿠버라고 했다. 호주에서 4개월, 일본에서 3개월, 지금은 캐나다에서 도전 중이라고 덧붙였다. 이 친구가 내게 타이완 지폐 1달러를 주었다. 무릎이 좋은 상태는 아니라지만 큰 자전거로 하루에 내 평균 거리만큼 이동한다는 게 놀라웠다. 무릎 통증은 자전거 여행자들의 직업병인 것일까.

12시쯤 작은 주유소에 도착해 쉬어가는 김에 점심을 먹으려고 베이글을 한 입 베어 무는 순간 이상한 낌새가 느껴졌다. 고정되어 있어야 할 고무줄 끈이 풀어져 있었고 있어야 할 가방이 보이지 않았다. 여행을 시작한 이후 최고의 비상사태였다. 잠깐 사이에 많은 생각들이 머릿속을 스쳐 지나갔다. 가방 안에는 핸드폰과 카드, 엠피쓰리와 보조 배터리가 들어 있었다. 항상 몸에 지니고 다니던 것인데 어느 순간 거추장스러운 느낌이 들어 짐 속에 넣고 다닌 지 얼마 지나지 않아 이런 일이 발생한 것이었다. 다른 물건은 잃어버려도 상관없지만 내 소중한 일기와 추억들이 핸드폰에 모두 저장되어 있었다. 한마디로 영혼마저 탈탈 털린 기분이었다.

비포장 길을 달리며 자전거가 덜컹거릴 때 느슨해질 때로 느슨해진 고무줄이 풀어진 거라 판단하고 자전거를 그 자리에 둔 채 왔던 길을 되돌아 걷기 시작했다. 분명히 길 어딘가에 떨어져 있을 거라 믿자 마음이 조금 나아졌다. 30분가량을 바닥을 훑으며 걷고 있을 때 검은 트럭 하나가 멈추었다. 나를 부르더니 지금 무얼 하고 있는지 물었다. 떨리는 목소리로 가방을 잃어버려서 찾고 있다고 하자 트럭운전사가 잃어버린 내 가방과 옷을 들어 보였다. 그제야 긴장이 풀리고 다리에도 힘이 풀렸다. 트럭운전사는 길가에 떨어져 있던 내 가방과 옷을 주유소에 맡기러 가는 중이라고 했다. 가방 안에 들어 있는 건 손대지 않았으며 신분증만 확인했다고 친절하게 말해 주었다. 가방에 정신이 팔려 옷은 생각지도 못했는데 그가 옷을 들어 보였을 때 그제야 '아, 옷도 떨어뜨렸구나' 싶었다. 연거푸 감사 인사를 전했다.

2시간 동안 열심히 페달을 밟아서 드디어 수세인트마리에 도착했다. 약 7만 5천 명 정도의 인구가 살고 있는 큰 도시였다. 햄버거를 사 먹고 온라인으로 게스트 하우스를 찾기 시작했다. 전기가 필요했기 때문이었다. 지난번 캠프 그라운드에서 하루를 머물 때 23달러, 샤워할 때 2달러를 지불했던 기억이 났다. 비슷한 가격이라면 실내에서 샤워도 할 수 있고 전기도 쓸 수 있고 와이파이도 되는데다 침대도 있는 게스트 하우스가 백 배 낫다는 생각이 들었다. 하지만 열심히 검색해도 수세인트마리의 게스트 하우스 정보는 찾을 수 없었다.

게스트 하우스 찾기를 포기하고 마트를 찾아 3일치 식료품을 장만하고는 8시가 넘어 캠프 그라운드에 도착했다. 전기를 사용하는 조건으로 하룻밤에 33달러를 내야 했지만 다행히도 샤워는 공짜였다. 텐트를 대충 친 채 샤워를 하니 개운하다는 말이 절로 나왔다. 오늘 낮에 있었던 가방 분실 사건을 생각하니 또 한 번 온몸이 서늘해졌다.

#벤쿠버를_향해가는_타이완친구 #다시_찾은_물건과_추억
#트럭운전사_감사합니다

156

113day
이제 익숙해진 캐나다의 도로, 캐나다의 날씨
2017년 6월 25일 일요일 _ 이동 시간: 7시간 52분 | 이동 거리: 80.362㎞

와이파이는 속도가 너무 느려 아무것도 할 수 없었다. 하지만 오랜만에 전기를 사용할 수 있어 들뜬 마음에 영화를 보다가 6시가 되어서야 잠이 들었다가 밖에서 아이들이 뛰어노는 소리에 깨어 보니 10시였다. 그 길로 일어나 짐을 챙겨 부랴부랴 길을 나섰다.

마을을 끼고 있는 작은 고속도로는 제한속도 또한 70킬로미터로 트럭도, 할리 데이비슨 폭주족도 없어 조용하고 안전하니 여간 좋은 게 아니었다. 자동차의 소음에서 벗어나 라디오에서 흘러나오는 소리도 귀에 쏙쏙 박히니 더욱 좋았다. 하지만 자전거를 탄 지 얼마 지나지 않아 메인 고속도로와 합류되는 지점이 나타나면서 내 평화는 끝이 났다.

메인 고속도로로 나오니 오르락내리락 구불구불한 길의 연속이었다. 수세인 트마리를 넘어서면 길이 좀 좋아질 줄 알았건만 그러고 보니 캐나다의 도로는 한결같이 이 모양이었고, 갓길이 없는 것도 마음에 들지 않았다. 오르막길을 걸으며 큰 당근 한 개와 과자를 먹고 나자 천둥 번개가 치고 비가 쏟아지기 시작했다. 이 정도 날씨쯤이야. 캐나다 언덕길이나 날씨는 이제 익숙해질 대로 익숙해진 터였다.

8시가 되기 전 테사론 마을 입구를 지나 조금 더 깊숙한 곳으로 들어갔다. 야생동물이 튀어나올 것만 같은 느낌이 들어 경계를 늦추지 않고 재빨리 텐트를 쳤다. 바닥에 돌이 많았지만 텐트를 칠 수만 있다면 상관없었다. 인스턴트 밥을 해 먹고 나니 지난밤 얼마 못 잔 탓에 피곤함이 몰려왔다.

#소음이_싫은_길위의_여행자 #야생동물_네가_제일_무서워

157

114day

퍼붓는 비, 지붕이 있어서 다행이야

2017년 6월 26일 월요일 _ 이동 시간: 3시간 6분 | 이동 거리: 31.527㎞

빗소리에 잠에서 깼다. 점심을 먹고 3시가 다 되어 가는데도 비가 그칠 기미는 보이지 않았다. 비를 맞으며 라이딩을 할지 하루 쉬었다 갈지 고민하다가 조금이라도 가 보자는 결심으로 가방과 침낭을 쓰레기봉투에 넣고 단단히 싸맸다. 젖은 텐트도 봉투에 넣고 짐 정리를 마친 후 오후 4시가 되어서야 길을 나섰다.

비는 저녁까지 끈질기게 내렸다. 7시쯤 아이언브리지(Iron Bridge) 마을의 안내센터에 도착해 텐트를 칠 만한 곳이 있는지 둘러보던 중에 지붕이 있는 벤치에서 커피를 마시던 여행자들을 만났다. 이들이 커피를 끓여 주며 나를 응원해 주었다. 여행자들이 떠난 후 이 지붕이 있는 곳에 텐트를 쳐도 될지 고민이 되었다. 공공장소인데 텐트를 쳐도 될까, 다른 곳을 찾아야 하나 갈팡질팡하고 있을 무렵 갑자기 비가 퍼붓듯 쏟아져 내렸다. 내일 아침 안내센터가 문을 열기 전에 일어나서 출발하자고 마음먹고 지붕이 있는 의자와 의자 사이에 텐트를 쳤다. 비 때문에 봉투에 넣은 가방을 꺼내는 것도 쉽지 않았지만 행여나 빗물이 들어갈까 봐 있는 힘을 다해 꽁꽁 묶어 놓은 탓에 푸는 게 일이었다. 언젠가 이렇게 싸맨 매듭을 꽁꽁 언 손으로 푸느라 고생했던 일이 떠올랐다. 다시 한 번 같은 일을 겪고 있는 셈이었다.

젖은 옷들과 비닐봉지를 사방에 널어놓으니 많은 공간을 차지했다. 다른 사람들에게 피해를 주게 될까봐 걱정이 되었다. 그저 텐트를 치고 자는 사이에 아무도 오지 않기를 바랄 뿐이었다. 그래도 이렇게 지붕이 있는 곳을 발견했다는 게 꿈만 같았다.

#아이언브리지_안내센터_도착 #비는_괴롭고_지붕은_고맙다 #공공장소에서_죄송해요
#저_원래_이런_사람_아니에요

115day

한계에 다다른 무릎 통증

2017년 6월 27일 화요일 _ 이동 시간: 8시간 40분 | 이동 거리: 109.22㎞

아침 일찍 일어나 안내센터가 문을 열기 전 서둘러 출발해 10시쯤 블라인드리버(Blind River)에 도착했다. 안내센터에 가려고 했지만 어느 순간 이정표가 사라지는 바람에 포기하고 마을을 빠져나가려 할 때 안내센터를 발견해 물도 얻고 영어 공부용 신문과 배 시간표도 얻었다.

덜 마른 신발을 신은 내 발이 슬슬 걱정되기 시작했다. 양말 한 개로 일주일씩 버티는 일도 마음에 걸렸다. 큰 마을에 도착하면 제일 먼저 신발을 사기로 했다. 오늘은 어제 비 때문에 지체된 시간을 만회하기 위해 열심히 페달을 밟아 7시쯤 도로 옆에 텐트를 칠 만한 곳을 발견하고는 라이딩을 마무리 지었다. 욕심을 내서라도 더 달리고 싶었지만 무릎의 통증이 이미 한계치에 도달해 더 이상 페달을 밟을 수 없었다.

라디오를 들으며 신나게 달리느라 식료품 봉투가 떨어진 걸 전혀 알아채지 못했는데 내리막길에서 발견했을 때는 이미 봉투가 바퀴에 갈린 후였다. 내용물을 확인해 보니 사과 한 개는 상처가 심했고, 나머지 사과 한 개도 선명하게 새겨진 바퀴자국이 지워지지 않아 버릴 수밖에 없었다. 빵도 사정은 비슷했지만 더러운 부분만 떼어 냈다. 짐을 잘 꾸렸어야 했는데 먹지도 못하고 이렇게 음식을 버려야 한다니 속이 탔다. 내일 이동할 구간을 지도로 확인했다. 그저 아픈 무릎이 밤 사이에 회복되기를 바라는 마음뿐이었다.

#양말하나로_일주일_버티기_극한여행
#못먹고_버린_음식_찢어지는_가슴 #무릎아_힘을_좀_내봐

비는 쏟아지고, 험난한 도로를 만나고,
길은 잃었지만

116day

겨울용 부츠를 벗고 샌들을 신다

2017년 6월 28일 수요일 _ 이동 시간: 6시간 19분 | 이동 거리: 60,624㎞

근육통 때문에 늦장을 부리다가 무거운 몸을 이끌고 11시쯤에 라이딩을 시작했다. 웹우드라는 작은 마을을 지나 오타와(Ottawa)까지 연결되는 17번 고속도로에서 벗어나 오른쪽으로 방향을 틀어 6번 고속도로로 들어섰다. 길고 복잡한 길을 택한 건 나이아가라 폭포를 보기 위해서였다. 1시쯤 공사 중인 구간을 지나 에스파뇰라(Espanola) 마을을 지나면서 발견한 쇼핑몰에 들러 식당에서 달걀 세 개에 오믈렛, 약간의 감자와 식빵 두 조각을 먹었다. 이 음식이 12달러라니 식당에서 음식을 사 먹을 때마다 먹을 것 많은 한국이 참 그리웠다. 밥을 먹고는 신발 쇼핑에 나섰다. 내가 원하는 샌들을 찾았지만 여행하면서 떨어질 때까지 신고 버리기에는 비싸고 아까운 신발들이었다. 마지막으로 들른 매장에서 40달러짜리를 15달러에 세일 판매하고 있는 샌들을 구입했다.

플라스틱 도마와 필요한 물건들을 사고 쇼핑몰을 빠져 나오니 하늘이 또 점점 화가 나는 얼굴로 변하고 있었다. 짐을 포장하고 새로 산 샌들로 갈아 신은 후 라이딩을 시작했다. 그간 내내 신었던 겨울용 부츠는 플라스틱 박스에 잘 넣어 두었다.

오르막길이 끊임없이 이어져 8시쯤 급하게 텐트를 쳤다. 경찰이 지나가기라도 한다면 분명히 쫓겨날 만한 장소였다. 쉼터도 아니고 주차도 허용되지 않는 곳이었다. 하지만 비가 금방이라도 쏟아질 것 같아서 어쩔 수 없었다. 나중 일은 나중에 생각해야 했다. 텐트를 친 지 얼마 지나지 않아 비가 쏟아졌다. 가끔 지나가는 차들이 경적을 울렸다. 마치 내게 인사를 하는 듯했다. 텐트 안에서 차 경적 소리를 들으라는 것인가. 무슨 뜻인지 도통 알 수가 없다.

#그리운_한국식당 #고르고고른_15달러짜리_샌들
#경찰이_뭐라해도_못가요

117day
라이더 할머니들의 아름다운 도전에 찬사를
2017년 6월 29일 목요일 _ 이동 시간: 7시간 43분 | 이동 거리: 77㎞

어제부터 내리기 시작한 비는 아침이 와도 멈출 줄을 몰랐다. 내리는 비를 맞을 각오로 짐을 정리한 후 초코우유와 시리얼을 먹고 10시쯤 라이딩을 시작했다. 점심이 될 무렵 리틀커런트(Little Current) 마을 안내센터에 도착해 물을 얻고 야광 팔찌와 영어 공부용 신문도 얻었다.

안내센터에서 출발한 지 5분도 채 지나지 않았을 때 안내센터에서 만났던 할머니를 다시 만났다. 마을신문에 글을 쓰는 리포터가 내 여행에 흥미를 가질 거라며 소개시켜 주고 싶다고 했다. 그렇게 리틀커런트의 도심지에서 리포터를 만나 30분가량 인터뷰를 했다. 할머니가 집 주소를 적어 주며 쉬었다 가라고 했지만 라이딩을 마무리 짓기에는 너무 이른 시간이라 고맙다는 인사를 하고는 서둘러 길을 떠났다. 할머니가 써 준 주소가 적힌 종이는 기념으로 보관하기로 했다.

4시쯤 되었을 때 무언가 이상하다 싶어 트레일러 바퀴를 체크해 보니 오른쪽 바퀴에 바람이 빠져 있었다. 구멍을 때우기 위해 트레일러 바퀴를 빼내려 했으나 이상하게도 바퀴가 빠지지 않았다. 오늘은 배를 탈 수 있는 사우스베이먼

스까지 가야 했기에 바람이 빠진 상태로 라이딩을 감행했다. 6시쯤 작은 마을을 지나면서 자전거 숍을 발견했지만 조금이라도 빨리 목적지에 도착하고 싶어서 펑크는 때우지 않고 바람만 넣은 채 다시 출발했다.

오늘은 길 위에서 미국에서 온 라이더 할머니 두 분을 만났다. 밴쿠버부터 나와 목적지가 같아 반가웠지만 한눈에 봐도 할머니 자전거에는 짐이 꽤 많이 실려 있었다. 무언가에 도전한다는 것은 아름다운 것, 나이는 그리 중요하지 않다는 것을 다시금 깨닫는 순간이었다. 신발이 젖지 않도록 발을 비닐봉지로 감싸고 있던 할머니의 모습이 자꾸 떠올랐다.

나와 출발지부터 목적지까지 같고 성격까지 비슷한 호주 청년도 만났다. 5월에 출발해 이곳까지 왔다고 했다. 짐이라고는 달랑 텐트 하나뿐인 듯했는데 10시에 운행하는 마지막 배를 타고 건너편으로 갈 예정이라고 했다. 건너편에 도착하면 11시 40분쯤 되는 시각인데 너무 늦지 않는 걸까. 생면부지의 그가 조금 걱정되었다.

#또한번의_인터뷰 #미국에서온_멋진_라이더할머니들
#호주청년_또만나기를

118day
여객선을 타고 토버모리에 도착하다
2017년 6월 30일 금요일 _ 이동 시간: 7시간 6분 | 이동 거리: 79.639㎞

9시 10분 첫배를 타고 건너편으로 넘어가야 하기에 아침 일찍 서둘러야 했다. 트레일러에 짐을 싣다가 오른쪽 바퀴에 바람이 빠져있는 걸 발견했다. 어제 저녁 구멍을 때웠어야 했는데 미루다가 또 이런 꼴을 당했다. 시간이 촉박한 탓에 여분의 튜브로 교체를 해 주고 헌 튜브는 비상시를 대비해 챙겨 두었다.

마을에서 조금 떨어진 곳에 텐트를 쳤기에 열심히 페달을 밟아야 했다. 8시 40분쯤 선착장에 도착해 어른 17달러 요금에 자전거 7달러까지 총 24달러를

내고 표를 끊었다. 선착장에서 어제 만났던 할머니들을 또 만났다. 조심스레 나이를 여쭤 보니 예순한 살, 예순두 살이라고 했다. 젊은 사람도 짐이 많든 적든 자전거로 장거리 여행을 하면 무릎이 망가지는 것을 할머니들의 무릎은 괜찮은 걸까. 그저 존경스러울 뿐이었다.

자동차를 주차하는 곳 한쪽에 자전거를 세우고 밧줄로 단단히 고정을 해 준 후 배에 승선했다. 배는 여느 유람선들과 비슷했다. 안개 때문에 주변 풍경이 보이지 않아서 아쉬울 뿐이었다. 토버모리(Tobermory) 항구에 정박하기 전에 주변 풍경을 카메라에 담으려고 갑판에 한참을 머물러 있다가 관리자에게 쫓겨나 할 수 없이 지하로 내려갔다. 11시쯤 토버모리에 도착해 미국 라이더 할머니들과 사진을 찍은 후 헤어졌다.

토버모리 항구에서 온타리오 지도를 얻은 후 12시쯤 라이딩을 시작했다. 자전거를 타며 이제껏 보지 못했던 뱀 조심 표지판을 발견했다. 그러고 보니 도로 위에 널브러진 뱀 사체들이 눈에 띄었다. 길은 여전히 오르락내리락이었다. 지도를 체크하기 위해 쉼터에 들르니 인도 사람으로 보이는 여행자들이 모여 있었다. 그들은 신기하게도 쉼터 쓰레기통을 향해 절을 하고 있었다. 방향을 바꿔 절을 해도 될 것 같았건만 절을 하는 모습이 무척이나 엄숙해 나도 한참이나 진지하게 바라보았다. 아마 신이 그 위치에 계신 모양이었다.

또 날씨가 흐리기 시작해 짐을 포장했다. 새로 얻은 지도에는 온타리오 지역이 확대되어 있어 쉼터의 위치를 알 수 있는 장점이 있었고, 쉼터의 위치를 알게 되는 단점도 있었다. 5시쯤 어느 작은 마을에 도착해 주유소에서 물을 얻고 직원으로부터 문을 연 마트의 위치를 알아냈다. 직원이 말한 대로 15분 정도를 열심히 달렸지만 허허벌판만 이어질 뿐 아무것도 없었다. 조금 더 가더라도 무언가가 나올 것 같지 않아 자전거를 돌렸다. 아마 나를 골탕 먹이려고 잘못된 정보를 알려준 게 아닐까 의심이 들었다.

저녁이 되어 쉼터에 텐트를 쳤다. 배가 많이 고파 남은 라면 세 봉지를 끓여 먹었다. 이제 음식 박스에는 하루치의 음식과 비상시에 먹으려고 아껴 두었던 전투식량 두 개밖에 남지 않았다. 큰일이었다.

#토버모리_도착 #쉼터위치_알아도_몰라도_문제
#식량바닥_초비상사태_걱정태산

119day
내가 선택한 경로, 험난해도 후회는 없다
2017년 7월 1일 토요일 _ 이동 시간: 6시간 11분 | 이동 거리: 61㎞

아침부터 천둥 번개를 동반한 장대비가 쏟아지고 있었다. 이렇게 많은 비를 맞으며 달릴 자신이 없었다. 텐트 안에서 비가 그치기를 기다리며 지도를 펼쳤다. 이제는 길이 많이 복잡해져서 지도에 의지한 채 표지판을 보며 길을 선택해야 했다. 강을 따라서 크게 한 바퀴를 돌아갈지 아니면 가운데로 질러갈지 한참을 고민 끝에 결국 가운데 길로 달리는 것으로 결정했다. 지금까지 많은 크고 작은 강과 호수들을 봐 왔고 강보다는 바다를 보는 게 더 좋을 것 같았다. 어차피 나이아가라 폭포 쪽으로 달린다면 강을 질리게 볼 수 있을 것이고 아직 퀘백 쪽 길도 많이 남아 있었다. 내가 선택한 길이 어려운 길인지 쉬운 길인지 언덕이 많은지 적은지 지금으로서는 알 수 있는 게 전혀 없었다. 길의 상태가 어떻든지 어떤 일이 일어나든지 절대 후회는 없을 것이었다.

12시쯤 비가 잠시 그친 틈을 타 짐을 정리하고 길을 나서 한 시간을 달린 끝에 위아톤(Wiarton) 마을에 도착했다. 공원으로 다가가니 강을 주변으로 큰 공원과 캠프 그라운드가 조성되어 있었다. 점심으로 샌드위치를 사 먹고 마트에서 일본라면보다 값이 두 배나 비싼 한국라면 네 봉지와 양도 많고 값도 싼 인스턴트 밥도 샀다.

오르락내리락 정신없는 길을 하염없이 달리다 8시 40분쯤 도로 옆 좁은 공간에 텐트를 쳤다. 돌이 많고 비탈진 곳이었지만 할 수 없었다. 전깃줄에 앉은 새들이 시끄럽게 울어댔다. 새를 쫓으려고 돌을 던져 봤지만 소용없었다. 새들이 우는 소리를 들으며 고기와 양파, 버섯, 피망 등을 넣은 인스턴트 밥을 먹었다. 고기를 넣으니 그 어느 때보다 맛있었다. 피로가 점점 쌓이는 것 같았다. 자고 일어나면 거뜬해졌으면 좋겠다는 생각뿐이었다.

#오늘도_장대비 #바다보며_질러가기
#한국라면_맛있으니_비싼법

120day

점점 복잡해지는 마을, 제대로 가고 있는 걸까

2017년 7월 2일 일요일 _ 이동 시간: 10시간 | 이동 거리: 98.082km

온타리오 지역이 확대된 지도를 필요한 부분만 잘라 손에 들고 다니니 여간 편한 게 아니었다. 지도에서 지나온 부분을 찢는 재미도 쏠쏠했다. 지도에는 분명히 지금 나올 마을이 아니었는데 예상했던 것보다 내가 찾는 마을은 빨리 나타났다. 지도상에서의 마을 이름과 일치하는지 두 번이고 세 번이고 확인했지만 이름은 같았다. 이게 어찌된 영문인지 갸우뚱했지만 지도에서 표시된 대로 마을을 조금 지나니 쉼터가 나왔다. 그제야 내가 원하는 길을 맞게 찾아가고 있는 것 같아 안심이 됐다.

5시 30분쯤 지났을 때 역풍이 불기 시작했다. 무릎 통증도 참기 힘들었고 엉덩이도 많이 아파서 일찍 라이딩을 마무리 짓고 싶었지만 지도에서 쉼터의 위치를 파악했기 때문에 쉼터까지 가기로 했다.

쉼터에 도착한 것은 8시 30분쯤이었다. 어제 남겨 놓은 고기도 넣고 너구리 라면 두 봉지를 푸짐하게 끓여 먹었다. 역시 한국라면이 제일 맛있다는 감탄도 잊지 않았다. 오늘은 엘람우드, 하노버, 데우스 다트, 클리포드, 해리 스톤, 리스로 엘까지 크고 작은 마을을 지나왔다. 마을에 들를 뻔 했지만 여러 유혹을 뿌리치고 앞만 보고 질주했다는 게 여간 뿌듯한 게 아니었다.

#지도따라_가는_길
#고기도_먹고_한국라면도_먹고_행복한_저녁

121day
햄버거 가격에 유혹되어 와이파이에 빠지다
2017년 7월 3일 월요일 _ 이동 시간: 5시간 12분 | 이동 거리: 54.205km

11시 10분쯤 몽크턴(Monkton)이라는 작은 마을을 지나 1시쯤에는 미셸(Michel) 마을에 도착했다. 미셸 마을까지는 평지여서 다리에 힘을 빼고 욕심 없이 페달을 밟았다. 단거리를 빨리 가기보다는 같은 속도로 길게 오래가야 체력을 비축해 더 멀리 갈 수 있을 것 같았기 때문이다. 하루에 얼마만큼의 거리를 갈 수 있는가는 내 신체적인 능력보다 길의 영향이 컸다. 미셸 마을에서 싸구려 물건을 파는 곳을 발견하고는 필요한 물건들을 사고 마트에서 사흘 치 식료품을 구입하고는 물건들을 트레일러에 주렁주렁 매달고 다시 길을 떠났다.

덕분에 자전거 길이 없는 스트랫퍼드(Stratford) 마을에서 인도로 자전거를 끌고 가면서 덜컹거릴 때마다 오늘 산 물건들이 잘 있는지 확인해야 했다. 마을 외곽을 벗어날 무렵 햄버거 세트에 6달러라는 간판을 발견했다. 이곳까지 오는 동안 수많은 유혹들을 뿌리치고 잘 왔건만 결국 6달러의 가격에 꾀어 햄버거 가게의 문을 열고 성큼성큼 들어가고 말았다. 캐나다에 와서 처음 보는 브랜드 의 햄버거 가게였는데 햄버거에 넣을 채소를 선택할 수 있어 골라먹는 재미가 있었다.

햄버거만 먹고는 바로 출발하려 했지만 와이파이의 노예가 되어 한정 없이 햄버거 가게에 죽치고 앉아 있었다. '얼마 만에 써 보는 와이파이던가!' 신난 마 음에 시간도 장소도 잊고 푹 빠진 것이다. 그리고 시계를 보니 9시 20분이 되어 가고 있었고, 밖은 어느새 어두워져 있었다. 그제야 햄버거 가게를 박차고 나왔 다. 오늘의 라이딩은 끝이었다. 부랴부랴 텐트를 칠 장소를 찾아다닌 끝에 도로 와 인접한 잔디밭에 텐트를 쳤다. 텐트를 쳐 놓고 보니 경사가 심한 곳이었다. 눕고 보니 최악의 장소에 텐트를 쳤다는 걸 깨달았다. 이놈의 경사 때문에 일찍 잠에 들지 못할 것 같다.

#햄버거가게에서_보낸_반나절 #또_와이파이의_노예가_되다니

167

드디어
나이아가라 폭포 앞에 서다

122day
민폐 안 끼치고 공원에 텐트치기
2017년 7월 4일 화요일 _ 이동 시간: 8시간 6분 | 이동 거리: 83.932㎞

예상대로 경사진 곳에 텐트를 치고 누우니 잠이 통 오지 않았다. 게다가 도로에는 어찌나 차가 많이 다니던지, 텐트 옆을 지나면서 일부러 공회전을 하는 차는 무슨 심보인지, 큰 트럭이 지나갈 때마다 텐트가 좌우로 크게 요동치는 일까지 제대로 잘 수 있는 요건은 하나도 없었다. 와이파이에 시간을 허비하다 이런 낭패를 볼 줄은 미처 몰랐다. 이게 모두 와이파이 탓이었다. 아니, 와이파이에 빠진 내 탓이었다.

더 누워 있어도 잠은 올 것 같지 않았고 자전거를 타는 게 몸도 마음도 더 편할 것 같았다. 길을 나서고 보니 6시 30분이었다. 자전거를 타면 탈수록 트럭들이 점점 많아졌다. 동쪽으로 갈 수 있는 큰 메인 고속도로와 가까워지고 있기 때문인 듯했다. 도로 위에서 19번 하이웨이 'to be closed' 표지판을 발견했다. 내가 가야 할 고속도로였다.

2시쯤 틸슨버그(Tillsonburg) 마을에 도착해 물을 얻기 위해 주유소에 들렀다. 주유소 직원과 몇 마디 나누고 난 후 돌아서는데 주유소 직원이 다른 손님에게 입을 삐죽거리며 내 이야기를 해대고 있었다. 내가 자신의 말을 알아듣지 못한다는 내용이었다. 하지만 나는 직원이 하는 말을 토씨 하나 빠뜨리지 않고 다 알아들었고, 직원이 나에 대해 험담하는 말까지 모두 정확하게 알아들었다. 기분 좋을 리 없었지만 물을 얻어야 했기에 참는 수밖에 없었다.

5시 20분쯤 델리(Delhi) 마을 입구에 다다르자 커다란 공원이 나타났다. 공원 안에 텐트를 칠 요량으로 곳곳을 살폈다. 이따금 미친 짓은 해도 다른 사람에게 피해를 주는 행동은 절대 하지 말자는 신념으로 공원 구석에 텐트를 쳤다. 텐트를 칠 수 없다는 안내문구도 없었다. 관계자가 당장 나가라고 한다면 그건 그때 생각해 보기로 했다.

텐트를 치고 바로 앞에 흐르는 강물에서 머리도 감고 세수도 하고 면도도 했다. 사이클 바지도 빨았다. 김치라면 두 봉지를 끓여 먹으며 한국라면은 역시 최고라는 감탄을 연발했다.

주유소직원_혼내주고_싶다 #공원에_텐트치기
#혼내면_조용히_갈_수밖에

123day
나는 왜 친구 같은 물건을 또 잃어버리는가
2017년 7월 5일 수요일 _ 이동 시간: 8시간 47분 | 이동 거리: 92.429㎞

아침 8시쯤 텐트 밖에서 인기척이 느껴졌다. 문을 열고 보니 공원 관계자인 듯했다. 이 공원에서는 캠핑을 할 수 없다며 텐트를 정리하라고 했다. 바로 짐 정리를 하고 9시 40분쯤 길을 나섰다. 쫓겨난 꼴이지만 씻는 것도 해결하고 빨래도 하고 잠도 잘 잤으니 괜찮은 거라고 다독였다. 델리 마을을 벗어나는 길에 전봇대에 걸려 있는 태극기를 보았다. 이 외딴 곳에 태극기가 왜 걸려 있는지 궁금했다. 지금까지도 궁금한 것 중 하나다.

열심히 페달을 밟고 또 밟아서 8시 20분쯤 던빌(Dunnville) 마을에 도착했다. 사진을 찍으려고 트레일러로 눈을 돌리는 순간 서늘한 바람이 나를 훑고 지나간 듯 허전하고 휑했다. 항상 그 자리에 있어야 할 삼각대가 보이지 않았다. 호주에서 산 삼각대는 지금까지 줄곧 나와 함께였다. 정이 들 대로 든 삼각대였다. 어디서 떨어뜨린 것인지 감도 오지 않아 다시 되돌아갈 수도 없었다. 물건을 하나둘씩 잃어버리다 보니 점점 포기도 빨라지는 것 같았다.

9시 20분쯤 쉼터에 도착해 텐트를 쳤다. 잃어버린 삼각대는 빨리 잊기로 했다. 하지만 삼각대는 필요했기에 쉼터 쓰레기통을 뒤져 커피 컵 세 개와 플라스틱 컵, 물병 세 개를 주워 와서 밑바닥을 자른 커피 컵을 캠핑용 매트리스에 붙이니 그럴싸한 다리가 되었다. 얼마 전에 산 캠핑용 매트리스는 이제 없어도 괜찮았다. 눈밭이나 돌밭이나 아무 데서나 잘 자게 됐으니 말이다. 삼각대가 생길 때까지 이 매트리스를 이용해 사진을 찍을 생각이다.

124day
보물보다 더 찾기 힘든 삼각대 찾기
2017년 7월 6일 목요일 _ 이동 시간: 4시간 39분 | 이동 거리: 56.662㎞

짐 정리를 하려고 텐트 밖으로 나오자 바로 앞에 차 한 대가 주차되어 있었다. 혹시나 삼각대를 어디서 구할 수 있는지 알 수 있을까 싶어서 운전자에게 다가가서 물었지만 그도 알지 못한다고 했다. 그러고는 나를 차에 태우더니 도심지의 어느 스포츠 용품점으로 데려다 주었다. 그곳에서 삼각대를 팔고 있었지만 내 카메라와는 규격이 맞지 않아 결국엔 그냥 다시 되돌아와야 했다.

텐트와 짐 정리를 하고 점심이 되어서야 라이딩을 시작했다. 자전거 페달을 열심히 밟아 예상보다 30분이나 빨리 포트콜본(Port Colborne) 마을에 도착했다. 최대한 빨리 삼각대를 사고 싶었다. 내게 맞는 삼각대를 찾기 위해 이정표를 따라 도심에 도착했지만 이상하게도 주변이 썰렁했다. 맥도날드나 팀홀튼 같은 캐나다에서 와이파이를 사용할 수 있는 곳은 아무것도 없었다. 필요 없을 때는 그렇게 많더니 찾을 때는 이렇게 없으니 억울함마저 들었다. 와이파이 때문에 서브웨이에서 음료수를 사 먹었지만 와이파이가 안 되는 곳이었다. 미리 확인을 하고 들어왔어야 할 것을 또 괜히 억울해졌다.

당연히 이곳이 도시의 중심가인 줄 알았건만 알고 보니 고속도로가 도시의 중심가였다. 안내센터로 가서 문의하니 직원이 이곳저곳 전화로 물어봐 주었지만 결국 찾지 못했다. 어느 라디오 숍에서 판매할지도 모른다고 했으나 숍의 이름도 모르고 판매를 하는지도 확실하지 않았다. 직접 가서 확인하니 이 숍에서도 삼각대를 구할 수 없었다. 월마트에서 삼각대를 판다는 고급 정보만 입수한 채 길을 나섰다.

안내센터에서 나이아가라 폭포로 가는 지도도 얻고 물도 얻었다. 안내센터의 직원이 알려 준 대로 프랜드십 트레일(Friendship Trail) 길을 따라 갔다. 포트 이리(Fort Erie)까지 연결되어 있는 자전거 도로였다. 삼각대를 만들 요량으로 길가에서 나뭇가지들을 줍고는 자전거 길을 벗어나기 전에 텐트를 쳤다. 곰곰이 생각해 보니 내일은 기필코 무슨 일이 있어도 삼각대를 찾을 것이므로 주운 나무들로 삼각대를 만들 필요가 없어졌다. 일본라면 두 봉지에 바나나와 베이글을 먹고 나니 땀이 흘렀다. 텐트 안에서 라면을 끓이니 마치 사우나 안에 들어 앉아 있는 것 같았다. 길 위의 시간이 그렇게 흐르고 계절이 그렇게 흐르고 있다.

#와이파이_찾아_삼만리 #삼각대가_이렇게_귀한_물건이라니
#길위의_흐르는_계절

125day
나이아가라 폭포 앞에서
2017년 7월 7일 금요일 _ 이동 시간: 5시간 21분 | 이동 거리: 56,513km

요 며칠 삼각대를 찾는 게 소원이 되었다. 오늘도 삼각대를 찾아야 했기에 서둘러 라이딩을 시작했다. 아침부터 천둥 번개에 비도 오고 말이 아닌 날씨였다. 서브웨이에서 샌드위치를 사 먹으며 와이파이로 삼각대가 있을 만한 곳을 찾아 헤맸다. 지도상에는 전자제품을 파는 곳이라고 했는데 막상 가 보니 전자담배를 파는 곳이었다. 허무함을 안은 채 돌아섰다.

12시쯤 월마트에 도착해 그토록 찾아 헤매던 셀카봉과 삼각대를 찾았다. 한국 돈 6만 6천 원가량 주고 다시 산 물건이었다. 뿌듯한 마음으로 월마트 옆 의자에 앉아 베이글 두 개와 당근을 먹으며 삼각대와 셀카봉을 살펴보니 삼각대는 부담스럽게 컸고 셀카봉은 이름만 셀카봉일 뿐 셀카봉의 기능은 하지 못하는 막대기에 불과했다. 이 쓸모없는 막대기는 환불하고 새로 산 삼각대를 들여다보니 크기도 무게도 적당했고 모든 게 마음에 들었던 잃어버린 삼각대가 계속 떠올랐다.

포트이리 마을을 조금 벗어나자 나이아가라 강이 나왔고 미국 뉴욕 주의 버펄로와 캐나다 온타리오 주의 포트이리를 연결하는 피스브리지(Peace Bridge)가 나왔다. 강 건너편으로 미국 땅이 보였다. 나이아가라 강은 물살이 거셌지만 거대하고 아름다웠다. 나이아가라 강을 따라 연결된 도로를 달리자 나이아가라 폭포가 눈앞에 펼쳐졌다. 나이아가라 폭포에 오기 위해 좀 더 멀고 긴 여정을 선택했고 여기까지 오는 과정 또한 순탄치만은 않았는데 이렇게 나이아가라 폭포를 마주하고 보니 그동안 힘들었던 순간들이 눈 녹듯 사라지고 대자연의 경이로움에 입이 떡 벌어졌다. 이렇게 아름다운 대자연의 선물을 보지 못하고 그냥 지쳤더라면 얼마나 후회했을까. 우여곡절 끝에 도착하고 보니 이 길을 선택하기를 잘했다는 생각에 감격스러웠다.

나이아가라 폭포를 찾은 관광객들이 셀카봉으로 사진을 찍을 때 나는 부담스럽게 큰 삼각대를 길게 잡은 채 사진을 찍었다. 이제 오늘 묵을 곳을 찾아야 했다. 주변에 공원도 많고 텐트 칠 곳은 많았지만 카메라의 용량이 꽉 차 있어 전기가 필요했다. 게스트 하우스는 한 군데 밖에 없었는데 그마저도 빈 방이 없었다. 결국 괜찮은 숙소를 찾지 못해 가장 저렴한 모텔을 예약했다. 관광지답게 길가에는 사람들이 넘쳐 났고 주변 건물들은 놀이공원처럼 꾸며져 있었다.

8시 30분쯤 예약한 모텔에 도착했다. 자전거를 도둑맞을 수도 있다는 말에 직원에게 부탁해 트레일러 딸린 자전거를 방으로 옮겨 놓았다. 오랜만에 전기도 쓰고 인터넷을 하며 편안하고 즐거운 저녁을 보낼 수 있었다.

#나이아가라폭포를_가슴에_담고 #오늘은_싸구려_모텔
#전기와_인터넷_간만에_신남

173

126day

한국을 좋아하는 여행자들과 수다를

2017년 7월 8일 토요일 _ 이동 시간: 1시간 52분 | 이동 거리: 17.556㎞

오랜만에 인터넷을 하다 보니 자는 시간이 아까워 밤을 새우고 말았다. 답답해 속이 터질 지경의 인터넷 속도였고 연결도 오락가락했지만 인내심을 가지고 그야말로 끈질기게 사용했다. 5시 45분쯤 숙소를 나왔다. 이른 아침이라 사람도 없어 내 세상을 만난 듯 자연의 신비에 감탄을 연발하며 사진과 영상을 마음껏 찍었다.

모텔로 돌아와 2시간 정도 자고 일어나 체크아웃을 하기 위해 방 밖으로 자전거를 빼다가 선글라스가 부러지고 말았다. 박스 어딘가에 접착제가 있을 테지만 짐을 풀고 찾기가 귀찮아 접착제를 사러 돌아다니기 시작했다. 내가 찾는 것은 부러진 선글라스를 붙이는 접착제였는데 접착제 가격과 맞먹는 저렴한 가격의 선글라스를 발견했다. 접착제를 사느니 차라리 새 선글라스 사는 게 남는 장사 같았다. 부러진 선글라스는 언젠가 접착제로 붙여서 추억으로 보관하기로 하고 새 선글라스를 샀다.

어제 자전거를 타고 지나친 사람들을 다시 만났다. 어제는 몇 마디 나누지 못하고 헤어졌는데 오늘은 많은 이야기를 나누었다. 일행 중 한 명은 한국에서 2년 동안 영어를 가르치다 돌아왔고 다른 한 명도 한국의 문화와 음식을 좋아한다고 했다. 한국에서 살았던 경험이 있는 사람과 한국을 좋아하는 사람들이라 그런지 대화가 끊이지 않았다.

시간 가는 줄 모르고 이야기를 나누다 보니 이들이 타야 할 기차시간이 가까워지고 있었다. 아쉬운 작별을 나눈 뒤 나도 자전거를 타고 길을 나섰다. 자전거 길을 따라가다 피크닉 광장(Picnic Area)을 발견하고는 자전거를 세우고 텐트를 쳤다. 지난밤 잠을 안 잔 탓에 졸음이 쏟아져 내렸다.

#나이아가라_다시_올수_있을까 #새_선글라스를_폼나게_끼고 #오늘은_꿀잠

174

127day
없어진 이정표, 거기에 펑크 펑크 펑크!
2017년 7월 9일 일요일 _ 이동 시간: 6시간 6분 | 이동 거리: 58.162㎞

자전거 길을 따라 어느 마을에 다다랐을 때 여러 갈래의 길이 나타나더니 이정표도 사라졌다. 어느 길이 자전거 길인지 알 수가 없었다. 길을 잃은 것이다. 지도를 보고 길을 다시 찾아야 했다. 해안가의 자전거 길로 갔다가 그만 길을 또 잃어버렸다. 나 같이 초행길인 여행자들은 어떻게 길을 찾으라고 이정표 하나 만들어 놓지 않은 것인지 화가 날 지경이었다. 지도를 보며 길을 찾아 가다 발견한 마트에서 25센트짜리 라면을 잔뜩 사고 서브웨이에 들러 물을 얻었다.

식량과 물을 구비했으니 이제 길만 잘 찾아가면 되는 것이었다. 그때였다. 트레일러 오른쪽 바퀴에 펑크를 발견한 것은, 장을 본 후 짐을 다시 포장을 해 놓은 지 얼마 안 되어 다시 포장을 벗기고 짐을 풀어 헤쳤다. 트레일러 바퀴가 빠지지 않아 돌로 받쳐 놓고 펑크를 때웠다. 도로 위에 유리가 많은 탓이라 여겼는데 자세히 보니 타이어에 작은 철사가 박혀 있었다. 펑크 난 부분을 찾아 때우고 짐을 다시 포장한 후 길을 나섰다.

오늘은 종일 토론토와 연결되는 큰 고속도로를 옆에 끼고 달렸는데 주말이라 그런지 큰 고속도로에는 차들로 빽빽했다. 어느 마을을 지나면서 강 쪽으로 가면 텐트를 칠 만한 곳이 있을까 싶어 본능적으로 핸들을 우측으로 돌렸다. 역시나 강가에 작은 공간이 있었다. 바닥에는 나뭇가지들이 널브러져 있었고 집들도 줄지어 있었지만 텐트를 치기에는 딱 좋은 장소였다. 텐트를 치고 저녁으로 인스턴트 밥을 먹었다. 이제 이정표도 잘 세워져 있었으면, 펑크도 그만 좀 났으면. 지친 만큼 바라는 것도 많아진 하루였다.

#자꾸_길잃는_여행자 #강가에_텐트_분위기_있는_노숙
#불만_많은_사람_절대_아님

175

열정과 개성,
다른 듯 닮아 있는 두 얼굴

128day

오늘 같은 날도 있어, 여행을 하다 보면

2017년 7월 10일 월요일 _ 이동 시간: 8시간 35분 | 이동 거리: 83,653㎞

자전거가 넘어지면서 손잡이에 걸어두었던 선글라스가 부러졌다. 어이없는 장면에 한숨이 절로 나왔다. 언덕에 쓰러진 자전거를 일으켜 세우며 낑낑대느라 힘이 다 빠져버렸다. 점심을 먹으며 쉬는 시간을 아끼려고 과자와 오렌지 한 개를 먹고는 서둘러 출발했다. 빨리 토론토(Toronto)에 도착하고 싶었다. 하지만 토론토까지 가는 길은 한마디로 '개떡' 같았다. 미시소거(Mississauga)도 제법 큰 도시이고 토론토는 온타리오의 수도였으나 자전거 타는 사람들을 위한 배려는 없었다. 배려 없는 건 날씨도 마찬가지였다. 내내 흐렸다가 갑자기 비가 엄청나게 쏟아졌다. 사람들이 지붕 밑에서 비를 피할 때 나는 비를 맞으며 달렸다.

  5시쯤 드디어 토론토 입구에 도착했다. 나이아가라 폭포에서 만났던 두 친구에게 연락을 하기 위해서는 와이파이가 필요했다. 와이파이 표시가 붙어 있는 작은 카페에 갔으나 와이파이는 없는 것이나 마찬가지였다. 왠지 속은 기분이었다. 팀홀튼에 가서야 메일을 보내고 답장이 오기만을 기다렸다. 3시간가량 기다린 후 답장을 받았다. 두 사람 모두 바빠서 만날 수 없다는 내용이었다. 아무렇지 않은 척 괜찮다는 답장을 보냈다. 사실 이 친구들을 만나기 위해 점심도 먹는 둥 마는 둥 하고 혹여나 늦게 도착하면 실례가 될까 싶어 빗속을 뚫고 열심히 달려온 것이었는데 그저 허무하기만 했다.

게스트 하우스 정보를 찾아보니 토론토 시내까지 들어가는 데 많은 시간이 필요했다. 밤늦은 시간에 숙소를 찾아 잠만 잔다는 게 아깝다는 생각이 들어 24시간 운영하는 햄버거 가게에서 밤을 새우기로 마음먹었다. 그렇게 햄버거 가게를 찾아 하염없이 자전거를 끌고 걸었다. 이렇게 걷다 보면 언젠가는 햄버거 가게가 나오겠지. 모든 걸 내려놓고 걸으니 편했다.

10시 40분쯤이 되어서야 드디어 24시 맥도날드를 발견했다. 하지만 햄버거를 먹고 쉬고 있을 때 직원에게 쫓겨나고 말았다. 새벽 1시였다. 24시간 영업은 거짓이었을까. 할 수 없이 햄버거 가게를 나와 하염없이 걷다가 24시간 빨래방을 발견했다. 의자도 있었고 와이파이도 되는 곳이었다. 반바지를 입은 탓에 한기가 느껴졌지만 오늘은 그렇게 의자에 앉아서 밤을 보내기로 했다.

#비맞고_열심히달렸건만 #쿨한척했지만_허무했어
#24시_맥도날드의_배신

129day

토론토 도심을 향하여

2017년 7월 11일 화요일 _ 이동 시간: 6시간 46분 | 이동 거리: 61.885km

새벽에 빨래방을 나와 터덜터덜 걷다가 공원을 발견하고 자리를 잡았다. 7시가 되자 공원으로 출근하는 직원들, 개를 데리고 산책하는 사람들, 자전거를 타는 사람들까지 순식간에 북적대기 시작해 공원을 나왔다. 토론토의 도심지가 가까워지자 자전거 길이 잘 조성되었다. 토론토를 떠나기 전에 나이아가라에서 만났던 친구들에게 작별인사를 하기 위해 연락을 했으나 답장은 오지 않았다.

한참을 달리다 길가에 '소니'라고 적힌 간판을 발견하고는 자전거를 세웠다. 사실 소니 간판을 발견하기 전까지 카메라 렌즈를 구입해야 한다는 걸 깜박 잊고 있었다. 혹시나 렌즈가 있나 하고 들렀지만 역시나 내가 원하는 렌즈는 없었

177

다. 지도에 의존해서 길을 찾아가고 있다가 자전거 운행금지라는 표지판이 나오니 막막했다. 하지만 돌아갈 수 있는 길은 없었으므로 그대로 직진하니 이번에는 큰 도로가 나타났다. 큰 도로가 부담되어 다시 길을 찾아 우회한 후 메인 고속도로와 나란히 나 있는 작은 국도변 같은 도로로 접어들었다. 큰 도로는 끝이 날 줄 몰랐고 도로 옆으로는 큰 건물들이 줄지어 서 있었다. 흡사 캐나다에 있는 모든 상점들이 모두 이곳에 있는 것 같았다.

고속도로 옆 작은 샛길로 들어가 한적한 곳에 텐트를 쳤다. 근처에 주택들이 있는 걸 보니 주민들이 산책로로 이용하는 곳인 듯했다. 하지만 어쩔 수 없었다. 밤을 새운 탓에 더 이상의 라이딩은 불가능했다. 텐트를 치고 치킨을 먹고 나니 눈만 감으면 그대로 잠이 들 것 같았다.

#소니에서도_팔지않는_내렌즈 #도로는_크고_상점은_많고
#업어가도_모르게_살듯

130day
세상은 넓고 독특한 사람도 많다
2017년 7월 12일 수요일 _ 이동 시간: 4시간 28분 | 이동 거리: 38.338㎞

게으름을 피우다가 11시가 되어서야 텐트를 정리하고 자전거에 올랐다. 여전히 큰길은 계속되었고 신호등도 많았다. 길 건너편에 소니 간판을 발견하고는 자전거를 세우고 들어갔다. 이곳에도 카메라 렌즈는 없었지만 주인이 내가 찾는 렌즈가 있을 만한 큰 공장의 위치를 알려 주었다. 오던 길을 다시 되돌아 공장을 향해 하염없이 달렸다. 하지만 그렇게 힘들게 찾은 공장에서도 내가 찾는 렌즈는 없었다.

1시가 넘어서야 강이 보이는 공원에 앉아 베이글을 먹고 있을 때 족히 30킬로미터 정도의 무게는 될 듯한 배낭을 메고 자전거를 타던 한 아저씨를 만났다. 등짐을 지고 자전거를 타 본 터라 그 느낌을 누구보다 잘 알고 있었다. 허리와 어깨에 가중되는 부담이 생각보다 막중해 결코 만만치 않은 일이었다. 아저씨의 척추는 강철로 되어 있는 것일까. 몸은 괜찮은지 묻고 싶을 정도였다.

여기까지 내려온 김에 강을 따라 자전거를 타기로 했다. 동쪽으로만 가면 되니 무슨 길이든 상관없었다. 자동차가 북적거리는 길을 벗어나 숲으로 둘러싸여 있는 자전거 길로 들어서니 길가에 핀 야생화 향기도 풍겼고 모든 것이 평화로워 보였다.

자전거 길에서 유모차를 밀면서 달리는 아주머니를 보았다. 자전거를 탄 두 아들은 엄마를 앞질러가고 엄마는 아기가 타고 있는 유모차를 밀면서 자전거로 달리고 있었다. 길은 평탄하지만은 않았다. 오르막과 내리막, 울퉁불퉁한 길도 있었다. 혼자 달리기도 쉽지 않은 길인데 이 길을 누구보다 잘 알며 그만큼의 체력도 갖추었다는 듯 표정은 여유롭기까지 했다. 신기한 것은 그뿐만이 아니었다. 흔들리는 유모차 안에서 아기는 평온하게 자고 있었고 자전거를 타는 꼬마들은 서로 무전기로 이야기를 나누곤 했다. 꼬마들의 자전거 속도는 내 자전거보다 빨랐다.

더 이상 길이 없는 해변 끝에 도착했다. 많은 사람들이 바다 같은 강에서 휴양을 즐기고 있었다. 다시 길을 찾아 달리기 시작했다. 토론토에 도착하지 전까지는 해변가 산책로(Waterfront Trail)를 왜 조성해 놓은 건지 이유를 모를 만큼 좋은 점을 찾지 못했는데 지금은 신호등도 없고 사람도 없어 자전거를 타기에 그만이었다.

라디오에서 저녁에 비가 많이 오고 바람을 동반한 천둥 번개가 친다는 일기예보를 들었다. 비가 오기 전에 서둘러 텐트를 쳐야 했다. 하지만 텐트를 칠 곳도 찾지 못했는데 벌써 빗방울이 떨어지기 시작했다. 텐트를 칠 만한 곳을 찾은 후에는 이미 비가 많이 내리고 있었다. 큰 나무 밑에서 비를 피했지만 시간이 지날수록 비는 점점 더 많이 쏟아졌다. 옷은 이미 흠뻑 젖었고 이러지도 저러지도 못하다가 비가 조금 잦아들었을 때 재빨리 텐트를 쳤다. 텐트를 치고 나니 그제야 하늘이 조용했다. 오는 비를 다 맞고 나서야 비가 그치다니 억울했다.

텐트를 친 곳은 동네 축구장이었다. 비가 그치자 축구복을 입은 사람들이 한

명 두 명 모이기 시작했다. 조금 더 지나자 공을 차는 사람들이 지르는 아우성도 들리고 심판의 휘슬 소리도 들렸다. 이제 비는 다 온 모양이었다. 앞으로 며칠간은 흐린 날씨가 계속될 것 같은 예감이다.

#배낭멘_자전거여행자_열정일까_개성일까 #세아이와_산책하는_자전거아줌마
#축구장에서_폼나게_노숙

131day
몸을 위한 휴식
2017년 7월 13일 목요일 _ 이동 거리: 멈춤

한밤중에 비가 한 번 내린 후에는 더 이상 비는 내리지 않았다. 역시 일기예보는 어디든 믿을 게 못 되는 것 같았다. 텐트를 정리하려고 할 때 또 비가 내리기 시작했다. 3시쯤 비가 그친 것 같아 라이딩을 시작하려는데 또 비가 내렸다. 오늘은 라이딩 할 생각을 접기로 했다. 전기도 없고 인터넷도 없었으므로 오로지 내 몸을 위해 쉬기로 결정했다. 하루 종일 비는 오락가락했다. 목표 거리만큼 자전거를 타야 한다는 강박관념에서 벗어나 그야말로 푹 쉬었다. 축구장에 텐트를 치긴 했지만 마음도 편하고 몸도 편했다. 잠도 많이 자고 그동안 쌓아 두었던 영수증과 짐 정리를 했다. 부러진 선글라스도 접착제로 붙였다. 이렇게 쉬는 날에는 소소한 일을 해도 시간이 무척이나 빨리 가버린다. 벌써 해가 저물었다.

#오락가락_비_덕분에_휴식 #쉬는_하루는_너무_짧아
#가내수공업의_달인될듯

크라메 마을의 고마운 덴 아저씨 부부

2017년 7월 14일 금요일 _ 이동 시간: 8시간 18분 | 이동 거리: 84.703㎞

오늘도 날씨는 흐림이었다. 물과 식료품이 바닥나서 큰길로 가야 했다. 카메라 렌즈를 찾아 남쪽으로 내려오기 전에 가던 길로 되돌아갔다. 물을 얻으려 안내 센터를 찾아갔지만 문이 닫혀 있었고, 주유소를 발견하고는 화장실로 들어갔지만 찔끔 찔끔 나오는 물을 한참이나 받고 나서 보니 이물질이 섞여 있어 그대로 쏟아 버리고 다시 길을 나섰다.

처음 가 본 메트로라는 마트에서 사흘 치 장을 보았다. 내가 주로 물건을 사는 곳보다 가격이 조금 비쌌지만 규모가 엄청 컸고 다양한 품목들이 있었다. 물건을 살 때면 항상 카드로 계산을 했는데 카드를 내밀자 직원이 내 카드에 서명을 하라고 했다. 캐나다를 여행하면서 처음 겪는 일이었다. 카드에 서명이 되어 있어야 하는 게 맞는 일이지만 혹여나 다른 사람의 카드를 내가 소지하고 있다 한들 직원이 보는 앞에서 카드에 서명을 한다는 것이 무슨 의미인가 싶은 생각이 들었다. 하는 수 없이 그 자리에서 볼펜으로 서명을 하고는 영수증을 받아 들자마자 직원이 보는 앞에서 카드에 서명을 지웠다. 나를 물끄러미 보던 직원은 아무 말도 하지 않았다. 왜 이렇게 피곤하게 살까 싶으면서도 어쩌면 인종차별의 의미가 아니었을까 하는 생각이 스쳤다.

마트에서 산 브리또를 먹고는 다시 라이딩을 시작했다. 물건을 산 곳에서 한 시간 정도 자전거를 달리자 내가 주로 물건을 구입하던 노프릴스가 나왔다. 가격 차이가 그리 크게 나지는 않았지만 아쉬운 마음이 들었다. 원래 있던 곳에서 렌즈를 찾기 위해 남쪽으로 달렸고 남쪽에 있다가 먹을 것을 사기 위해 원래 있던 고속도로로 달린 것이었는데 가만히 보니 고속도로는 다시 남쪽으로 연결된 것이었다. 왠지 농락당한 기분이었다. 동선이 낭비된 것 같아 약이 올랐다. 이제는 소니 간판이 보여도 들르지 않을 생각이다. 물건을 판매하기만 하고 수리는 하지 않는 곳들이 대부분이었다.

마을 주유소에서 물을 얻고 1시쯤에 포트호프(PortHope)에 도착했다. 아름다운 건물들이 눈을 사로잡는 도시였다. 안내센터에서 최신 지도와 스티커, 배지를 얻었다. 포트호프를 벗어나기 전에 컴퓨터를 수리하는 숍에 들렀지만 역시나 내가 원하는 카메라 렌즈는 없었다. 컴퓨터와 휴대전화를 수리하는 곳은 많은데 왜 카메라를 수리하는 곳은 없는 것인지 이 나라 사람들은 카메라가 고장나면 어떻게 하는지 의문이 들었다.

크라메(Cramahe) 마을을 지나면서 마당에서 일하고 있는 사람들과 이야기를 나누고 다시 출발해 지도를 보고 있을 때였다. 조금 전에 이야기를 나누었던 아주머니가 나를 불렀다.

"오늘 밤은 어디에서 잘 건가요?"

아주머니가 집 뒷마당에 텐트를 칠 수 있도록 허락해 주었다. 그렇게 오늘의 라이딩을 마무리하고 덴 아저씨의 집 뒷마당에 텐트를 쳤다. 길에서 우연히 만난 여행자를 친절하게 대해 주셔서 감사할 뿐이었다. 저녁에는 피자와 맥주도 얻어먹었다. 메이저리그의 유일한 캐나다 팀인 토론토 팀 야구 중계도 함께 시청했다. 샤워를 해도 좋다고 했지만 사양했다. 사실 귀찮은 탓이었다. 집 뒷마당에 텐트를 칠 수 있게 해 주고 음식도 나누어 주신 덴 아저씨 부부, 정말 감사합니다.

#캐나다에서_카메라숍을_차릴까 #크라메마을의_덴아저씨_감사합니다
#샤워는_하고_싶을때_하는것

182

다시 만날 수 없어도 항상
기억할게요

다시 만날 수 없을지 모른다는 것, 그렇게 헤어진다는 것

2017년 7월 15일 토요일 _ 이동 시간: 7시간 9분 | 이동 거리: 82,980㎞

덴 아저씨의 집에서 달걀과 토스트를 먹고 아쉬운 작별을 나누었다. 캐나다의 구불구불, 오르락내리락 요동치는 길, 비바람과 천둥 번개 같은 심술궂은 날씨에는 익숙해질 대로 익숙해졌지만 사람들과 헤어지는 일에는 여전히 익숙하지 못했다. 헤어질 때 인사를 나누고 사진을 찍고 포옹을 하고 악수를 할 때면 말로 설명할 수 없는 묘한 감정들이 북받쳐 올랐다.

2시쯤 트렌턴(Trenton) 마을 도서관에 들렀다가 우연히 어떤 청년의 자전거 라이딩에 관한 글을 읽었다. 600킬로미터를 목표로 자전거를 탔지만 완주하지 못하고 포기했다는 내용이었다. 거창하게 포장이 잘 되어 있는 글이었다. 짐 하나 없이 좋은 장비들을 가지고 600킬로미터를 타지 못하고 포기했다는 내용에 그만 실소가 터져 나왔다. 도서관에서 물을 채우고 세수를 했다. 점심만 먹고 일어서려 했지만 또 다시 와이파이의 노예가 되어 1시간 40분가량을 머무르고 말았다.

크고 작은 마을들을 그냥 지나치다가 8시 20분쯤 도로에서 비껴 나 있는 길을 발견했다. 텐트를 치고 싶어서 깊숙이 들어갔다. 공터에 동물의 먹이들이 여기저기 널려 있었다. 잘 관리된 듯한 풀밭도 있었고 잡초들이 무성한 곳도 있었다. 텐트를 치기에는 적당한 장소였지만 왠지 모를 불편함에 다른 곳을 찾아 나섰다.

9시가 되어서야 텐트를 칠 만한 곳을 발견했다. 동네 주민이 텐트를 치고 있는 나를 쳐다보았다. 나를 계속해서 바라보는 표정은 공포심이 들 정도였다. 오싹함이 들었지만 더 이상 다른 곳을 찾아 헤매기는 늦은 시간이었다. 텐트를 치는 도중에 모기가 떼로 달려들었다. 피를 빼앗기지 않기 위해 온몸을 흔들며 텐트를 쳤다. 오늘 밤 모기로부터 무사할 수 있을까.

#다시_꼭_찾아올게요_덴아저씨부부 #나를_쏘아보는_공포의_동네주민

134day
싼 음식의 유혹을 뿌리치기는 힘들어
2017년 7월 16일 일요일 _ 이동 시간: 5시간 45분 | 이동 거리: 57.884km

텐트를 정리하고 있을 때 아빠와 아들로 보이는 소년이 바구니를 들고 나타났다. 텐트 바로 앞에 산딸기를 따러 온 것이었다. 부자지간에 산딸기를 따는 모습이 무척이나 예뻐 한참을 바라보았다.

11시쯤 길을 나서 중국인 아저씨가 친절하게 대해 주는 어느 마을의 주유소에서 물을 채우고 한참을 달리던 중 고무줄로 묶어둔 쓰레기에 신경 쓰여 자전거를 세웠는데 그러다가 자전거가 넘어졌고, 자전거가 넘어지면서 트레일러의 연결고리가 끊어졌다. 케이블 타이 대신 끈으로 여러 겹 묶어서 단단히 고정하고 다시 출발하려 할 때 이번에는 뒷바퀴의 펑크를 발견했다. 타이어를 체크해 보니 아무래도 수명이 다 되어 펑크가 난 것 같았다. 비에 대비해 꽁꽁 싸맨 포장을 벗기고 짐을 풀었다. 도구를 꺼내 펑크 난 곳을 찾아 때우고 새 타이어로 교체했다. 작업을 마친 후에는 도구들을 플라스틱 박스에 넣지 않고 자전거에 고정시켰다. 진작 자전거에 고정을 시키고 다녔다면 조금이나마 편했을 텐데 왜 이제야 깨달았는지 어이가 없었다.

5시쯤 킹스턴(Kingston) 입구에 도착했다. 인구가 12만 명에 달한다니 꽤나 큰 도시 같았다. 어영부영 시간을 보내면 마을 안에 발이 묶일 것 같아서 빨리 마을을 벗어나자는 생각으로 페달을 밟고 있을 때 6달러짜리 햄버거를 파는 가게를 발견했다. 지난번 와이파이 때문에 밤늦은 시간까지 라이딩을 했던 가게와 같은 브랜드였다. 가격표가 적힌 광고판 앞에서 한참을 고민하다 결국 가게 안으로 들어갔다. 항상 배가 고픈 채로 자전거를 타다 보니 싸게 파는 음식의 유혹을 뿌리치기는 힘들었다. 이왕 이렇게 된 김에 혹시나 있을 근처의 게스트 하우스를 찾았다. 느린 와이파이로 온라인 사이트를 모조리 뒤져 봤지만 결국 게스트 하우스는 찾지 못했다. 더 이상 시간을 지체할 수 없어 벌떡 일어섰다. 그래도 두 시간이나 흘러 있었다.

9시쯤 도심에서 약간 벗어난 잔디밭 구석에 자리를 잡고 인스턴트 밥을 끓이기 시작했다. 처음 먹어 보는 브랜드의 밥이었는데 시간이 많이 걸리는 것이 썩 마음에 들지 않았다. 스토브 위에 냄비를 올려놓고 뜸을 들이는 중에 냄비가 그대로 엎어지고 말았다. 밥알들이 천막을 깔아 놓은 바닥에 우수수 떨어졌다. 눈물이 나도록 아까웠지만 버리는 수밖에 없었다. 처음부터 마음에 들지 않던 인스턴트 밥이었다.

#산딸기_따는_아빠와_아들 #6달러_햄버거의_유혹
#쏟아진_밥_울컥하는_마음

135day
이번에는 펑크패치 찾아 삼만 리
2017년 7월 17일 월요일 _ 이동 시간: 6시간 26분 | 이동 거리: 67.763km

점심 무렵 가나노크(Gananoque) 마을에 도착해 안내센터에서 물을 채우고 마을 핀도 얻고 나오니 길이 두 갈래로 나 있었다. 하지만 내가 가진 지도에는 나오지 않는 길이라 선택에 기로에 놓였다. 지도에 대한 정보를 얻기 이해서는 와이파이가 필요했다. 때마침 발견한 햄버거 가게에 들렀지만 와이파이는 되지 않는 곳이었다. 이럴 줄 알았다면 햄버거를 사 먹을 필요가 없었건만. 억울함이 몰려 왔지만 평소 가고 싶었던 햄버거 가게라는 생각으로 마음을 다독였다. 여행을 하면서 점점 긍정적인 성향으로 변해가는 나를 발견하는 순간이었다.

마을을 벗어나기 직전 큰길에 캐나디안 타이어 숍을 발견하고 자전거를 세웠다. 스페어타이어를 사고 싶었지만 찾을 수 없었고, 바로 옆 달라마 숍에도 들렀지만 펑크패치가 들어 있는 수리키트만 판매하고 있었다. 펑크패치는 다음에 사기로 하고 노프릴스 마트에서 사흘 치 점심거리를 샀다. 갈림길 앞에서 주춤하다가 지도에도 표시되어 있지 않은 파크웨이(Parkway)라는 길을 선택했다. 예상했던 대로 자전거 길이 잘 조성되어 있었다. 나이아가라 폭포로 가는 길과 비슷한 풍경이라 반가웠다.

자전거를 끌고 오르막길 끝에 올라서자 평지가 나타났고 반가운 마음에 자전거에 올라타고 보니 뒷바퀴에 펑크가 나 있었다. 자전거에 고정해 둔 도구들로 펑크를 때웠다. 도구를 찾기 위해 짐을 풀어헤치지 않아도 되니 정말 편했다. 펑크를 때우고 바람을 넣고 출발하려는 찰나 타이어의 바람이 또 빠져버렸다. 그때 비상용으로 가지고 있던 헌 튜브를 때워서 써 보면 어떨까 하는 생각이 들었다. 날씨가 좋지 않은 날 펑크가 났을 때 새 튜브로 교체한 후 때우지 않고 보관하던 튜브였다. 다시 튜브에 바람을 넣고 상태를 체크해 보니 예전에 때웠던 곳에서 바람이 새고 있었다. 아까 때웠던 패치를 다시 떼어 내고 헌 튜브를 때웠다. 패치도 재활용하고 튜브도 재활용한 것이다.

6시 40분쯤에 다시 라이딩을 시작해 쉼터를 찾았지만 사용료를 내야 하는 곳이라 그대로 지나치고 두 시간을 더 달려 자전거 도로 옆 잔디밭에 텐트를 쳤다. 펑크 때문에 시간을 많이 허비하기는 했지만 내 힘으로 문제를 해결했다는 생각에 마냥 뿌듯한 하루였다.

#와이파이_안되는_햄버거가게_배신감 #펑크는_이제_일상
#캐나다에서_패치를_팔아볼까

136day

트럭운전사에게 받은 1만 달러만큼의 감동

2017년 7월 18일 화요일 _ 이동 시간: 6시간 14분 | 이동 거리: 72,054㎞

점심 무렵 브룩빌(Brookville)이라는 소도시에 도착했다. 안내센터에 들러 캐나디안 타이어 숍의 위치 정보를 얻었다. 스페어타이어와 펑크패치가 절실했다. 큰 마을에 도착했으나 도심지는 이상하리만치 고요했다. 이곳에서도 펑크패치는 찾지 못했다. 스페어타이어보다 펑크패치가 더 시급했다. 가다 보면 언젠가는 나오겠거니 하고 무념무상으로 열심히 달리다 큰길에서 달라마트라는 곳을 발견했다. 이곳에 왠지 펑크패치가 있을 것 같아 서둘러 달려가니 이곳에서 그토록 절실했던 펑크패치를 구할 수 있었다.

이제 해가 지기 전에 텐트를 칠 곳을 찾아야 했다. 조금 외진 곳을 찾아 워터프론트 트레일을 찾아가기로 했다. 하지만 이정표는 길을 찾을 수 없을 정도로 띄엄띄엄 발견되었다. 할 수 없이 다시 큰길로 되돌아 열심히 달리고 있을 때 트럭 한 대가 멈춰 섰다. 내 자전거를 도로 위에서 계속 지켜보고 있었다며 10달러를 건넸다. 몇 번이고 사양했으나 한사코 전해 주고는 출발하려는 트럭운전사를 간신히 붙들어 이메일 주소를 받아냈다. 큰돈은 아니었지만 내가 받은 감동은 말로 다 할 수 없었다. 그에게 어떻게든 보답을 하고 싶었다.

텐트를 치기 위해 워터프론트 트레일을 찾아갔지만 외진 곳이 아니라 주택이 많이 들어서 있는 도로변이었다. 다행히 도로를 벗어나기 전 텐트를 칠 만한 공간을 발견했다. 바닥에 덜 잘린 잡초들이 삐죽삐죽 나 있었지만 그냥 이곳에 자리를 잡기로 했다. 결국 텐트를 치고 나서야 최악의 장소에 텐트를 쳤다는 걸 깨달았다.

#꿈에_그리던_펑크패치 #트럭운전사_감사합니다
#텐트장소_잘못_잡았어

퀘백 도착 1킬로미터 전

2017년 7월 19일 수요일 _ 이동 시간: 8시간 22분 | 이동 거리: 99.185㎞

아침부터 지겹고도 지겨운 강이 하염없이 이어졌다. 11시 30분쯤 밀스버그 마을에 도착해 캐나디안 타이어 숍에서 스페어타이어를 샀다. 길에서 만난 노숙자 아저씨에게 길을 묻고자 말을 걸었는데 오히려 그 아저씨는 내가 궁금했는지 어디서부터 자전거를 타고 왔는지, 어디까지 가는지, 이름이 뭔지, 어느 나라 사람인지, 이 여행을 왜 하는지, 숨 쉴 틈 없이 꼬치꼬치 물었다. 안내센터에서 물을 얻고 있을 때 아까 이야기를 나눴던 노숙자 아저씨가 들어와 안내센터에 내 이야기를 하기 시작했다. 그렇게 노숙자 아저씨 덕분에 얼떨결에 인터뷰를 하게 되었다. 노숙자 아저씨가 건강히 완주하길 빌어 주었고, 자랑스럽다는 말을 해 주었다.

다시 죽어라 페달을 밟아 콘월(Cornwall) 마을 입구에 도착했다. 어떤 할아버지가 내 자전거와 트레일러를 보더니 신기한 표정으로 말을 걸어 왔다. 빨리 떠나야 해서 난감했지만 헤어지고 나서는 내가 시야에서 사라질 때까지 손을 크게 흔들어 주었다. 콘월 마을은 컸지만 미로 같았고 구조 또한 평범하지 않았다. 강을 너무 많이 보며 달렸더니 강 풍경보다 주택들의 풍경이 더 장관처럼 느껴졌다. 내 카메라도 어느 순간 주택들을 향해 있었다. 이렇게 으리으리한 주택에서 사는 사람들은 어떤 사람들일까 궁금해졌다.

때마침 내리는 비를 맞으며 아무 생각 없이 달리다 길을 잘못 들어 다시 되돌아오는 바람에 8시를 넘어섰을 때 내 체력은 그야말로 바닥이 날 대로 난 상태였다. 중간에 텐트를 칠 만한 곳이 많았지만 오늘 목표했던 퀘백(Quebec)의 경계까지 가기로 마음먹은 터였다. 하지만 지금 달리는 길은 너무 작은 길이라 지도상의 메인 고속도로와 겹쳐 표시되는 바람에 쉼터가 어디 있는지 정확히 알 수 없었다. 9시 20분이 되어서야 퀘백 경계 1킬로미터 전에 도달했다. 뒷바퀴에 바람이 빠져서 더 이상은 갈 수 없었다. 그래도 퀘백 근처까지 온 것이 뿌듯했다. 텐트를 치고 라면을 세 봉지나 끓여 먹고 나니 그제야 무릎이 끊어질 듯한 통증이 한꺼번에 밀려왔다. 이제 자전거를 그만 타야 한다고 무릎이 시위라도 하는 듯했다.

#강보다_마을보는게_나아 #비는_내리고_길은_잃어버리고
#열정만큼_안따라주는_무릎

몬테리올
에서
세인트존스
까지

4

이 여행이 진짜 끝나 버리면 난 어쩌지?

배에 승선하기 전에 주변을 둘러보니

대부분의 사람들이 차를 타고 뉴펀들랜드(Newfoundland)로 건너가는 듯했고

자전거를 타고 넘어가는 사람은 나 혼자뿐이었다.

드디어 마지막 목적지를 향해 가는 배 위에 올랐다.

헌 집 고치는 베르나르도 아저씨,
내 낡은 마음도 고쳐 주세요

138day

드디어 몬트리올에 입성하다

2017년 7월 20일 목요일 _ 이동 시간: 8시간 31분 | 이동 거리: 105.67㎞

아침 일찍 눈을 뜨자마자 펑크를 때우고 10시에 길을 나섰다. 얼마 지나지 않아 퀘백에 도착했지만 무언가 많이 허전한 느낌이었다. 예상했던 'Welcome to Quebec' 표지판도 없었고 안내센터도, 쉼터도 아무것도 없었다. 어제 그 늦은 시간에 도착했더라면 더 난감한 상황이 펼쳐졌을 것 같았다. 조금 더 달리자 그제야 안내센터 이정표가 나왔다. 안내센터를 찾기 위해 이정표의 방향대로 2킬로미터를 다시 되돌아갔다. 모든 것들이 메인 고속도로를 중심으로 맞춰져 있었다. 안내센터에서 물을 채우고 지도도 얻었다. 퀘백 지도는 생각보다 너무 작았다. 한 달 넘게 큰 온타리오 지도만 보다가 퀘백 지도를 보니 앙증맞게 느껴졌다. 도로 위 주변 표지판들은 모두 프랑스어로 표기되어 있었다. 마치 하룻밤 새에 다른 나라에 온 것 같았다. 이제까지 보아 온 표지판을 기억해 내고 추측해야 했다. 오히려 무슨 말인지 몰라서 여행이 더 재밌어질 것 같다는 생각도 들었다.

자전거와 혼연일체가 된 듯 열심히 페달을 밟고 있을 때 비가 엄청나게 쏟아졌다. 굵은 빗줄기 탓에 지도도 보지 못한 채 감으로 길을 찾아야 했다. 옷이 젖어 추위에 떨어야 했고 이 길이 맞는지에 대한 불안감에 떨어야 했다. 자전거

197

페달을 밟고 또 밟아서 7시 20분쯤 몬트리올(Montreal) 입구에 도착했다. 커피 가게에 들러 와이파이로 호스텔을 예약했다. 리뷰나 위치는 잘 살펴보지도 않았다. 가장 저렴한 곳이 바로 내가 찾는 곳이었다.

8시쯤 커피가게를 나서 미친 듯이 자전거를 몰아 9시 20분쯤 예약한 호스텔에 도착했다. 몬트리올은 생각보다 꽤 큰 도시 같았다. 강 주변으로 조성된 길에는 자전거를 타는 사람들로 북적였다. 자전거를 숙소 안에 넣어두고 주변을 돌아다니다 5달러에 파는 피자를 사가지고 돌아왔다. 그동안 쌓인 영상도 편집하고 일기도 정리하려 했건만 노트북이 먹통이었다. 내가 할 수 있는 모든 방법을 시도해 봤지만 어떤 방법으로도 노트북의 전원은 들어오지 않았다. 핸드폰에 와이파이를 연결해 실컷 인터넷을 하다 결국 날을 샜다.

#휑한퀘백_난감해 #프랑스어_나는_까막눈 #오늘은_호스텔에서
#와이파이가_뭐기에

139day
죽어가던 노트북을 내 손으로 살려 내다니
2017년 7월 21일 금요일 _ 이동 거리: 멈춤

밤을 꼬박 새우고 아침 8시에 호스텔에서 제공하는 아침을 먹었다. 식빵과 다양한 잼들, 통조림 과일까지 모두 공짜였다. 호스텔 직원이 달걀도 공짜라고 알려주었다. 식빵에 버터를 바르고 땅콩버터에 잼까지 듬뿍 발라 먹었다. 과일 통조림도 배가 찰 때까지 먹었다. 몬트리올에서 제일 싼 곳의 숙소를 찾아 예약한 것인데 기대하지 않았던 아침까지 공짜로 제공되니 신이 났다. 노트북을 다시 켜 봤지만 역시나 모니터는 캄캄한 화면 그대로였다. 노트북을 고치고 떠나고 싶은 마음에 오늘 떠나려던 계획을 바꾸어 하루를 더 연장했다. 금요일이라서 주말 요금을 지불해야 했지만 호스텔 사장님이 평일 가격으로 계산을 해 주셨다. 내 인복의 끝은 어디인지 알다가도 모를 일이었다.

노트북 수리점을 찾아가기 전에 내 손으로 직접 노트북을 고쳐 보고 싶었다. 일단 뜯어본 후 전문가를 찾아가든지 중고 노트북을 구입하든지 결정하기로 했다. 호스텔 사장님에게 여러 공구를 빌려 모니터를 분리했다. 태블릿PC라 핵심 부품들이 모니터에 집중되어 있었다. 모니터를 분리해 보니 모래와 이물질이 끼어 있었다. 이물질들을 제거한 후 떼어 낼 수 있는 부품들을 모조리 떼어 냈다가 다시 제자리에 장착시키고 덮개를 분리해 놓은 상태에서 전원을 켰다. 순간 놀랍게도 모니터가 환하게 켜졌다. 내 손으로 노트북을 고치다니 세상을 다 가진 듯한 느낌이었다. 전문가를 찾아갈 필요가 없어져서 신났고 중고 노트북을 살 필요가 없어져서 또 신났다. 목표한 장소에 도달했을 때보다 더한 성취감이 느껴졌다.

밖으로 나가 칼로리가 가장 높은 햄버거와 피자를 사 먹었다. 어차피 자전거를 타면 빠질 칼로리들이라서 폭식을 해도 상관없다는 생각이 들었다. 5시쯤 숙소로 돌아 와서 한숨 자고 일어나자 오랜만에 맥주가 먹고 싶어져 15분을 넘게 걸어 찾은 마트에서 퀘퀘 느낌이 물씬 풍기는 1리터짜리 맥주 두 병을 샀다. 맥주를 사서 돌아오는 길에 사과도 샀다. 오늘은 자전거도 타지 않았는데 피곤함에 녹초가 되었다. 호스텔에서 어제 오늘 보지 못했던 세탁기를 발견했다. 빨래도 공짜였던 것이다. 이렇게 좋은 호스텔이 있다니. 내게 무슨 좋은 걸 선택하는 능력이라도 생긴 기분이었다.

#노트북_살린_내손은_금손 #햄버거세트_피자_폭식해도_괜찮아
#가격대비_최고의_호스텔_빨래도_공짜

140day

이틀째 휴식, 모든 것 내려놓기

2017년 7월 22일 토요일 _ 이동 거리: 오늘도 멈춤

아침 일찍 일어나 호스텔에서 제공하는 빵과 통조림 과일을 먹었다. 원래 계획에서 하루 더 늦춰졌지만 하루 더 머무는 것으로 계획을 바꾸었다. 충분히 쉬고 싶었고, 이 호스텔이 편하고 좋았다. 여기까지 오는 동안 빨리 도착하는 일에만 급급한 나머지 나 자신을 너무 홀대한 것 같았고 쉬는 시간도 필요하다는 생각이 들었다. 낮잠을 자다 4시쯤 일어났다. 쉬는 동안에 밀려 있던 동영상도 편집하고 일기도 정리할 계획이었지만 이것도 일인 것 같아 오늘은 마냥 쉬기로 했다. 도시에서 불꽃놀이가 벌어졌지만 그다지 관심이 가지 않았다. 오늘 하루 종일 아무것도 하지 않고 아무 곳에도 가지 않고 어떤 일도 하지 않고 푹 쉰 덕분에 몸도 마음도 평온해진 것 같았다. 이제 다시 기지개를 켜도 문제없을 것 같았다.

#조급함을_버리고_가끔은_쉬어가자 #일기쓰기도_노동
#무위도식이_최고

141day

피로에 지친 것일까, 나태해진 것일까

2017년 7월 23일 일요일 _ 이동 거리: 하루 더 멈춤

아침 일찍 일어나 호스텔에서 아침식사로 제공되는 식빵과 통조림 과일을 먹었다. 매일 먹던 초코우유와 시리얼보다 훨씬 맛있었다. 아침을 먹은 후 체크아웃 시간이 될 때까지 늦장을 부렸다. 그러다 결국에는 오늘 하루치 숙박료를 더 계산하고 말았다. 오늘도 출발하지 않고 하루 더 머물렀다 가기로 했다. 여행은 좋아하면서도 관광에는 통 관심이 없던 터라 돌아다니고 싶지도 않았다. 도시에서 칼라 페스티벌이 열린다고 했지만 이것도 관심이 없었다. 어제 발견한 세

탁기로 빨래도 해결했다. 이렇게 시간이 있을 때 영상 편집도 하고 일기 정리도 해 놓는다면 나중에 편할 텐데 오늘도 나태해질 때까지 나태해져 보기로 했다.

　오늘 내내 아무것도 하지 않은 채 시간을 보냈다. 하지만 후회는 없었다. 애초의 계획과는 달리 몬트리올에서 나흘이나 머물게 되었지만 몸도 쉬고 혼자만의 시간을 보낼 수 있어서 좋았다. 평소 같았으면 이곳에 머무른 사람들과 함께 술을 먹고 이야기를 나누며 어울려 놀았을 테지만 지금은 몸도 마음도 많이 지쳐 있어 마냥 쉬는 게 더 좋았다.

#격렬하게_아무것도_안하고_싶다 #호스텔에서_방콕 #그래도_후회없이_보낸_하루

142day
펑크로 시작해 펑크로 끝난 하루
2017년 7월 24일 월요일 _ 이동 시간: 5시간 14분 | 이동 거리: 54.573㎞

호스텔에서 제공하는 아침을 먹고 미처 마시지 못한 맥주 두 병을 마셨다. 대책 없이 술을 많이 사는 바람에 대낮에 음주를 하게 되었다. 남은 맥주를 챙겨 가자니 짐이 되기에 내린 선택이었다. 떠날 채비를 마치자 자전거 뒷바퀴에 바람이 빠진 것을 발견했다. 자세히 살펴보니 전에 때웠던 패치가 낡아서 바람이 새고 있는 거였다. 새 펑크패치로 덧대주고 나니 늦은 김에 점심도 먹고 가기로 했다. 어제 먹다 남은 치킨을 먹다가 맥주 두 병을 또 마셨다. 이렇게 네 병이나 마셨는데도 세 병이나 남아 있었다.

　아무것도 하지 않고 아무 일도 없었지만 왠지 정들었던 호스텔을 나온 건 1시 30분쯤이었다. 비가 내리고 있었지만 더 이상 지체할 수는 없었다. 비 때문에 지도를 확인하지 못해 강을 따라서 페달을 밟았다. 이름 모를 마을의 안내센터에서 지도를 얻고 다시 출발한 지 얼마 지나지 않아 자전거 뒷바퀴에 또 바람이 빠졌다. 응급처치로 바람만 넣고 다시 달렸지만 또 다시 바람이 또 빠져 할 수 없이 펑크를 때우고 다시 출발했다. 비가 오는 탓에 패치가 제대로 붙지 않아 또 바람이 빠졌고 다시 바람을 넣고 달렸다. 그리고 또 다시 바람이 빠지자 이제는 포기하고 자전거를 끌며 텐트를 칠 곳을 찾아다니기 시작했다. 본능적으로 강 쪽으로 우회전을 했더니 길이 끝난 곳까지 집이 있어 개인 소유의 땅 같기도 하고 아닌 것 같기도 한 땅에 텐트를 쳤다. 작은 공간이지만 이렇게라도 비를 피할 수 있어서 행복했다. 내일도 일어나자마자 펑크를 때워야 했다.

#맥주_가지고는_못가도_먹고는_간다 #음주라이딩은_비밀 #펑크_때우기_달인

143day
낡은 집을 수리하는 베르나르도 아저씨
2017년 7월 25일 화요일 _ 이동 시간: 4시간 46분 | 이동 거리: 74.596㎞

아침을 먹자마자 펑크 때우는 작업에 착수했다. 전에 붙였던 낡은 패치를 떼어 내고 새 패치를 붙였다. 바람을 넣고 자전거에 올라탔다. 바람이 그새 또 빠져 버렸다. 혹시나 테이프로 막을 수 있을까 싶어 구멍이 난 부분을 테이프로 칭칭 동여맸지만 바람을 넣는 와중에 바람이 빠지고 있었다. 안되겠다 싶어 이미 펑크가 난 헌 튜브를 꺼내 펑크를 때웠다. 이렇게 펑크와 튜브와 씨름하고 나니 점심시간이었다. 출발하기도 전에 녹초가 됐건만 점심거리도 바닥이 나서 굶어야 했다. 길에서 푸드트럭을 발견했지만 문은 굳게 닫혀 있었다.

퀘백에서는 길 위에서 만나는 사람들에게 인사를 해도 잘 받아 주지 않았다. 심지어 자전거를 타는 동병상련의 라이더들도 내 인사를 무시한 채 가버렸다. 상처받은 것처럼 서글퍼졌다. 마트를 발견해 사흘 치 식료품을 사고는 감자튀김과 닭 가슴살 빵을 열심히 먹고 있을 때 어떤 할아버지가 말을 걸어와 서툰 영어로 자신의 집 마당에 텐트를 치라고 말해 주셨다. 하지만 너무 이른 시간이라 정중히 거절했다. 이번에는 어떤 아주머니가 초록색 장바구니를 주고 가면서 어떤 이야기를 해 주셨는데 프랑스어라서 경찰이라는 단어밖에 알아듣지 못했다. 아마 경찰이 보면 벌금을 물게 될 거라는 뜻인 것 같았다.

신나게 자전거 타고 가다 무심코 트레일러를 바라보았다. 아뿔싸. 있어야 할 것이 보이지 않았다. 마트에서 산 식료품을 길 위에 떨어뜨린 모양이었다. 자전거를 되돌려 달리다 10여 분 만에 길에 떨어진 식료품 봉투를 찾아서 다시 돌아왔다.

오늘은 길도 평탄했고 날씨도 무척이나 좋았다. 8시쯤 야마치체(Yamachiche)라는 마을을 지나며 만난 아저씨가 자신의 집 마당에 텐트를 쳐도 좋다고 하시고는 앞장서서 집까지 데리고 가 주셨다. 집에 도착해서 보니 낡은 집을 수리하며 혼자 사시는 분이었다. 앞마당에 텐트를 치고 샤워를 한 후 베르나르도 아저씨와 많은 이야기를 나누었다. 영어가 조금 서툴렀지만 의사소통하는 데는 아무 문제없었다. 그동안 많이 외로우셨던 모양이었다. 아저씨의 말동무가 되어 주고 친구가 되어 주면서 나도 모르게 마음이 따뜻해졌다. 아저씨가 주신 맥주를 마시며 그렇게 오랫동안 이야기를 나눴다.

#퀘백사람들에게_삐침 #짐_좀_잘싸매고_다니자
#베르나르도아저씨와_수다삼매경

페달을 밟아라,
바다가 나올 때까지

144day

퀘백 사람들이 좋아졌어

2017년 7월 26일 수요일 _ 이동 시간: 6시간 25분분 | 이동 거리: 92.574㎞

베르나르도 아저씨 집에서 시리얼을 얻어먹고 10시 50분쯤 집을 나섰다. 베르나르도 아저씨가 주스와 직접 기른 유기농 오이, 퀘백 번호판, 그리고 지폐 40달러를 챙겨 주셨다. 돈은 결코 받지 않으려 했지만 아저씨 또한 막무가내여서 결국 돈을 받고는 몇 번이나 감사 인사를 전했다. 오랫동안 사귀어 온 것처럼 무척이나 정감이 가는 아저씨였다.

퀘백은 오르락내리락하는 언덕길도 없고 평평한 길의 연속이었다. 신이 나서 내가 낼 수 있는 최고 속도인 20킬로미터로 자전거를 몰았다. 알래스카에서 머물렀던 숙소의 사장님이 챙겨 준 부탄가스의 끝이 보이기 시작했다. 어느 마을을 지나며 발견한 월마트에 들렀지만 내 스토브와 맞는 부탄가스는 없었다. 스페어 튜브만 구입하고는 건너편에 있는 달라마에서 칫솔, 충전 케이블, 방수가 되는 드라이 백을 사고 다시 출발했다.

물을 얻기 위해 들렀던 어느 마을의 안내센터에 손에 항상 쥐고 다니던 지도를 두고 온 걸 깨달았다. 이제는 오로지 감으로 길을 찾아야 했다. 마을을 벗어나기 전 들른 캐나디안 타이어 숍에서 내가 찾던 부탄가스와 벌레를 쫓는 스프레이를 산 후 신나게 달리다 쉼터를 발견하고 멈춰 섰다. 지금까지 물을 받을 수 있는 쉼터는 처음이었고 재래식 변기가 아닌 수세식 화장실이 있는 쉼터도 처음이었다. 손을 씻을 수 있는 쉼터도 처음이었다. 퀘백에서는 다른 지역에 비해 쉼터가 많이 보였다. 하지만 막상 텐트를 칠 시간이 되자 그 많던 쉼터가 하나도 보이지 않았다.

날이 저물어 적당한 곳을 발견하고는 텐트를 치려고 하자 건너편에서 어떤 아저씨가 다가왔다. 내가 프랑스어를 알아듣지 못하자 손짓, 발짓, 몸짓을 다 동원해가며 설명했다. 이곳에서 조금 더 가면 자기 땅이 있으니 거기에 텐트를 치라는 뜻 같았다. 결국 아저씨는 나를 차에 태우고는 텐트를 칠 곳을 직접 안내해 주었다. 말은 잘 통하지 않았지만 따뜻한 마음에 이루 말 할 수 없이 고마웠다. 창고가 있는 마당에 텐트를 치고 오랜만에 인스턴트 밥을 끓여 먹었다.

#지도는_잃어버리고 #찾을때는_없는_쉼터
#친절한_퀘백사람들_오해해서_죄송

145day
도심의 밤 풍경 구경하기
2017년 7월 27일 목요일 _ 이동 시간: 6시간 21분 | 이동 거리: 80.311㎞

한동안 도로 위에서 퀘백 이정표를 보기 힘들었는데 언젠가부터 군데군데 보이기 시작했다. 평지에서 낼 수 있는 최고 속도를 내 보니 속도계에 시속 30킬로미터까지 찍혔다. 하지만 시속 28킬로미터를 넘어서면 자전거의 구조상 위험해서 더 이상 속도를 내기는 어려웠다. 신나게 페달을 밟아 5시쯤 드디어 퀘백 도심 입구에 도착했다. 맥도날드에서 치즈버거 두 개와 아이스커피를 사 먹으며 와이파이로 게스트 하우스를 찾아 예약을 했다. 게스트 하우스를 찾아가는 길에 비가 한두 방울씩 떨어졌다. 지도를 켜 놓은 핸드폰을 어제 산 드라이 백 안에 넣고는 줄곧 확인하며 게스트 하우스를 찾아갔다. 4달러에 산 드라이 백을 실험해 볼 수 있는 좋은 기회였다.

비가 내렸다가 그쳤다가를 반복하더니 퀘백 중심지에 크고 아름다운 무지개가 나타났다. 내리는 비를 맞으며 자전거를 끌고 숙소를 찾아 헤맸다. 보조 배터리도 다 떨어졌고 핸드폰 배터리도 얼마 남지 않았다. 이대로 핸드폰이 꺼져 버린다면 어떻게 될까. 믿지도 않는 신에게 핸드폰 배터리가 꺼지지 않기를 기도하며 자전거를 끌었다. 그리고 배터리의 남은 용량이 2퍼센트를 가리킬 때 예약한 게스트 하우스에 도착했다.

체크인을 하고 방을 찾아가다 보니 건물 안은 미로와 다름없었다. 무거운 백팩을 메고 한참을 헤매다 방에 도착했다. 방을 둘러보니 침대에 인접한 곳에 콘센트가 없었다. 침대에 누워서 핸드폰을 만지고 싶어 보조 배터리들을 이용해 핸드폰 충전 케이블을 침대까지 끌어왔다. 몬트리올에서 편하게 머물렀던 숙소와 자꾸 비교가 되었다. 동선도 커지고 손도 많이 가고 무얼 하나 하려 해도 불편했다. 하루를 머물러도 정이 들지 않을 것 같았다. 짐을 던져두고 퀘백의 밤 풍경을 구경하러 밖으로 나갔다. 그러고 보니 도심의 밤을 구경하는 것도 처음이었다. 퀘백은 내 생각보다 그리 큰 도시는 아니었지만 관광지답게 식당이 많았고 유럽풍의 건물들이 깔끔하게 잘 정돈되어 있었다. 곳곳에 공연을 하는 사람들, 분수대에서 뛰노는 아이들 모두 인상 깊은 퀘백의 밤이었다. 비가 한두 방울씩 떨어지기 시작해 발걸음을 돌렸다.

숙소로 돌아오는 길에 맥주 한 박스를 샀다. 숙소로 돌아와 맥주를 냉장고에 넣어 두었는데 한 청년이 찾아와 숙소 직원들이 맥주를 가져갈 수 있다며 숨겨야 한다고 말해 주었다. 도저히 이해할 수 없는 이야기였지만 반신반의하며 음식 뒤쪽에 맥주를 숨겨 두었다.

#내머리_위에_뜬_무지개 #게스트하우스_잘못된_선택
#21세기에_맥주도둑이_웬말

206

도심의 낮 풍경 구경하기

2017년 7월 28일 금요일 _ 이동 거리: 멈춤

퀘백에 하루 더 머무르며 구경을 할 요량으로 어제 체크인을 할 때 이틀을 예약
해 두었다. 숙박료 영수증을 보여 주니 아침을 제공해 주었다. 안내센터에 가서
퀘백에 대한 정보를 얻어 발 닿는 대로 무작정 돌아다닐 계획을 한 후 숙소를
나섰다. 밤에 둘러본 퀘백과 한낮에 둘러본 퀘백의 풍경은 또 달랐다. 어젯밤에
는 보지 못했던 커다란 성벽이 보였고 도심 한가운데에는 관광객들을 위한 마
차가 돌아다녔다. 커다랗고 웅장한 건물에도 매료되었다. 높은 곳에 올라 도심
을 내려다보니 마치 한 폭의 그림 같았다. 낮에 돌아다녀 보니 거리마다 관광객
들로 북새통을 이루고 있었다. 한국 음식이 먹고 싶어서 안내센터에서 인터넷
을 검색해 봤지만 이곳에는 한국 음식점이 없었다. 지도를 얻은 후 햄버거로 배
를 채우고 숙소로 돌아왔다.

#퀘백의_멋진_낮풍경_한폭의그림같은 #그리운_한국음식
#오늘은_나도_관광객틈에서

147day

여전히 강, 바다는 언제 나올까

2017년 7월 29일 토요일 _ 이동 시간: 3시간 27분 | 이동 거리: 35㎞

한국에 있는 친구와 전화통화를 하고 늦장을 부리다가 2시 30분이 되어서야 숙소에서 나왔다. 맥도날드에서 베이컨 더블버거 세트와 더블치즈버거, 거기에 맥더블버거까지 점심을 든든하게 먹고 퀘백의 반대편으로 가기 위해 선착장을 찾아갔다. 도착해 보니 나뿐 아니라 자전거를 들고 반대편으로 넘어가는 사람들이 꽤 많았다. 뱃삯은 4달러 정도였다.

퀘백에서 5분 정도 배를 타고 강 건너편 레비스(Levis)로 넘어왔다. 반대편에서 바라보는 퀘백은 또 다른 풍경이었다. 지금까지는 강 왼쪽에 도로가 나 있었지만 이제부터는 반대로 왼쪽에 강을 끼고 달려야 했다. 오늘도 라이딩을 하는 내내 날씨가 흐렸다. 앞으로 얼마나 더 가야 바다가 나올지 궁금해졌다. 텐트를 치고 라면 두 봉지를 끓여 먹었다. 퀘백의 쉼터는 다른 도시와 달리 물을 마음껏 쓸 수 있어 마음에 든다.

#레비스로_건너오다 #살다살다_강이_징그러울_줄은
#하루의_마무리_라면과함께

148day
열쇠 꾸러미의 주인을 찾아서
2017년 7월 30일 일요일 _ 이동 시간: 5시간 9분 | 이동 거리: 66.469㎞

길에서 열쇠 꾸러미를 주웠다. 왠지 자전거를 타고 가던 사람이 떨어뜨린 거라는 생각이 들었다. 우체국이나 경찰서에 맡기려고 열쇠 꾸러미를 챙겼다. 꼭 주인을 찾아주고 싶었다. 내가 가방을 잃어버렸을 때 캐나다 사람들이 그랬던 것처럼. 자전거를 타고 가면서 건너편에 자전거를 타고 지나가는 사람들을 향해 일일이 열쇠 꾸러미를 흔들어 보였다. 열쇠 주인이라면 되돌아오고 있지 않을까 하는 생각에서였다. 나 또한 그랬던 것처럼 말이다.

저 멀리에 산이 보이기 시작했다. 산이 보인다는 것은 길이 또 험해진다는 뜻이었다. 열쇠 꾸러미를 주인에게 찾아 주기 위해 경찰서를 찾아 방향을 틀었다. 20분 정도 달리니 경찰서가 보였다. 잘못한 건 없었지만 괜스레 긴장이 되어 크게 심호흡을 한 번 하고는 문고리를 잡았다. 허무하게도 경찰서 문은 굳게 잠겨 있었다. 경찰서 문이 잠겨 있다는 게 신기했다.

마트에 들러 장을 보고 주운 열쇠 꾸러미를 직원에게 전달하고는 마트 옆에서 베이글과 당근, 그리고 정체불명의 바나나를 닮은 과일을 먹었다. 바나나와 비슷하게 생겼지만 맛은 바나나보다 조금 덜 달고 안쪽 부분이 조금 단단했다. 어쨌든 바나나보다 맛은 없었다. 사람들이 계속 말을 걸어 왔지만 프랑스어를 하지 못해 대답을 못 해 준 게 함정이었다.

물을 얻으러 들어갔던 곳에서 모래로 조각을 해놓은 조형물을 구경했다. 열 개가량의 모래조각상은 하나같이 정교해서 감탄이 절로 나왔다. 역시 예술은 아무나 하는 게 아니었다. 물은 얻지 못하고 눈 호강만 하고는 다시 출발했다. 비포장도로를 달리며 불안하다 했더니 트레일러 오른쪽 바퀴에 펑크가 나 있었다. 자세히 보니 수명이 다 된 것 같았다. 임시방편으로 때울 수 있는 부분만 때우고 조금 더 타 보기로 했다. 바퀴 두 개를 사서 트레일러 양쪽 바퀴를 모두 교체하기로 했다.

쉼터에 도착해 텐트를 치고는 앞에 흐르는 물이 강물인지 바닷물인지 확인해 보고 싶어 가까이 다가가니 물은 너무 더러웠고, 아무 냄새도 나지 않는 걸로 미루어 여전히 강물인 듯했다. 이 지겨운 강가를 언제 벗어날지 안달이 날 지경이었다.

#내물건을_찾은_것처럼_주인을_찾아주고_싶었건만
#경찰서는_휴업

149day

여행 다섯 달째, 해 보고 싶은 일이 생기다

2017년 7월 31일 월요일 _ 이동 시간: 4시간 33분 | 이동 거리: 56.111㎞

점심 무렵 자전거를 타기 전에 하늘을 올려다보니 먹구름이 슬슬 드리우고 있었다. 경험으로 비추어 봤을 때 오후에는 비가 내릴 것 같았다. 그리고 자전거를 살펴보니 뒷바퀴에 바람이 빠져 있었다. 어제 깨진 유리조각이 흩어져 있는 길을 지난 적이 있었는데 그때 펑크가 난 모양이었다. 펑크가 난 곳을 찾으려 아무리 손으로 훑어 보아도 찾을 수 없었다. 펑크를 난 곳이 잡아 내지 못할 만큼 바늘구멍만한 크기이든지, 바람만 빠진 상태이든지 둘 중 하나인 것 같았다.

안내센터에서 바닥이 난 물을 다시 채우고 컴퓨터로 구글 지도를 체크해 보았다. 강가를 중심으로 군데군데 집들이 있었는데 이 길로 간다고 해도 강은 보이지 않을 만큼 멀리 떨어져 있었다. 마음 같아서는 강을 따라 크게 돌고 싶었지만 최단 시간으로 가운데를 가로질러 가는 길을 선택했다. 비포장도로를 벗어나 잘 포장된 자전거 길로 달렸다. 어느 곳과 연결되는 도로인지는 잘 모르겠지만 무작정 길만 보고 내달렸다. 신나게 달리다 길 한쪽 모퉁이에 한가롭게 노는 말들을 발견하고는 가지고 있던 당근을 말들에게 모두 나눠 주었다.

다행스럽게도 뒷바퀴는 여전히 멀쩡했다. 펑크가 난 줄 알았는데 바람만 빠져있는 상태인 듯했다. 60킬로미터 정도 떨어진 곳에 혹시 숙박할 곳이 있는지 찾아보기 위해 맥도날드에 들렀다. 맥도날드에서 묵을 만한 게스트 하우스도 찾아 예약하고 필요한 정보도 얻은 후 다시 길을 나섰다. 자전거를 타고 여행하다 보니 하고 싶은 것도 생겼고 해 보고 싶은 것도 생겼다. 게스트 하우스에 머물면서 내가 하고 싶은 일에 대한 정보를 알아볼 계획이었다. 날이 저물어 도로 옆 한쪽 구석에 텐트를 쳤다. 그런데 텐트를 치고 보니 돌밭이었다. 오늘밤 제대로 잘 수 있을까 한숨이 나왔다.

#날씨_예측도하는_장기간여행자 #말에겐_역시_당근
#돌밭에서_하룻밤

211

내 친구 라디오야,
나는 프랑스어 모른다구

150day

게스트 하우스에서 머무는 밤

2017년 8월 1일 화요일 _ 이동 시간: 4시간 25분 | 이동 거리: 52㎞

닳을 대로 닳아버린 오른쪽 트레일러 바퀴를 교체하고 자전거 뒷바퀴는 응급처치로 바람만 넣어 주고는 9시 20분쯤 라이딩을 시작했다. 오늘은 군데군데 구름이 껴 있었지만 제법 화창했다. 하지만 캐나다 날씨는 절대 방심할 수 없었다. 오늘의 목적지까지 60킬로미터 정도밖에 남지 않았지만 일찍 도착하고 싶은 마음에 열심히 페달을 밟았다. 라디오에서는 프랑스어만 흘러나왔다. 미국과 가까워질 때까지 라디오 없이 자전거를 타야 했다.

바다는 아직 나오지 않았다. 가끔 바다처럼 보이기도 했으나 여전히 강이었다. 이제는 강이 지긋지긋할 정도였다. 강가에는 카약을 타려는 사람들이 모여 있었다. 이정표를 보니 최종 목적지까지 38킬로미터밖에 남지 않았다. 자전거의 상태가 점점 안 좋아지기 시작했다.

4시가 되어서야 예약한 숙소에 도착했다. 이 마을에 하나밖에 없는 게스트 하우스였다. 가격이 제일 저렴한 25달러짜리 8인실을 예약했으나 도착하니 4인실을 내 주었다.

#라디오에서_프랑스어가_흘러나오니_난감 #4인실_게스트하우스

212

프랑스어가 흘러나오는 라디오

2017년 8월 2일 수요일 _ 이동 시간: 5시간 | 이동 거리: 45㎞

인터넷이 필요해서 예약한 숙소이건만 인터넷은 연결이 되었다가 끊어졌다를 반복했다. 내가 지치나 네가 지치나 해보자는 심정으로 꾸역꾸역 인터넷을 하다 잠이 들었다. 지난번 펑크가 난 곳을 찾지 못해 때우지 못했던 뒷바퀴의 펑크를 찾아 때우고 가기로 했다. 물에 담가 가면서 튜브를 살펴본 결과 펑크가 난 곳은 없었고 때웠던 곳에서 조금씩 바람이 새고 있었다. 낡은 펑크패치 위에 새로운 펑크패치를 붙였다. 마지막 펑크패치였다.

게스트 하우스 직원이 스페어타이어를 구할 수 있는 곳을 찾아 주느라 이곳저곳 전화를 해 주었다. 그런데 가격이 35달러나 되었다. 내 예상을 뛰어 넘는 비싼 가격이었다. 나를 위해 애써 준 직원에게는 고맙지만 선뜻 살 수가 없었다.

1시가 넘어서야 길을 나섰다. 길을 가다가 바이크 숍에서 22달러에 파는 타이어를 발견했지만 이 가격도 내키지 않아 그냥 돌아섰다. 마을 도심에서 접착제가 필요 없는 데다 작고 휴대가 간편한 펑크패치를 샀다. 길을 확인할 수 있는 지도가 없어서 자전거 길만 그대로 따라가다 보니 뱅글뱅글 돌고 있는 것 같은 느낌이 들었다. 그래도 별 수 없이 이 길만을 따라서 자전거를 타야 했다. 이 어정쩡한 자전거로는 평지도 제대로 가기 힘들었다. 라디오에서 영어라도 나오면 좋으련만.

1시간이 넘도록 언덕길이 이어졌다. 허벅지 엔진을 풀로 가동해 페달을 밟았지만 시속 8킬로미터밖에 나오지 않았다. 자전거를 타고 가던 사람이 힘들게 자전거를 타고 있는 나를 보고는 여유 있는 미소를 지으며 지나쳐 갔다. 힘겹게 달리다 산에서부터 흘러내리는 물을 발견했다. 달려가서 마셔 보니 냉장고에서 바로 꺼낸 물보다 더 시원했다.

텐트를 칠 만한 장소를 발견했지만 지도를 확인해 보니 물을 받을 수 있는 곳과 화장실은 9킬로미터나 떨어져 있었다. 욕심을 부린다면 8시 30분 안에 갈 수 있을 만한 거리였지만 하늘이 어둑어둑하니 곧 빗방울이 떨어질 것 같았다. 할 수 없이 그대로 텐트를 쳤다. 자전거를 점검해 보니 뒷바퀴에 바람이 또 빠져 있었다. 그냥 덧댄 펑크패치가 문제인 듯했다. 내일 아침 일찍 작업을 하기로 하고 무심코 자전거 속도계를 살펴보았다. 무언가 이상했다. 도저히 나올 수 없는 이동 거리가 찍혀 있었다. 어디에선가 전자기기에 영향을 받은 것 같았다. 오늘 라이딩한 시간과 이동 거리를 머릿속으로 가늠해 보았다. 속도계가 가끔 이렇게 오락가락할 때마다 정확하게 기록하고 싶은 나를 약 올리는 기분이었다.

#아침일과_펑크때우기_밤일과_펑크체크하기
#어정쩡한_길_어정쩡한_자전거

152day

어쩌다 과음

2017년 8월 3일 목요일 _ 이동 시간: 4시간 45분 | 이동 거리: 50.838㎞

바퀴에 난 펑크를 때우고 길을 나섰다. 오늘도 애매한 오르막길의 연속이었다. 내 무릎에 엄청난 부담을 주는 길이었다. 길을 나선 지 30분도 채 안되어 무릎이 찢어질 듯한 통증이 느껴졌다. 출발한 지 고작 1시간, 체력은 벌써 방전되고 말았다. 가파르지도 않고 평지도 아닌 이런 애매한 길이 자전거 라이더들의 정신건강을 가장 해롭게 하는 것 같다. 짐 하나 없는 큰 자전거로도 이 길에서는 나아가기 쉽지 않을 것이었다.

이런 길들을 지나고 있자니 오래전에 자전거로 제주도를 달렸던 기억이 떠올랐다. 제주도의 길도 지금 이 길들처럼 애매한 오르막의 연속이었다. 몸도 힘들었고 스트레스도 많았던 기억으로 남아 있다. 이래서 몸으로 직접 경험한다는 것은 무엇보다 가치 있는 일인 것 같다는 생각이 들었다.

오늘도 최대한 힘을 내 봤지만 시속 8킬로미터밖에 나오지 않았다. 자전거를 타는 내내 큰소리로 기합을 내질렀다. 쉼터에서 오랜만에 자전거 여행자를 만나 엄청난 수다를 떨기도 했다. 그리고 많이 쉰 만큼 또 부지런히 페달을 밟았다. 마트를 찾아 헤매고 있을 때 엄청난 물 폭탄이 떨어졌다. 하늘은 여전히 맑았다. 그야말로 마른하늘에 날벼락이었다. 자전거 도로가 끝이 나면서 고속도로로 연결되는 길이 시작되었다. 밤 8시에 메인 고속도로에 들어서는 건 위험했다. 조금 전 마을에 들렀을 때 봐 두었던 장소를 향해 10여 분을 다시 되돌아와 텐트를 치고 거리로 나왔다.

이정표에는 자전거 길이 더 많이 남은 것으로 표시되어 있었는데 자전거 길이 예상보다 빨리 사라진 것이 의아해 커피가게를 찾아가 와이파이를 쓰며 경로를 다시 확인했다. 지도를 찬찬히 보니 자전거 길이 다시 나타났다. 아무것도 모르고 고속도로로 들어갔다면 큰일 날 뻔 했다. 목적지를 향해 가야 할 자전거 길을 확인하고 나니 갑자기 신이 나고 무언가 대단한 일이 기다리고 있을 것 같은 기대감에 부풀었다.

텐트로 돌아가는 길에 영업을 하고 있는 바를 발견했다. 목도 축이고 와이파이도 쓸 겸 바에 들어가 술을 주문했다. 바에 있는 모든 사람들이 프랑스어를 사용하고 있어 말은 통하지 않았지만 어쩌다 보니 우리는 모두 친구가 되었다. 아무래도 술을 너무 많이 마신 탓이었다.

#캐나다호랑이_장가가는날 #말은_안통하지만_우리는_친구
#과음_덕분에_우리는_하나

153day
착각은 했지만 다행이야
2017년 8월 4일 금요일 _ 이동 시간: 4시간 25분 | 이동 거리: 41.801㎞

어제 술을 많이 마신 탓에 해장으로 라면을 끓였다. 두 봉지를 끓이면서도 다 먹을 수 있을까 싶었지만 먹다 보니 깨끗한 냄비만 남았다. 가까운 거리에 마트가 있어서 텐트와 짐을 팽개쳐 둔 채 장을 보고 돌아와 점심시간이 지나서야 출발했다.

어제 찾지 못했던 자전거 길을 찾고는 신이 나서 달리다 보니 길옆으로 강이 이어지고 있었다. 이 도시는 강으로 이루어져 있는 걸까 의문이 들 정도였다. 열심히 달리다 길에서 어느 목사님을 만났다. 어찌나 열심히 설교를 하시던지 열정은 대단하게 느껴졌지만 귀찮아졌고 자꾸 피곤해졌고 결국에는 불쾌한 기분으로까지 이어졌다. 목사님과 겨우 헤어지고 돌아서는데 하늘이 우중충하더니 비가 또 한바탕 쏟아졌다. 다행히 정자를 발견하고는 몸을 피한 덕분에 비는 거의 맞지 않았다. 그런데 하필 목사님도 이곳으로 비를 피하는 바람에 열정적인 설교를 또 들어야 했다.

열심히 달리자 큰 물음표 마크가 붙어 있는 안내센터가 나타났다. 문은 잠겨 있었지만 느낌에 퀘백을 넘어선 것 같았다. 시간도 1시간이 빨라져 있었다. 이제 두 개의 주만 넘으면 마지막 목적지가 있는 뉴펀들랜드였다. 뉴브런즈윅부터는 자전거를 타고 메인 고속도로를 갈 수 있었다. 목적지가 다가온다는 생각에 마음이 들뜨기 시작했다.

7시 20분쯤 텐트치기 좋은 장소를 발견하고 핸드폰으로 지도를 확인해 보니 이상하게도 아직 퀘백을 넘지 못했다. 아까 지나친 안내센터를 보고 퀘백을 넘은 줄로만 알았던 것이다. 뉴브런즈윅 경계까지는 2.4킬로미터 정도 남아 있었다. 어차피 경계를 지나면 시간대가 바뀌기 때문에 욕심을 내서 간다고 해도 시간은 매한가지라는 생각이 들었다. 낮에 뉴브런즈윅을 넘은 줄 알고 고속도로로 갔더라면 또 예기치 못한 일들이 생길 뻔했다. 도시의 경계에서만 볼 수 있는 큰 물음표 마크가 왜 안내센터에 붙어 있었는지도 의문이었다. 요 며칠간의 이동거리가 짧은 이유에 대해 생각해 보았다. 체력의 문제일까. 자전거의 문제일까. 둘 다 모두 문제일 것이다.

#목사님_그래도_교회_안다닐래요
#물음표_마크_내가_네게_묻고_싶다

154day

웰컴 투 뉴브런즈윅

2017년 8월 5일 토요일 _ 이동 시간: 5시간 16분 | 이동 거리: 57.579㎞

어차피 새로운 주에 들어서면 시간이 바뀌기 때문에 1시간 일찍 계산하고 길을 나섰다. 흐린 하늘을 보며 1시간가량을 달려 또 하나의 주를 넘었다. 이번엔 진짜 퀘백을 지나 뉴브런즈윅(New Brunswick)에 도착했다. 주의 경계에서 볼 수 있는 큰 물음표 마크도 붙어 있었다. 안내센터에서 지도도 얻고 물도 얻고 마을 핀도 샀다.

뉴브런즈윅부터는 고속도로를 이용할 수 있다는 정보를 들었기에 고속도로 위를 당당하게 달렸다. 자전거를 오랜 기간 타 보니 깨닫게 된 것 중 하나는, 고속도로 위에서 흔히 볼 수 있는 표지판 중에 짙은 초록색으로 'Trans Canada' 만 표시되어 있는 표지판은 자전거가 갈 수 있는 고속도로라는 뜻이었고 연두색 바탕에 단풍잎 문양에 숫자만 적혀 있는 표지판은 자전거가 갈 수 없는 고속도로라는 뜻이었다.

요 며칠 무슨 이유에서인지 정신력이 약해진 게 사실이었다. 이제 남은 여행은 한 달여. '막판 힘내기'를 발휘해야 할 때인데 왜 이러는지 알 수가 없었다. 약해진 정신을 다시금 꽉 붙들어 매고 전력을 쏟아야겠다고 다짐하고 또 다짐하며 달렸다. 퀘백에서 뉴브런즈윅으로 넘어오니 온통 프랑스어로 되어 있던 표지판들이 이제는 영어로도 씌어 있었다. 길 가던 도중에 캐나디안 타이어 숍을 발견하고는 스페어타이어 두 개를 샀다. 지난번 타이어 하나를 30달러에 팔던 자전거 숍이 떠올랐다. 그 돈이면 이곳에서 두 개를 살 수 있는 가격이었다. 타이어를 싸게 구입했다는 생각에 뿌듯했다.

한동안 보이지 않던 기찻길이 보이기 시작했을 때 자전거 뒷바퀴에 또 펑크가 났다. 자전거를 세우고 살펴보니 엄청난 길이의 철사가 박혀 있었다. 펑크패치를 붙이고 펑크 작업을 한 후 다시 페달을 밟기 시작하자 이번에는 비가 내렸다. 하루 종일 흐리다 싶더니 결국에는 또 비였다. 하늘을 보니 이쪽에만 먹구름이 떠 있었다. 이곳만 벗어나면 비가 내리지 않을 것 같아 페달을 열심히 밟았다. 그러나 가도 가도 먹구름 존을 벗어날 수가 없었다. 닿을 듯 닿을 듯 닿지 않는 길이었다.

비를 맞고 달리다 거대한 공터를 발견했다. 비가 그치기를 기다린 끝에 텐트를 치기 시작할 때였다. 갑자기 동네 개들이 한꺼번에 정신없이 짖어댔다. 하는 수 없이 짐을 정리하고 다른 곳을 찾아 떠나야 했다. 결국 기찻길 옆 구석에 텐트를 치기로 했다. 바닥은 돌밭이었지만 더 이상 이동할 수는 없었다. 자는 동안 기차가 지나가지 않았으면 하는 바람뿐이었다.

#끝까지_정신줄_잡자 #이제_펑크_안나면_이상할걸
#기찻길옆_오막살이_아닌_텐트

155day
작고 귀여운 동물 친구를 만나다
2017년 8월 6일 일요일 _ 이동 시간: 7시간 35분 | 이동 거리: 77.165km

오늘도 하늘이 잔뜩 흐렸다. 비를 피할 길은 없지만 길을 나섰다. 한참을 달리다 월마트에서 약간의 빵을 사고 그랜드폴스(Grand Falls)라는 마을의 안내센터에서 물을 얻었다. 마을을 빠져나가는 길에 햄버거 두 개에 6달러라고 적혀 있는 햄버거 가게를 발견했다. 이번만큼은 햄버거 가격의 유혹에 절대 넘어가지 않고 유유히 지나쳤다.

시끌시끌한 고속도로보다 조용한 길이 좋아서 비포장된 자전거 길을 달렸다. 자전거 길 옆으로는 강물이 흐르고 있었다. 강을 끼고 한참을 달리다 자전거를 멈추었다. 흙더미의 토사물로 길이 막혀버린 것이었다. 쌓여 있는 흙더미를 부수고 갈 수는 없을 것 같아 바로 옆 돌밭 길로 우회했으나 이쪽도 막혀 있는 건 마찬가지였다. 도로 양쪽, 이중으로 막혀 있는 걸 보니 누군가가 일부러 길을 막아 놓은 것 같았다. 뚫린 길을 찾아 자전거를 끌고 암벽등반을 하다시피

가까스로 길을 통과했다.

　강가의 자전거 길을 열심히 달리니 얼마 가지 않아 큰길이 나타났다. 지독했던 비포장된 자전거 길에서 드디어 벗어난 것이다. 메인 고속도로로 갈 수도 있었지만 그보다는 작은 도로로 달리는 것이 나을 것 같았다. 이내 하늘이 어둑어둑해졌다. 욕심대로 자전거를 더 탔다가는 곧 비를 왕창 맞을 것 같아 우드스톡(Woodstock) 마을의 도로 갓길에 자전거를 세웠다. 텐트를 치려고 주변을 둘러보니 웬 작고 귀여운 동물이 나를 반기고 있었다. 비버보다 작은 크기의 동물이었는데 집이 근처에 있는 모양이었다. 동물 친구에게 당근과 바나나를 주었다. 못 먹는 음식을 준 것인지 나를 경계하는 것인지 아쉽게도 먹지 않았다. 동물 친구에게 피해가 가지 않도록 이 친구의 집을 피해 한쪽 구석에 텐트를 쳤다.

#값싼_햄버거에_지지않아 #험난한길도_문제없이_폴짝
#동물친구_네이름이_뭐니

와이파이와 함께하는 밤은
정말 위험해

156day

강 언덕에 살고 있는 멋쟁이 롭 할아버지

2017년 8월 7일 월요일 _ 이동 시간: 6시간 27분 | 이동 거리: 66.792㎞

아침에 일어나니 오늘도 하늘에 먹구름이 가득 끼었다. 날씨에 대해 이야기하자니 매일 같은 일기를 베껴 쓰는 기분이지만 오늘은 온 세상이 검은색으로 뒤덮여 있었다. 그리고 자전거를 타는 내내 강은 끝도 없이 이어져 있었다.

길에서 롭 할아버지를 만났다. 할머니와 함께 강이 내려다보이는 집에서 평온하게 살고 있는 분이었다. 롭 할아버지가 집 구경도 시켜 주시고 물과 과일 등 먹을 것도 챙겨 주셨다. 영어를 모국어처럼 사용했지만 프랑스어도 유창하게 구사했다. 롭 할아버지 덕분에 뉴브런즈윅이 캐나다에서 유일하게 영어와 프랑스어를 공용으로 사용하는 지역이라는 것을 알게 되었다. 롭 할아버지는 집에서 인터넷으로 영어를 가르치는 일을 하고 계셨다. 내게 영어 공부를 하는 방법과 공부에 유용한 사이트들도 알려 주셨다. 할아버지가 집 마당에 텐트를 치고 하룻밤을 머물고 가라고 하셨지만 텐트를 치기에는 이른 시간이라 아쉬운 작별을 하고 길을 나섰다.

언덕길이 많은 도로를 피해 자전거 길로 한참을 달리고 있을 때 커다란 나무가 길을 가로막고 있는 바람에 자전거를 멈췄다. 혼자 힘으로 치워 보려고 안간힘을 써 봤으나 꿈쩍도 하지 않았다. 내 힘으로 해결할 수 있는 크기의 나무가 아니었다. 힘만 잔뜩 쓴 채 언덕길이 많은 도로로 다시 되돌아갔다. 1시간 정도 달리니 강의 하류 쪽으로 내려왔다는 예감이 들었다. 강의 물살이 약해져 있었다. 며칠간 날씨가 좋지 않다 싶더니 밤이 되자 기온이 뚝 떨어졌다. 알래스카에서 지낸 기억을 떠올리며 이까짓 추위는 우습게 여기기로 했다.

#멋진_노년을_보내는_롭할아버지 #큰나무가_사나이_가는_길을_막고
#나는_또_힘이_없고 #추워도_꿀잠_잘거야

157day
내 인사를 받아 주는 친절한 뉴브런즈윅 사람들
2017년 8월 8일 화요일 _ 이동 시간: 6시간 41분 | 이동 거리: 74.686㎞

다리 위에서 강 쪽을 내려다보니 강물은 무척 맑았고 물속에는 물고기 네 마리가 움직이지 않은 채 가만히 노닐고 있었다. 강을 기준으로 왼쪽에 있다가 다시 오른쪽으로 이동해서 달리기 시작했다. 퀘벡에서는 말이 통하지 않아 여간 불편한 것이 아니었는데 뉴브런즈윅으로 넘어 오니 롭 할아버지가 알려 준대로 대부분의 상점들이 영어 간판을 내걸고 있었고 사람들도 영어를 곧잘 사용했다.

동네 도서관에서 물을 얻고 거품 나는 비누로 세수도 했다. 그리고 다시 힘을 내서 자전거에 올라 신나게 페달을 밟았더니 라디오 가방에 꽂아 두었던 지도가 바람에 날아가 버렸다. 어차피 이정표를 보고 따라가기만 하면 되는 것이라 미련 없이 보내 주었다. 강을 기준으로 오른쪽에 있다가 또 다시 왼쪽으로 이동했다. 언제 또 오르막길에 험한 길이 나올지 몰라 있는 힘껏 페달을 밟았다.

어느 순간 자동차 한 대가 내 앞에 멈춰 서고는 할머니 한 분이 차에서 내리셨다. 할머니는 내가 물을 얻었던 마을에서 나를 보고는 이야기를 나누고 싶어 여기까지 쫓아왔다고 하셨다. 아까 그 마을은 16킬로미터나 떨어져 있는 곳이었다. 나와 대화를 하기 위해 여기까지 왔다는 게 의아했다. 할머니가 많은 것을 물어볼 것이라 짐작했는데 단 한 가지, 지금 이 여행을 왜 하고 있는지를 물

221

더니 내 대답을 듣고는 웃으며 인사를 하고 떠났다.

자전거를 타고 여기까지 오는 동안 자전거 타는 기술이 늘어난 게 아니라 야생동물들과 대화하는 기술이 늘어나고 있었다. 도로 위에서 동물들을 만날 때마다 반가운 친구를 만난 듯 즐거워졌다. 딱딱하기만 했던 퀘백에서와는 달리 뉴브런즈윅에서는 도로 위에서 만난 많은 사람들이 내 인사를 받아 주었다.

남쪽으로 끝까지 내려온 뒤 뉴브런즈윅의 수도인 프레더릭턴(Fredericton)을 향해 우회전한 후 동쪽으로 자전거를 탔다. 메인 고속도로와 합류하기 전 엄청난 언덕길을 만났다. 7시가 되어 체력이 빠질 대로 빠져 있는 상태에서 험난한 언덕길을 넘으니 체력은 그야말로 고갈된 상태였다. 자전거와 함께 또 한 번의 암벽등반을 한 느낌이었다.

표지판을 보고 나서야 뉴브런즈윅의 경계부터 222킬로미터를 달려왔다는 걸 깨달았다. 벌써 또 이렇게 많은 거리를 달려왔구나 하는 생각에 가슴이 벅차올랐다. 텐트를 칠 만한 곳을 발견하고는 라이딩을 마무리 지었다. 정착을 하고 보니 도저히 납득이 안 될 만한 장소에 또 텐트를 치고 말았다. 꾹 참고 오늘 밤을 보내는 수밖에 없었다. 싸구려 라면과 인스턴트 밥을 먹고 설거지를 했다. 간단한 음식을 뚝딱뚝딱 해 먹는 일에 쉽게 설거지하는 법까지, 이쯤 되면 캠핑의 달인이라고 해도 좋지 않을까 싶었다.

#드디어_영어간판_등장 #바람과_함께_사라진_지도
#나를_따라온_호기심할머니

158day

프레더릭턴 도착, 꿈에 그리던 한국 음식을 맛보다

2017년 8월 9일 수요일 _ 이동 시간: 5시간 49분 | 이동 거리: 63.357㎞

오늘은 모처럼 날씨가 엄청 좋았다. 오늘의 목표는 60킬로미터가량 떨어져 있는 프레더릭턴까지 가는 것으로 정했다. 목표를 잡은 김에 최대한 일찍 도착하고 싶어 열심히 페달을 밟았다. 자전거를 끌면서 베이글을 먹으며 쉬지 않고 달리다 드디어 프레더릭턴 이정표를 발견했다. 아마도 마을 외곽 쪽에 도착한 것 같았다. 오늘은 평소와 달리 라이딩을 일찍 마무리하고 싶었다. 해야 할 작업도 있었고, 사실 가장 큰 이유는 한국 음식이 미치도록 먹고 싶었기 때문이었다. 프레더릭턴 마을 외곽에 있는 팀홀튼 커피 체인점에서 와이파이를 사용해 숙소를 검색하기 시작했다. 하지만 게스트 하우스는 없었고 그나마 찾은 곳이 40달러짜리 숙소였다. 36달러에 세금이 5달러나 되다니. 세금이 너무 비싼 게 아닌지 갸우뚱했다. 온라인으로 예약이 되지 않아 주소를 보고 직접 찾아가야 했다. 숙소를 찾아가는 길에 뉴브런즈윅 대학교가 나왔다. 내가 제대로 찾아가고 있는 건가 살짝 불안해졌다.

목적지 200미터를 남겨두고 빗방울이 떨어졌다. 미처 포장하지 않은 짐이 걱정되어 자전거와 짐을 비를 피할 수 있는 적당한 장소에 세워둔 채 걸어서 찾아가기로 했다. 주소에 적힌 곳으로 들어가니 제대로 찾아온 게 맞았다. 숙박료 40달러에 열쇠 보증금 30달러까지 70달러를 결제했다. 결제를 하고 나니 직원이 지도를 보며 설명하기 시작했다. 이곳에서 결제를 하고 대학교 기숙사로 다시 가야 했다. 그리고 내일 아침에는 열쇠를 반납하러 다시 이 사무실로 돌아와야 했다. 숙소까지는 1킬로미터가 넘는 거리였다. 이런 시스템이라는 것을 미리 알았더라면 절대로 예약하지 않았을 것이다. 30분이나 걸려 대학교 기숙사에 도착했다. 2인 1실로 되어 있는 대학교 기숙사를 방학 동안 운영하는 것 같았다. 실내에는 자전거를 넣을 공간이 없어서 가방을 뺀 후 다시 짐을 싸야 했다. 가격이나 시설보다 이런 시스템을 따라야 한다는 데 짜증이 솟구쳤다.

구글 맵으로 코리안 푸드를 검색하니 8개 정도의 식당이 나왔다. 그중에서 제일 위쪽에 위치하고 있는 식당으로 정하고 30분을 걸어 한국 식당에 도착했다. 식당과 마트를 같이 운영하고 있었다. 찌개를 먹고 싶었지만 치킨, 불고기, 만두, 비빔밥, 제육볶음 등을 팔고 있었다. 제육볶음을 순식간에 먹어 치운 후 라면을 추가했다. 라면은 사장님의 서비스였고, 공깃밥도 얻어먹었다. 오랜만에 먹는 한국음식이 무척이나 맛있었다. 사장님이 물 4리터와 포도를 챙겨 주셨다. 인심 좋은 사장님 부부와 좀 더 함께 있고 싶어서 9시가 넘어서까지 수다를 떨고는 숙소로 돌아왔다.

#예약한_숙소가_대학교기숙사_이건_아니야
#한국식당_사장님_최고

159day

수면도 부족하고 먹구름도 가득해서

2017년 8월 10일 목요일 _ 이동 시간: 4시간 16분 | 이동 거리: 46.684㎞

대학교 사무실로 가서 키를 반납하고는 다시 숙소로 가서 자전거를 끌고 길을 나섰다. 어젯밤에도 와이파이를 사용하며 밤을 새워버렸다. 와이파이를 쓸 수 있는 환경이 되면 잠을 자는 시간이 어찌나 아까운지 졸린 줄도 모르고 인터넷 세상에 빠져버렸다. 체크인과 체크아웃을 하는 시스템은 마음에 들지 않았지만 방과 욕실도 깔끔했고 와이파이도 잘 되니 괜찮은 하룻밤이라는 생각이 들었다. 기숙사와 사무실까지는 20분 거리, 왕복 40분을 오가니 출발하기도 전에 진이 빠졌다. 한국 음식으로 배를 채운 후에 프레더릭턴을 떠나고 싶어 돌아다녔지만 찌개나 밥을 파는 곳은 찾을 수 없었다. 할 수 없이 푸드코트 내에 있는 중국 식당에서 네 가지 종류를 담아 먹을 수 있는 뷔페식 점심으로 배를 두둑하게 채웠다.

프레더릭턴부터는 메인 고속도로로 달렸다. 어제 한숨도 못 잔 탓에 3시를 조금 넘기자 피곤함이 온몸을 감쌌다. 4시가 조금 넘었을 때 작은 마을의 안내 센터에서 물을 얻고는 조금만 쉬어 가려고 잠깐 눈을 감았는데 일어나 보니 6시를 향하고 있었다. 무거워진 엉덩이를 이끌고 다시 라이딩을 시작했다. 마을을 벗어나기 전 이틀 치 식료품을 사고 자전거를 타려는 순간 도로 위에 떨어져 있는 자동차 번호판을 발견했다. 번호판은 큰 상처 없이 그럭저럭 깨끗한 상태였다. 길에서 또 하나의 기념품을 주웠다.

8시쯤 메인 고속도로 옆에 텐트를 쳤다. 오늘은 라이딩을 늦게 시작한 데다 중간에 쉰 탓에 조금 더 달리고 싶었지만 먹구름이 드리워져 있어 욕심을 냈다가는 비를 맞을 것 같았다.

#체크아웃하러가는길_40분이_웬말
#수면부족라이딩의_결말

160day

물을 찾아서

2017년 8월 11일 금요일 _ 이동 시간: 8시간 8분 | 이동 거리: 101.30㎞

점심때가 다 되어서야 라이딩을 시작했다. 물을 얻고 싶었지만 고속도로 위에
는 아무것도 나타나지 않았다. 작은 마을이 이따금씩 나타났지만 고속도로를
벗어나 작은 길로 접어 들어가야 했기에 지나칠 수밖에 없었다. 때마침 발견한
이정표에는 다음 마을인 멍크턴(Moncton)까지 88킬로미터가 남았다고 표시되
어 있었다. 오늘 안에는 못 가리라는 판단이 들었다. 뉴브런즈윅 경계부 400킬
로미터라는 이정표도 발견했다. 벌써 또 이렇게 많은 거리를 달려 왔나 싶었다.

자전거 벨트 상태가 점점 이상해져 가고 있음을 감지했다. 8시 20분쯤 라이
딩을 마무리 짓고 오늘도 고속도로 옆 작은 공간에 텐트를 쳤다. 인스턴트 중국
식 볶음밥과 라면을 먹고 보니 물이 바닥을 보이고 있었다. 날씨가 좋아지면서
마시는 물의 양도 많이 늘어나고 있었다.

#멍크턴을_향하여 #자전거벨트_너_수상해

161day

물통을 찾아서

2017년 8월 12일 토요일 _ 이동 시간: 5시간 9분 | 이동 거리: 56.2708㎞

출발하기 직전에 비가 내리기 시작했다. 물 없이 빵 세 조각을 아침으로 먹고는
비를 맞고 추위에 떨게 될 것이 걱정되어 간만에 비옷을 꺼내 입었다. 비가 그
치기를 기다리다 포기하고 12시 20분쯤 라이딩을 시작했다. 비가 오니 물을 먹
지 않고 버틸 수 있을 것 같기도 했다.

점심시간이 지날 무렵 주유소와 햄버거 가게를 발견하고 멈춰 섰다. 햄버거
가게는 문이 닫혀 있었고 주유소에서는 물을 얻지 못했다. 아쉬움에 어깨가 축

처진 채로 다시 출발해 한참을 달리던 중 조금 전 들렀던 주유소에 물통을 놓고 왔다는 걸 알아챘다. 그렇게 왔던 길을 다시 되돌아간 지 30분 만에 물통을 찾아 제자리로 돌아왔다. 이 물통은 돈을 주고 살 수 없을 만큼 내 추억이 깃들어 있는 무척이나 소중한 물건이었다. 30분이 넘게 걸려도 다시 되찾아 왔을 것이었다.

목이 말라 더 이상 참을 수 없을 지경이 되었다. 이제 적극적으로 물을 찾아나서야 할 때가 된 것이다. 건너편 상점가로 뛰어가 이곳저곳을 찾아다닌 끝에 영업 중이던 햄버거 가게에서 물을 얻고 햄버거를 사 먹었다. 직원으로부터 이번 주 내내 비가 오고 날씨가 좋지 않을 거라는 이야기를 들었다. 햄버거 하나를 더 먹고 다시 라이딩을 시작했다. 잠시 그쳤던 비가 또 다시 한두 방울 떨어지기 시작했다.

멍크턴 마을에 도착했지만 마을의 다운타운인 중심가로 가지 않았다. 마을 도심으로 들어가면 복잡하기만 할 뿐더러 물건을 사야 하는 마트들은 마을 외곽에 있었기 때문이었다. 마을 외곽 근처를 탐색하다 저녁 무렵 한 공원에 도착해 텐트를 쳤다. 소프트볼 경기를 하는 공원이었다. 일요일인 내일이면 경기가 있지 않을까 생각했지만 경기가 시작되기 전에 이동하면 아무 문제없을 것 같았다. 텐트를 친 곳 가까이에는 화장실이 있었고 화장실에서는 따뜻한 물도 나왔다. 게다가 콘센트도 있었다. 텐트를 치기에 무척이나 좋은 환경이었다. 보조 배터리 충전도 하고 화장실 바닥에 앉아 노트북으로 영화를 보다가 11시가 되어서야 텐트로 돌아왔다.

#내추억과_함께한_물통을_찾아서 #멍크턴마을_도착
#이런_공원_처음이야

바람아 불어라,
나는 달린다

노바스코샤에 발을 딛다

2017년 8월 13일 일요일 _ 이동 시간: 6시간 27분 | 이동 거리: 63,695㎞

8시 30분도 안 되어 공원에서는 벌써 소프트볼 경기가 열리고 있었고 주차장에는 이미 차들이 꽉 들어차 있었다. 공원 안팎은 응원을 하러 온 학부모들로 붐볐다. 떠날 채비를 마치고 마트가 문을 열 때까지 그 틈에 끼어 소프트볼 경기를 관람하다 식료품을 잔뜩 사고 길을 나섰다.

메인 고속도로보다 빠를 듯한 길을 선택했지만 진도는 좀처럼 나가지 않았다. 오르막길 때문이었다. 지도에도 오르막길 표시가 되어 있다면 얼마나 좋을까. 이제는 비를 맞는 것보다도 비를 맞아 체온이 떨어지지 않도록 보온에도 신경을 써야 했다. 이제 비가 올 때면 비옷을 꼬박꼬박 챙겨 입었다.

늦은 오후 메인 고속도로로 향했다. 오르막길을 오르면서 체력을 많이 비축해 두었으므로 이제 열심히 달릴 때였다. 빗방울이 떨어져 비옷을 입었더니 비가 그쳐 비옷을 벗었다. 이제 날이 걷히나 싶어 하늘을 보니 구름의 이동이 빠른 게 심상치 않게 느껴졌다. 비옷을 벗었더니 또 빗방울이 떨어졌다. 그리고 다시 비옷을 입으니 비가 또 그쳤다. 날씨가 나와 하루 종일 밀당을 하나 싶었다.

어느 순간 줄곧 내 시야를 가로막고 있던 산들이 감쪽같이 사라져 있었다. 한순간에 그 많던 산들이 사라졌다는 게 믿기지 않았다. 그리고 이제까지 보이지 않던 이정표가 보였다. 바람에 쓰러지는 트럭 그림의 표지판이었다. 또 험난한 라이딩이 예상되었다.

노바스코샤(Nova Scotia) 경계가 가까워진 것 같았다. 한참을 달리다 엄청난 개수의 풍력 발전기들이 있는 곳을 지나자 노바스코샤 경계가 나왔다. 또 한 번 새로운 주에 들어섰다. 8시가 되기 전 뉴브런즈윅을 지나 노바스코샤에 발 도장을 찍었다. 노바스코샤 안내센터 잔디밭에 텐트를 치려 하자 바람이 심하게 불어댔다. 텐트가 날아가지 않게 고정시켜 둔 채로 뼈대를 만들어 주고 말뚝으로 고정시킨 후 비가림막을 쳐서 힘겹게 텐트를 치는 데 성공했다. 그리고 보니 비가 올 때, 바람이 불 때 등 그때그때 상황에 맞게 텐트를 치는 순서도 달라지는 것 같았다.

인스턴트 밥에 소시지와 애호박, 양파, 버섯, 피망, 양배추를 넣고 끓였더니 푸짐한 채소와 소시지가 국물에 우러나서 무척 맛있는 일품요리가 되었다. 이 정도면 접대해도 될 만한 수준이 아닐까 스스로 감탄하며 그릇을 깨끗이 비웠다.

#소프트볼경기_얼떨결에_관람 #비와_나와의_야릇한_밀당

163day
바다 앞에서
2017년 8월 14일 월요일 _ 이동 시간: 8시간 5분 | 이동 거리: 95.559㎞

점심을 먹은 후 메인 고속도로에서 벗어나 바닷가로 향했다. 여행을 시작하고 처음으로 보는 바다였다. 그동안 너무 보고 싶었던 바다 앞에 서니 속이 뻥 뚫렸다. 역시 나는 잔잔한 강보다는 강한 파도가 치는 바다가 더 좋다.

3시쯤 퍼그워시(Pugwash) 마을에 도착했다. 안내센터에서 또 한 번 물을 얻으려 했지만 너무 마을 깊숙이 들어가야 해서 포기하고, 도서관으로 달려가니 문이 닫혀 있었다. 물이 남아 있는 터라 물을 얻는 건 다음 기회로 미루고 달리다 보니 어느 순간 양파망 모자가 사라져 있었다. 양파망 모자와의 인연도 여기까지였다. 내게 소중한 물건을 또 잃어버리니 가슴이 아팠다.

노바스코샤로 넘어오니 모기가 무척 많았다. 벌레 회피 스프레이를 뿌린 팔과 다리를 제외한 부위, 특히 얼굴이 모기의 타깃이 되었다. 조금 전 잃어버린 양파망 모자가 절실했다. 라이딩 도중 떼로 달려드는 모기를 어떻게 해야 할지 당황스러웠다.

8시쯤 강가에 텐트를 치고 강물로 간단히 세면을 했다. 짠맛이 느껴져 물을 혀끝에 대보니 강물과 바닷물이 섞인 듯했다. 저녁을 먹은 후 밤낚시를 하기로 했다. 낚시 도구를 챙겨 들고 조금 전 세면을 했던 곳에 가 보니 물이 빠져 있었다. 아까 그 물은 바닷물인 듯했다. 두세 번 낚싯줄을 던진 후 재미도 없고 반응도 없어서 다시 텐트로 돌아왔다. 나는 낚시에는 흥미도 재능도 없는 모양이다.

#드디어_바다_앞에_서다 #벌레스프레이_얼굴에_뿌려야_하나
#낚시는_내스타일_아냐

164day
이보다 더 험난한 길은 없다
2017년 8월 15일 화요일 _ 이동 시간: 7시간 31분 | 이동 거리: 76,975㎞

오늘은 한여름보다 날씨가 좋았다. 왜 길에서 만난 사람들이 주는 정보는 하나도 맞는 게 없는지 모르겠다. 점심이 지날 무렵 리버 존 마을에 도착했다. 물을 얻으러 마을 안내센터에 갔지만 얻지 못했고, 도서관은 문이 닫혀 있었다. 주유소나 식당을 찾아야 했다.

30~40킬로미터만 달리면 메인 고속도로와 큰 마을이 나온다고 했다. 그런데 가는 길은 너무나 잔인했다. 사람을 잡는 길이 따로 없었다. 10분 동안 자전거를 끌고 오르막길을 걸었다면 1분 동안 내리막길을 타야 했고, 다시 10분간의 오르막길과 1분간의 내리막길이 이어졌다. 이 상황이 몇 번이나 반복됐는지 모르겠다.

주유소에서 생수 한 병을 얻고 5시쯤 비토 마을에 도착했다. 캐나다의 자연환경은 무척 좋은 듯 했지만 의외로 마실 수 있는 물은 귀했다. 오르막길을 오르며 바다를 보니 쌓였던 피로가 풀리는 것 같았다. 이제 가운뎃길로 직진하면 메인 고속도로로 달릴 수 있었지만 오른쪽으로 방향을 틀었다. 아직 고속도로로 갈 준비가 안 되어 있었던 데다 고속도로로 달리면 마을이 나오지 않는 탓이었다. 식료품 대비를 철저히 해 둔 후에 고속도로로 올라갈 생각이었다. 큰 마을을 8킬로미터 남겨 두고 마을로 들어서야 할지 말아야 할지에 대해 한참을 고민하다 텐트 칠 곳을 발견하고는 오늘의 라이딩을 마무리 지었다. 몇 시간 전

231

에 샌드위치를 두 개나 먹은 탓에 저녁은 먹지 않아도 될 것 같았다.

#오르막내리막_극기훈련인지_여행인지 #캠핑전문셰프_오늘저녁은_휴업

165day
극단적인 캐나다의 길
2017년 8월 16일 수요일 _ 이동 시간: 4시간 44분 | 이동 거리: 48.423㎞

시리얼이 다 떨어져 식빵을 먹고 출발하려는데 이제까지 한 번도 펑크가 나지 않았던 앞바퀴에 펑크가 났다. 살펴보니 긴 철사가 박혀 있었다. 오늘도 펑크를 때우며 하루를 시작했다.

마을 도서관에 들렀다가 여행을 좋아해 히치하이킹으로 캐나다 여행을 했다는 사람을 만났다. 그가 이불과 키친타월, 접착제를 주었다. 사실 내게는 그다지 필요 없는 물건들이었지만 고맙게 받았다. 도서관에서 핸드폰 충전을 하고 컴퓨터도 사용하고 지도 정보도 확인했다.

마을 벗어나기 전에 맥도날드에서 점심으로 햄버거, 맥더블베이컨버거, 치즈버거, 더블치즈버거, 이렇게 네 개의 햄버거 세트를 사 먹었다. 음식을 사 먹을 때 제일 만만한 음식이 햄버거이고 햄버거 가게에서는 팁에 신경 쓰지 않아도 되니 편했다. 큰 햄버거보다는 작은 햄버거를 여러 개 먹는 게 더 효율적이다. 그러고 보니 내가 어쩌다 햄버거 예찬론자가 됐는지는 모르겠다.

고속도로에 오를 준비를 단단히 하고 출발했다. 고속도로는 여전히 오르락내리락의 연속이었다. 장거리로 자전거를 타 보니 짐 하나 없이 일반 자전거를 탄다고 가정했을 때 평탄한 길이 계속되는 것보다 오르락내리락하는 언덕길이 장거리로 자전거를 타는 사람들에게는 더 쉽게 느껴지지 않을까 싶었다. 평탄한 길은 페달을 계속 밟아야 하는 반면에 오르락내리락하는 길은 오르막에서 바짝 페달을 밟고 내리막은 그만큼 쉴 수 있으니 말이다. 짐을 실은 트레일러까지 끌고 다녀야 하는 나는 물론 예외다.

고속도로를 달리다 보니 왕복 4차선이던 도로가 2차선으로 바뀌고 자전거 길도 없어졌다. 오늘도 오르막길은 혼을 빼 놓을 정도였다. 아무리 생각해도 캐나다 길은 너무 극단적인 것 같다. 길가에 서 있는 말 두 마리를 발견하고 바나나를 주었더니 이 맛있는 걸 먹지 않고 뱉어 버렸다. 그때 말 주인이 와서 말을 걸었다. 아무래도 내가 수상한 사람으로 보인 모양이었다. 오늘은 기찻길 옆에 텐트를 쳤다. 낮에 햄버거를 네 개나 먹은 탓에 그다지 배가 고프지 않아서 라면을 끓여 먹고 소시지를 삶아 먹었다.

#앞바퀴_펑크_처음이니_봐줄게 #햄버거_네개_다들_그만큼_먹지않나
#배가_안고파서_라면

166day
사흘 동안 200킬로미터 달리기
2017년 8월 17일 목요일 _ 이동 시간: 7시간 19분 | 이동 거리: 87.747km

초코우유와 시리얼을 먹고 제일 먼저 마을에 들렀다. 배를 타려면 예약을 해야 한다는 이야기를 들었기 때문이다. 도심지에 들어가 한참 헤맨 끝에 안내센터를 찾았다. 전화가 없다고 하니 안내센터에서 직접 전화를 해 준 덕분에 배편을 예약할 수 있었다. 이제 이곳부터 200킬로미터나 떨어진 곳에 일요일 10시 15분까지 도착해야 배를 탈 수 있는 것이다. 배편을 예약해 놓은 만큼 부지런히 페달을 밟아야 했다. 한참을 달리다 보니 마지막 목적지의 이정표가 나타나기 시작했다. 마을을 조금 벗어나자 오른쪽에는 기찻길이, 왼쪽에는 바다가 펼쳐져 있었다. 기찻길은 괜스레 내 길동무 같아서 마음이 편했고, 바다는 향긋한 짠 내가 느껴져 좋았다.

8시가 조금 넘어 도로 옆 한쪽 구석에 텐트를 쳤다. 하늘을 보니 비가 또 엄청 쏟아질 것 같았다. 인스턴트 밥과 라면을 끓여 먹었다. 라면을 끓일 때는 물이 끓기 전에 면을 넣는다. 물이 끓을 때 면을 넣으면 물이 끓으면서 증발되어

짠맛이 강해지는 듯하다. 이렇게 하면 짜지 않고 맛있는 라면을 먹을 수 있다. 물론 지극히 주관적인 내 느낌의 레시피다.

#사흘후_배타기_달려라달려 #우_기찻길_좌_바닷길_낭만여행길
#라면맛_아는_사람

167day

바람이 막아도 나는 달린다

2017년 8월 18일 금요일 _이동 시간: 8시간 9분 | 이동 거리: 90㎞

빨리빨리 가야 했지만 바람이 앞길을 막았다. 자전거를 타고 가다 도로 밑을 흐르는 계곡물을 발견했다. 맛을 보니 물도 깨끗하고 마셔도 될 것 같아 물통에 가득 채웠다. 점심때가 되어 빵을 먹으며 최선을 다해 달리고 있을 때 배를 타야 하는 노스시드니(North Sydney)까지 71킬로미터가 남았다는 이정표가 보였다. 이쯤 되면 조금 여유 있게 달려도 될 것 같았지만 일찍 도착해서 쉬고 싶었다.

오늘도 캐나다 길은 자비가 없었다. 굽이굽이 이어진 언덕길은 끝도 없고 적응도 불가능했다. 길가에 서 있는 나무에 처음 보는 열매가 달려 있어 자전거를 멈추고 맛을 보았다. 모양은 작은 사과 같았지만 맛은 없었고 떫은맛이 났다.

오르막길이 많아서 많이 걷느라 7시가 되었을 뿐인데 체력이 방전되었다. 텐트를 치고 발을 살펴보니 뒤꿈치에 굳은살이 갈라져 있었다. 며칠 전만 해도 뒤꿈치가 갈라져 바닥에 닿을 때마다 아팠지만 이제는 그 단계도 지난 것 같았다. 햇볕에 탄 피부도 이제는 따갑지도 않고 껍질도 벗겨지지 않는 걸 보니 내성이 생긴 듯했다. 오늘도 고난의 길이었지만 90킬로미터를 달렸다. 내일이면 노스시드니에 도착할 수 있으리라.

#감각없는_발뒤꿈치_좋은건지_나쁜건지
#노스시드니_고지가_눈앞에

이 여행이 진짜 끝나 버리면
난 어쩌지?

168day

터미널에서 노스시드니의 밤을

2017년 8월 19일 토요일 _ 이동 시간: 4시간 2분 | 이동 거리: 42.787㎞

출발하기 전에 뒷바퀴의 타이어를 교체했다. 타이어는 이미 가느다란 줄이 보일 정도로 많이 마모된 상태였다. 타이어에 줄이 보이면 교체해야 할 때가 된 것이었다. 자전거를 오래 타다 보면 자동차 타이어와 다르게 타이어가 마모되다 못해 가운데 부분부터 찢어지는 현상이 발생한다. 그렇게 마모된 부분이 찢어지며 줄의 형태가 조금씩 보이기 시작하는데 이 상태에서 더 경과가 되면 타이어 안에 튜브까지 터져 버리고 마는 것이다. 이쯤 되자 더 이상 미룰 수 없어 재빨리 타이어를 교체했다.

오늘은 줄곧 바다를 보며 자전거를 탈 수 있어서 행복했다. 2시 30분쯤 노스시드니에 도착했다. 이 마을에서 잃어버렸던 내 양파망 모자와 비슷한 모자를 발견했다. 이제는 거의 쓸모가 없을 것 같지만 잃어버린 모자 대신 추억하기 위해 구입했다.

안내센터에 들러 물을 얻고 배를 타는 곳을 확인한 후 팀홀튼에 들어가서 와이파이를 쓰며 시간을 때웠다. 팀홀튼 와이파이가 불편한 감이 있었지만 신나게 인터넷 세상을 누비다 카페 영업 종료 시간이라는 소리를 듣고 나서야 카페를 나왔다. 11시였다. 카페에서 만난 프랑스 친구 파비앙과 함께 터미널로 가서

235

체크인을 했다. 터미널 안에는 나와 파비앙 둘뿐이었다. 자전거를 한쪽에 잘 세워 두고 터미널 안에 침낭을 폈다.

#바다_보며_달리는_기분
#노스시드니_도착_정확히_와이파이_곁에_도착

169day

마지막 주 뉴펀들랜드에 입성하다

2017년 8월 20일 일요일 _ 이동 거리: 배 타고 이동

밤을 새우고 말았다. 와이파이를 사용하느라 자고 싶은 생각이 없었다. 배에 승선하기 전에 주변을 둘러보니 대부분의 사람들이 차를 타고 뉴펀들랜드(Newfoundland)로 건너가는 듯했고 자전거를 타고 넘어가는 사람은 나 혼자뿐이었다. 드디어 마지막 목적지를 향해 가는 배 위에 올랐다. 최종 목적지가 있는 세인트존스(Saint John's) 부근까지 가는 배도 있었지만 나는 섬 안으로 들어가는 배에 올랐다.

배 안에는 레스토랑과 기념품 판매점도 있었고 컴퓨터를 사용할 수 있는 곳도 마련되어 있었다. 평범한 크루즈 선들과 크게 다르지 않았다. 콘센트가 인접한 곳에 자리를 잡고 전자기기들을 충전시켰다. 12시 20분쯤 마지막 목적지가 있는 뉴펀들랜드를 향해 배가 출발했다.

레스토랑에서 카레를 먹고 기념품을 샀다. 그리고 맥주를 마시며 항해 중인 배 안에서 창밖의 바다를 그저 멍하니 바라보았다. 아무런 생각이 들지 않았다. 벌써 마지막 주를 향해 가는 배 안에 있다는 것도 실감이 나질 않았다. 식당 칸에 앉아서 식사를 하고 있는 가족들을 구경하는 게 마냥 좋아 그렇게 한참을 있었다. 나를 제외한 다른 사람들은 모두 축제 분위기였다. 내게는 기쁨보다는 공허함이 가득했다. 맥주를 더 마시고 싶었으나 그만 두고 배 이곳저곳을 기웃거렸다. 갈 수 있는 곳은 다 돌아다녔고 기념품 가게에서 기념품도 구입했다. 그

리고 내 자리로 돌아와서는 밀린 일기를 정리하고 하지 못했던 편집 작업을 했다. 애니메이션을 보다가 스르륵 잠이 들었는데 잠에서 깨니 어느덧 배는 뉴펀들랜드에 도착했다. 7시였다. 주가 바뀌자 또 다시 1시간이 빨라졌다.

오늘은 마을 다리 밑에 텐트를 쳤다. 자전거 여행을 시작한 이후 다리 밑에 텐트를 친 것은 처음이었다. 텐트를 치고는 마트로 걸어갔지만 늦은 시간이라 마트는 영업이 끝나 있었다. 내일 아침에 짐 정리를 하기 전에 장을 보는 수밖에 없었다. 여행을 시작한 후 169일 만에 목적지가 있는 마지막 주에 도착했다. 이제 더 이상 넘어갈 주가 없다는 뜻이었다. 마지막 목적지까지는 900킬로미터 정도 남아 있었다. 끝까지 열심히 페달을 밟아 별 탈 없이 여행을 마칠 수 있기만을 빌었다.

#뉴펀들랜드_도착 _ #다리_밑에서_하룻밤
#끝까지_무사히_행복한_여행을

170day
목적지에 가까워질수록 복잡해지는 생각들
2017년 8월 21일 월요일 _ 이동 시간: 4시간 38분 | 이동 거리: 43,200㎞

어제 도착했을 때는 안개가 자욱해 미처 보지 못했는데 아침에 보니 무척이나 아름다운 섬이었다. 팀홀튼에서 샌드위치를 사 먹고 한참동안 게으름을 피우다 2시가 되어서야 길을 나섰다. 출발한 지 얼마 안 되어 뉴펀들랜드 래브라도(Newfoundland and Labrador) 이정표가 보였고 마지막 목적지까지 890킬로미터가 남았다는 이정표도 보였다. 이제 정말 마지막 주에 도착했다는 게 조금씩 실감이 나기 시작했다.

뉴펀들랜드에서는 바다, 산, 강까지 모든 아름다운 자연이 공존하고 있었다. 마치 사람들이 자연을 빌려 사는 듯한 느낌이었다. 사람이 필요로 하는 곳만 개발되었고 자연은 자연 그대로 둔 것 같았다. 섬이기는 하지만 도로포장은 잘 되어 있었다. 도로에는 관광객 차량보다 물건을 싣고 나르는 커다란 트럭들이 더 많아 보였다. 배가 드나드는 시간이 아니면 차량의 왕래가 적은 곳인 듯했고 막상 어선들은 그다지 눈에 띄지 않았다.

하늘 이쪽저쪽에서 먹구름이 드리우고 있었다. 괜히 욕심내서 더 달리다가는 비를 맞을 것 같아 일찍 라이딩을 마무리 지었다. 목적지에 점점 가까워질수록 생각이 많아지고 있었다. 끝날 것 같지 않던 여행이 끝나 간다는 불안감, 진짜 끝이 나 버리면 어쩌지 하는 생각, 진짜 내가 여기까지 오긴 왔다는 생각, 이젠 진짜 마무리구나 라는 당연하게 드는 생각들에 잡다한 생각들까지 한데 어우러져 아무것도 하지 않고 생각에 잠기는 시간이 많아지고 있었다.

#아름다운_뉴펀들랜드
#목적지_앞에서_이감정은_무엇일까

171day

강에서의 마지막 세수

2017년 8월 22일 화요일 _ 이동 시간: 7시간 4분 | 이동 거리: 72㎞

11시 30분쯤 자전거에 올라탔다. 섬이라 그런지 차도 많이 없고 동네 어느 곳을 가도 조용했다. 평화로움이 감도는 마을이었다. 도로 옆에 물을 떠먹을 수 있도록 만들어 놓은 약수터 같은 곳을 발견하고는 물통에 물을 채웠다. 물은 무척 차가웠고 꿀맛이었다. 오늘은 자전거 타기 좋은 날씨였다. 해는 떠 있지만 덥지 않았고 구름이 껴 있지만 비도 오지 않았고 기온 또한 적당했다. 자전거 타는 내내 본 것이라고는 나무들과 오르막길들이었다. 상점도 집도 사람도 없었다.

날이 저물어 강이 보이는 다리 밑에 텐트를 치고 강에서 세수를 했다. 이제 날씨는 점점 추워지고 있었고 최종 목적지까지 800킬로미터 정도밖에 남지 않아서 강가에서 세수를 하는 건 오늘이 마지막이 아닐까 싶었다. 라면 두 봉지를 끓여 먹은 후 남은 국물에 면 하나를 더 넣어 끓여 먹은 후 강가로 가 낚싯대를 드리웠다. 1시간이나 있었지만 피라미 한 마리 잡지 못했다. 아무래도 나는 낚시에 소질이 없는 모양이다.

#고즈넉한_섬에서_라이딩하는_맛 #다시_추워지는_날씨
#낚시가_왜_재밌는_걸까

172day
목적지까지 760킬로미터
2017년 8월 23일 수요일 _이동 시간: 7시간 17분 | 이동 거리: 70.009㎞

11시 40분쯤 라이딩을 시작했다. 아름다운 섬도 오르락내리락의 연속이었다. 길 위에 다니는 차도 없고 소음도 없는 덕분에 라디오가 잘 들렸다. 760킬로미터라는 이정표가 보였다. 최종 목적지까지 남은 거리가 아닐까 생각되었다. 넉넉히 잡아도 13일이면 최종 목적지에 도착하지 않을까 싶었다. 여행의 끝이 다가오고 있었다.

말짱하던 하늘에서 비가 내렸다. 비옷을 챙겨 입으니 빗줄기가 점점 거세지고 우박까지 쏟아지다가 빗줄기가 약해지면서 소강상태에 접어들었다. 다시 비옷을 벗자 또 비가 내리기 시작했다. 날씨는 오늘도 나와 밀고 당기기를 하고 싶은 모양이었다.

날이 저물어 도로 옆 표지판 뒤 작은 공간에 텐트를 쳤다. 계속 달린다 해도 텐트를 칠 만한 장소는 나오지 않을 것 같았고 비가 또 내릴 것만 같았다. 오늘의 평균 속력은 9.9킬로미터였다. 빠르지 않은 이 속도가 이 섬 길의 상태를 대변해 주고 있었다.

#섬길도_오르락내리락은_다르지_않아 #날씨와_또_밀당놀이
#목적지에_한걸음_더가까이

239

우리의 만남은 우연이 아니야,
기적이야

173day
70일 만의 기적 같은 재회
2017년 8월 24일 목요일 _ 이동 시간: 7시간 22분 | 이동 거리: 81.811㎞

자전거를 타고 여행하는 할아버지와 자동차를 타고 여행하는 할머니 부부를 또다시 만났다. 두어 달 만에 이곳에서 다시 만나니 예상치 못했던 만남에 뛸 듯이 반가웠다. 그때 할아버지에게서 물과 에너지 바를 얻어먹었던 기억이 생생히 떠올랐다. 할아버지 부부는 그간 많은 걸 구경하고 프린세스 에드워드 아일랜드에서 열흘 동안 즐기다 이곳까지 왔다고 했다. 나는 구경도 제대로 하지 못하고 빠른 길을 택해 앞만 보고 달려왔건만 똥차도 아닌 똥자전거를 끌고 다니는 내 신세가 갑자기 처량해졌다. 그러고 보니 지난번에는 꼬마들의 자전거도 못 따라가지 않았던가. 이런 자전거를 타고 여기까지 왔다는 게 신기하기도 하고 한편으로 대견하다는 생각도 들었다.

자전거를 타고 지나가며 보는 뉴펀들랜드 섬은 정말 아름다웠다. 풍경을 한참이나 바라보고 있으니 뉴펀들랜드 섬까지 들어오기를 정말 잘했다는 생각이 들었다. 세인트존스까지 672킬로미터가 남았다는 이정표가 보였다. 얼마 남지 않았다니 더욱더 힘이 나서 있는 힘껏 페달을 밟았다. 어느덧 8시가 되었지만 텐트를 칠 만한 장소를 발견하지 못해 마을 안쪽으로 들어갔다. 20여 분을 돌아다닌 끝에 공원을 발견하고 텐트를 쳤다. 그리고 와이파이를 쓸 수 있는 곳을 찾아 마을 중심지로 향했다.

어딘지도 모른 채 무작정 20분 정도를 걷다 서브웨이를 발견했다. 반가운 마음에 들어갔지만 와이파이는 너무 느려서 아무것도 하지 못할 정도였다. 직원이 내 여행의 출발지를 듣더니 까무러치도록 놀라워했다. 직원의 표정을 보니 내가 자전거를 정말 오랫동안 탔다는 게 실감이 되었다. 샌드위치를 사 먹고 터덜터덜 텐트로 돌아와 라면 두 봉지를 끓여 먹었다. 그때 개 짖는 소리가 들렸다. 야심한 시간에 개를 데리고 공원에 오는 사람들이 있다니. 심하게 짖지만 않기를 바랄 뿐이다.

#색다른여행_할아버지부부_반갑습니다
#안짖으면_개가_아니지

174day
일주일 식재료 40달러, 한 끼 식사는 20달러
2017년 8월 25일 금요일 _ 이동 시간: 7시간 7분 | 이동 거리: 71.074km

점심시간이 지나서 디어레이크(Deer Lake)라는 마을에 도착해 일주일 치 식료품을 구입했다. 섬이라 그런지 푸드랜드 내에 식품들의 물가는 조금 비싼 편이었지만 마트에서 장을 보는 것도 귀찮았고 이번이 마지막이라는 생각에 한꺼번에 많은 식료품을 사 버렸다.

섬에 들어오는 배를 나와 함께 탔다며 아는 척을 해 주는 사람들이 제법 많았다. 햄버거 세 개를 먹고 다시 길을 나섰다. 따져 보니 일주일 치 식료품의 가격은 40달러, 한 끼 먹은 햄버거의 가격은 20달러였다. 일주일 식료품의 절반 가격을 단번에 먹었으니 그만큼 힘을 써야 했다. 그렇지 않아도 가득 찬 음식 상자가 무거워 허벅지에 힘이 힘껏 들어갔다.

밤이 되어 고속도로에서 비껴난 길로 5분 정도 들어와 텐트를 쳤다. 어두워지면 어떤 야생동물이 튀어나올지 모르기에 재빨리 텐트를 쳤다. 음식 상자 안에는 새로운 녀석이 등장했다. 초코가루 대신 자리 잡은 초코시럽이었다. 내일부터는 시럽이 가루의 역할을 대신할 것이다.

175day
두 번의 재회, 우린 보통 인연이 아닐 거야
2017년 8월 26일 토요일 _ 이동 시간: 4시간 48분 | 이동 거리: 45.733㎞

비가 그치기를 기다렸다가 기온이 많이 떨어진 걸 느끼고 비옷을 챙겨 입고 1시 20분쯤 라이딩을 시작했다. 길에서 무얼 밟았는지 앞바퀴에 바람이 빠졌다. 바퀴 상태를 체크해 보니 연결 부분의 고무가 헐렁해져 있었다. 여행의 끝이 다가오면서 여기저기 고장이 날 때마다 자전거가 측은하면서도 조금만 더 힘을 내 달라며 응원을 하게 된다.

길 위에서 자동차 번호판을 또 주웠다. 기념품 하나가 또 생겼다. 오늘도 비가 내려서 비에 축 젖은 채로 달리고 있는데 내 뒤에서 달려오는 자동차들이 경적을 울리며 인사를 했다. 얼굴을 바라볼 수도 없는 같은 차선의 차들이 왜 굳이 내 뒤통수에 대고 빵빵 거리는지 알다가도 모를 일이었다.

저녁이 되어 오늘밤을 보낼 곳을 찾으러 돌아다니기 시작했다. 돌밭 위에 텐트를 칠까 하다가 건너편으로 넘어가 도로와 조금 떨어진 곳에 텐트를 쳤다. 오늘은 고속도로에서 조금이나마 벗어나 조용하게 자고 싶었다. 문득 자전거와 자동차로 각각 여행을 하는 노부부와의 인연은 오늘로 끝난 걸까라는 생각이 들었다. 다시 만났을 때 반가웠던 만큼 아쉬운 마음도 컸다.

176day

끝나가는 여행, 다시 추워지는 날씨

2017년 8월 27일 일요일 _ 이동 시간: 6시간 24분 | 이동 거리: 69.729㎞

10시쯤 길을 나서니 아직 9월도 되지 않았는데 날씨가 꽤 쌀쌀해졌다. 이제는 잘 때 침낭 끈을 꽉 조여 매는 걸 잊지 말아야겠다. 다시 긴팔에 쫄바지 차림이 되었다. 그간 신지 않던 양말도 신었다. 오늘은 길 위에서 멀쩡한 목 베개를 주웠다. 가지고 있으면 유용할 것 같았고 기념품으로 간직하고 싶어 짐 속에 넣었다. 새 깃털에 죽은 나비, 술 냄새가 나던 물통, 자동차 번호판까지 길 위에서 온갖 잡다한 걸 줍고 있다.

오후가 되었을 때 물도 얻고 조금 쉬어갈 생각에 어느 주유소에 들렀다. 물을 얻을 수 있을 거라 여기고 물통에 남아 있던 물을 다 버렸는데 물을 얻지 못했다. 그대로 주유소 의자에 앉아 멍하니 오가는 사람들을 바라보다가 열일곱 살의 주유소 직원과 수다를 떨고는 자리에서 일어섰다. 다시 길을 달리다 저녁이 되어 푸드트럭을 보고 멈춰 서서 햄버거와 감자튀김으로 배를 두둑하게 채웠다. 물은 어느 레스토랑에서 얻을 수 있었다. 8시 20분쯤 오늘의 라이딩을 마무리하고 텐트를 쳤다. 헤드라이트 건전지의 수명이 다 한 걸 알아챘다. 여행이 끝나간다는 의미같았다. 아, 잘 때는 잊지 않고 침낭 끈을 꽉 조여야지.

#또하나의_기념품 #이러다_고물상_되는건_아니겠지

177day

사람은 하고 싶은 일을 할 때 가장 빛난다

2017년 8월 28일 월요일 _ 이동 시간: 5시간 20분 | 이동 거리: 70.330㎞

화창한 날이었다. 브리티시컬럼비아에서 출발했다는 자전거 여행가 커플들이 또 나를 지나쳐 갔고, 길 위에서 소중한 추억이 될 멀쩡한 선글라스도 주웠다.

2시가 지나서야 빵 조각을 뜯는 것으로 점심을 해결했고 3시쯤에는 커피가게에서 아이스커피도 사 먹고 물도 얻으며 걱정 없이 쉬었다. 이렇게 오후 시간이 눈 깜짝할 새에 지나갔다.

5시 30분, 다시 페달을 밟기 시작했다. 여행의 마지막 단계에 이르니 앞으로의 거취 문제도 생각해야 했고 정리할 것들이 많아져 와이파이가 되는 곳이 나오면 무조건 쉬기로 했다. 여행의 끝이 슬슬 보이지만 자전거 탈 때 만큼은 열심히 페달을 밟았고 쉴 때는 또 열심히 쉬었다. 하기야 자전거 타는 걸 조금 등한시한다고 해도 누가 뭐라고 할까.

뉴펀들랜드 섬에 들어오기 전 배를 타는 곳에서 만났던 프랑스 친구 파비앙이 내 목적지에서 나를 만나고 싶어 하는 사람이 있다며 연락을 해 왔다. 그리고 그 사람과 연락이 되어 파비앙을 만난 이야기와 내 여행 이야기를 들려주었다. 이제 목적지에 도착하면 임시 거처는 정해진 셈이었다. 내 여행에 대한 이야기에서 몇몇 사람들은 강한 인상을 받는 모양이었다. 사람은 자기가 하고 싶은 것을 하며 살 때 가장 빛나는 게 아닌가 하는 생각도 들었다.

시속 30킬로미터로 주행하다 자전거에 걸어둔 선글라스가 떨어졌고 그 떨어진 선글라스를 트레일러 바퀴가 밟아 버렸다. 제대로 밟힌 것은 아니었는지 테가 조금 깨졌을 뿐 렌즈는 멀쩡했다. 6천 원짜리 싸구려 선글라스지만 이것 또한 절대 버릴 수 없는 내 추억이기에 접착제로 붙여 쓰기로 하고 낮에 길에서 주운 선글라스를 착용했다. 길에서 주운 물건이라도 다 쓸모가 있고, 언젠가는 사용할 일이 생기기도 한다는 게 신기했다. 물건과도 인연이 있는 걸까.

8시쯤 마을 어귀로 들어와서 공원 한쪽 구석에 텐트를 쳤다. 마을로 들어오는 길에 맥도날드를 발견했다. 맥도날드에서 햄버거 세 개를 먹으며 와이파이를 쓰다 12시 폐장시간을 알리는 소리를 듣고서야 텐트로 돌아왔다. 밤공기가 제법 쌀쌀했다.

#나를_궁금해하는_사람들
#햄버거_세개는_기본_와이파이는_필수

178day

목적지 412킬로미터 전

2017년 8월 29일 화요일 _ 이동 시간: 7시간 41분 | 이동 거리: 78.332㎞

12시부터 라이딩을 시작해 마을은 들르지 않고 고속도로로 빠졌다. 최종 목적지인 세인트존스까지 412킬로미터가 남았다는 이정표를 발견했다. 6일 정도 후에는 목적지에 도착할 것이다.

　와이파이 표시가 있는 안내센터의 문은 닫혀 있었다. 안내센터의 문이 열렸다면 바로 앞 잔디밭에 텐트를 쳤을 텐데 아쉬운 마음으로 발길을 돌렸다. 8시쯤 마을 학교 뒤 공터에 텐트를 쳤다. 인스턴트 밥과 라면을 먹고도 무언가 허전해서 우유 없이 시리얼을 먹었다.

#6일후면_여행끝 #목적지에_도착하면_어떤_기분이_들까

245

내가 찾던 길 끝,
이제 무엇을 찾아가야 할까

와이파이가 되는 곳에는 시간이 멈춘다

2017년 8월 30일 수요일 _ 이동 시간: 6시간 6분 | 이동 거리: 67.416㎞

1시쯤 점심으로 빵을 먹은 후 물을 얻으려고 들어갔던 안내센터에서 한없이 와이파이를 쓰며 시간을 보냈다. 마을 핀을 사고 아이스크림을 사 먹은 후 5시가 되어서야 길을 나섰다.

　텐트를 칠 장소도 있고 와이파이를 쓸 수 있는 팀홀트가 있는 마을을 발견했지만 유혹을 뿌리치고 페달을 밟았다. 8시 20분쯤에 텐트를 치고 라면 세 봉지, 아니 네 봉지를 끓여 먹었다.

#안내센터를_피시방처럼
#평생_먹을_라면_캐나다에서_다먹음

할아버지, 할머니, 외로움을 잊게 해줘서 고마워요

2017년 8월 31일 목요일 _ 이동 시간: 6시간 31분 | 이동 거리: 62.059㎞

오늘도 자동차 번호판을 주웠다. 기념품 하나가 또 생겼다. 번호판을 챙겨 넣고 다시 신나게 달리기 시작했다. 멀리서 낯익은 자동차가 눈에 띄었다. 자전거와 자동차로 각각 이동하는 노부부를 또 만난 것이다. 한동안 마주치지 못해 지나친 줄로만 알았는데 이렇게 또 만나니 정말 반가웠다. 할머니가 이번에도 포도를 주셨다. 할머니와 이런저런 이야기를 나누는 중에 자전거를 탄 할아버지도 도착했다. 노부부는 그날그날의 목적지를 정해 놓고 그 거리만큼만 이동하는 듯했다. 이렇게 우연히 노부부를 만날 때마다 그간의 외로움이 조금이나마 해소되는 느낌이었다. 내 마음을 잘 아는 오랜 친구를 만난 것처럼.

　점심에 빵을 먹고 테라노바국립공원(Terra Nova National Park) 안내센터에서 마을 핀을 사고 물도 얻었다. 4시쯤 되자 비가 한두 방울 떨어지기 시작했다. 자전거를 언덕 밑에 둔 채 오르막길을 넘어 길이 어떻게 되어 있나 정찰을 가보았다. 언덕길은 의외로 꽤 길었다. 자전거를 세워둔 곳으로 돌아오는 길에 만난 아저씨가 여기서 5킬로미터만 가면 공원이 나온다고 알려 주었지만 길도 날씨도 좋지 않고 배도 고파 근처에 텐트를 치기로 했다. 짐이 젖는 게 걱정이 되기는 했지만 곧 지나갈 소나기도 아니었고 비가 그치기만을 마냥 기다릴 수도 없었다. 트레일러를 살펴보니 길 위에서 주운 자동차 번호판이 열댓 개나 됐다. 기념하려고 한 개 두 개 줍다 보니 이렇게 많아질 줄 몰랐던 것이다.

비옷 때문에 젖은 바닥을 스펀지로 된 수세미로 닦았다. 어차피 수세미로 설거지를 하지 않기 때문에 바닥을 닦아도 상관없었다. 긴 여행을 하다 보니 필요한 물건이 없을 때는 가진 물건 중에 비슷한 역할을 해 낼 수 있는 물건을 사용하는 잔머리가 늘기도 한다.

#자전거할아버지_자동차할머니_우린_인연인가봐요
#내눈에만_띄는_자동차번호판

181day
달리는 만큼 가까워지는 목적지
2017년 9월 1일 금요일 _ 이동 시간: 7시간 4분 | 이동 거리: 74.799㎞

험난한 테라노바국립공원을 1박 2일도 안 돼 빠져나왔다. 국립공원을 벗어나고 보니 안에서 본 풍경보다 바깥에서 본 풍경이 더 아름다웠다. 세인트존스까지 207킬로미터가 남았다는 이정표가 보였다. 내용물이 부실한 햄버거 두 개와 감자튀김을 먹고 열심히 달리다 안내센터에서 물을 얻고 점심거리를 사기 위해 마을에 들렀다. 있을 건 다 있는 큰 마을이었다. 약간의 식료품과 헤드라이트 건전지를 사고 다시 길을 나섰다. 마음 같아서는 맥도날드도 있고 팀홀튼도 있는 이 마을에서 텐트를 치고 하루를 보내고 싶었지만 조금이라도 더 일찍 도착하고 싶은 마음이 앞서 다시 자전거에 올랐다. 저녁이 되어 강가에 텐트를 치고 마트에서 산 치킨을 먹었다. 내일 아침을 위해 닭 가슴살 한 쪽과 날개는 남겨 두었다.

182day
비와 바람과 끝날 줄 모르는 오르막길
2017년 9월 2일 토요일 _ 이동 시간: 8시간 5분 | 이동 거리: 62,960km

어제 남겨둔 닭 가슴살과 날개를 먹고 10시 30분쯤 라이딩을 시작했다. 오늘도 날씨는 비. 캐나다의 변덕스러운 날씨가 끝까지 나를 괴롭히는 것 같았다. 오늘은 길도 다른 날보다 더욱 심한 듯했다. 대략 여섯 개의 언덕을 넘은 것 같았는데 오르막길은 끝이 보이지 않았다. 자전거 상태도 많이 이상해져 답답함에 자전거를 강물에 던져 버리고 싶은 심정이었다. 오늘의 일기를 요약하자면 '날씨는 비와 바람의 반복, 길은 오르막의 반복'이다.

저녁이 되어 도로 옆 돌밭에 텐트를 치기로 했다. 비는 오다 그치기를 반복하더니 급기야 텐트를 칠 때는 갑자기 우박이 쏟아졌다. 우박이 그치고 하늘을 올려다보니 쌍무지개가 떠 있었다. 오늘은 엄마가 참 보고 싶은 하루였다.

183day

텐트에서의 마지막 식사, 그리고 마지막 밤

2017년 9월 3일 일요일 _ 이동 시간: 7시간 35분 | 이동 거리: 81.472km

목적지까지는 100킬로미터 정도 남아 있었다. 빠르면 오늘, 늦으면 내일 목적지에 도착할 것이다. 어쨌든 오늘도 열심히 페달을 밟아야 했다. 점심이 지날 무렵 세인트존스까지 52킬로미터가 남았다는 이정표가 보였다. 46킬로미터가 남았다는 이정표를 발견한 것은 오후 5시쯤이었다. 오늘 안에 도착하기는 어려웠다.

마을로 들어가기 위해 오른쪽으로 방향을 틀었다. 5킬로미터 정도만 더 가면 큰 마을에 도착할 수 있었다. 그곳에서는 와이파이를 쓸 수 있을 것이었다. 하지만 방향을 틀고 보니 자전거 도로가 아예 없는 좁은 왕복 2차선 도로였다. 날이 어두워지면 위험할 것이라고 판단하고 마을 초입에 나 있는 등산로 입구에 텐트를 쳤다. 라면과 인스턴트 밥을 끓여 먹으며 오늘이 마지막 캠핑일 거라는 예감이 들었다. 오늘이 지나면 내일 목적지에 도착할 테지만 아직 실감은 나지 않았다.

#텐트에서의_마지막_밤_실감나지_않는 #여행이_끝나면

184day

여행의 끝에서 내일의 나에게 바란다

2017년 9월 4일 월요일 _ 이동 시간: 5시간 | 이동 거리: 45km

낮에 비가 내린다는 예보를 듣고는 일찍 길을 나섰다. 계획대로라면 오늘이 자전거 여행의 마지막 날이 될 것이다. 섬의 끝이라 최종 목적지까지 가면 더 이상 질주할 곳도 없었다. 이렇게 중요한 순간에 타이어는 또 펑크였다. 20분 만에 펑크를 때우고 자전거에 올라탔다.

1시 40분쯤 마지막 목적지인 세인트존스 입구에 도착했다. 세인트존스 마을의 마지막 안내센터를 찾아 자전거를 끌고 무시무시한 언덕을 올랐다. 시그널 힐(Signal Hill) 안내센터가 언덕의 끝인 줄 알고 열심히 올랐건만 도착하고 보니 또 다시 언덕이 시작되었다. 유종의 미를 거두자는 생각에 꼭대기까지 올라갔다. 진짜 이제 모두 끝이 난 것이다.

자전거를 끌고 정상에 올라 내려다보니 열심히 언덕을 오르는 자동차들이 보였다. 타워에서 마을 핀을 산 후 여행의 끝을 만끽하고는 다시 안내센터로 돌아왔다. 주문한 음식을 기다리고 있을 때 자전거 할아버지와 자동차 할머니 부부를 또 만났다.

노부부가 예약해 놓은 캠프 그라운드를 따라가 저녁을 얻어먹고 맛있는 디저트를 먹으며 여행담도 듣고 여행하며 찍은 사진들을 구경했다. 만날 때마다 이렇게 살갑게 대해 주신 덕분에 문득문득 찾아온 외로움을 덜 수 있었던 것이다. 노부부와 함께 무사히 끝난 여행을 자축하며 시간을 보내다 날이 저물어 캠핑카 앞에 텐트를 쳤다.

끝나지 않을 것 같던 여행이 끝이 났다. 184일 만이었다. 시원섭섭하다는 말 외에는 어울리는 말이 없을 듯했다. 발뒤꿈치의 굳은살이 심하게 갈라져 걸어다닐 때 불편한 것을 빼고는 어디 하나 다친 곳 없이 무사히 잘 도착했다는 것에 다행스러울 뿐이었다. 최종 목적지에 도착하고 보니 그저 덤덤했다. 나의 '스트라이다 타고 캐나다 횡단하기' 프로젝트는 처음 정했던 목표대로 이렇게 끝을 보고야 말았다. 이번 여행을 통해서 정신적으로, 육체적으로 더 강해진 내가 되기를, 더 성숙한 내가 되기를 내일의 나를 기대해 본다.

#자전거할아버지_자동차할머니와_여행의_끝을_함께
#무사히_여행종료_여행일기종료

184일간의 여행이
끝난 후

여행하는 내내 우려했던 일이 현실로 벌어졌다. 여행이 막상 끝나니 이제 무엇을 할 것인지 선택하고 결정하는 것이 쉽지 않아 머리가 아플 만큼 생각이 많아졌다. 비자 기간이 5개월이나 남았는데 캐나다 횡단으로 만족하고 한국으로 돌아가야 할지, 아니면 이곳에서 남은 기간만큼 일을 해야 할지, 그것도 아니라면 엘을 찾아가 일도 하고 영어 공부도 하며 지낼지 고민에 고민을 거듭하며 세인트존스에서 사흘을 보냈다. 그러다 결국 나를 걱정하고 응원해 주고 언제든지 다시 돌아오라고 말해 주고, 나를 자랑스러워해 주던 엘의 곁으로 가기로 결정했다. 그리고 여행하며 주운 것, 얻은 것, 구입한 것 들을 정리해 집으로 보낸 뒤 몇 벌의 옷을 챙겨 자전거와 함께 엘에게로 향했다. 공항에 마중 나온 엘을 다시 마주하고 클라우디아와 재회하니 목적지에 도달했을 때보다, 여행이 끝났을 때보다 더한 감정이 북받쳤다. 그 힘들었던 여행길 내내 한 번도 울지 않았는데 그제야 눈물이 핑 돌았다.

엘의 집으로 돌아가는 익숙한 주변 풍경이 무척이나 반가웠다. 엘의 집에 머물 며 페인트칠을 도와주고, 강으로 낚시를 하러 가고, 맛있는 저녁을 먹으며 함께 티브이를 보고, 벼룩시장에 가서 쇼핑도 했다. 그렇게 엘과 클라우디아와 시간 을 보내는 며칠은 그저 재미있고 행복했다. 하지만 시간이 갈수록 불편해졌다. 영어를 능수능란하게 구사하는 것도 아니니 의사소통의 한계도 있었고 엘 또한 그만의 생활이 있는 것은 물론 얹혀산다는 부담감과 얻기 힘든 일자리까지 여 러 가지 현실적인 문제에 부딪히기 시작했다. 클라우디아가 나와 동행하며 캐 나다를 횡단한 일, 적극적이고 우직한 성격을 설명하며 이곳저곳 일자리를 찾 으러 다녔지만 한적하기만 한 시골 마을이라 일자리를 찾기란 쉽지 않았고 영 어도 능숙하지 못한 아시아인에게 쉽사리 일자리를 주는 곳은 없었다. 그나마 어렵게 일을 구한 레스토랑 키친핸드 자리도 일주일에 두세 번 출근하는 것이 전부였다. 이런 내 사정을 알게 된 엘의 동생 폴이 나를 비버로지로 불렀다.

비버로지에서 이력서를 들고 동분서주 뛴 끝에 어린 나무를 포장하는 공장에 일자리를 얻을 수 있었다. 일주일에 나흘간 일하는 곳이었는데 일이 힘들어 나 흘 내내 근무하는 사람은 없었다. 하지만 나는 내게 주어진 나흘을 하루도 쉬지 않고 일했다. 컨베이어 벨트 위에 밀려오는 어린 나무들을 정해진 개수만큼 빠 르게 랩으로 감싸는 일은 결코 쉽지 않았다. 일을 시작한 지 사흘 만에 손목 인 대가 늘어났지만 돈이 없어 병원에 갈 수 없었기에 고통을 참으며 일을 하고 퇴 근 후에는 따뜻한 물로 찜질을 하며 버텼다. 그렇게 한 달 보름쯤 되었을까. 날 이 추워지자 물량이 없어 공장이 가동을 멈추었고, 다른 일자리를 구하기 위해 온 동네를 들쑤시고 다닐 무렵 한국으로 돌아가야 할 사정이 생겼다. 그 길로 캐나다 생활을 정리하고 한국으로 돌아오는 비행기에 올랐다.

결과보다 과정이,
그 빛나는 순간들이 높이 평가되는 세상을
꿈꾸며

캐나다 횡단을 끝내고 한국에 온 지도 벌써 1년이 지났다. 꿈을 찾아 헤매고, 하고 싶은 것을 찾아 돌아다니던 이십 대 청년은 어느덧 서른이 되었다. 나이의 앞줄은 바뀌었지만 여전히 열정 넘치고 꿈 많은 청년이라는 점에서는 달라진 것이 없다. 여행이 끝나고 한국에 들어와서 곰곰이 생각하니 하고 싶은 것을 찾아 무모하게 도전했고, 목표대로 끝마친 내 여행 이야기를 들려주고 싶었다. 바라는 것은 없었다. 그저 '이런 사람도 있구나' 하고 알리고 싶었다. 누군가에게는 자극이 될 수도 있고 동기부여가 될 수도 있겠다는 생각이 들었다.

어쩌면 나와 같은 시대를 살고 있는 사람들이 나와 같은 생각을 하고 있지 않을까, 내가 생각하고 있는 걸 어쩌면 다른 누군가도 똑같이 하고 있지 않을까 라는 생각이 들었다. 그래서 내 여행 이야기를 되도록 더 멀리, 더 넓게 알리기 위해 여러 모로 노력하기도 했고, 많은 출판사에도 문을 두드렸다. 그렇게 내 여행에 귀를 기울여 준 출판사와 연이 닿게 되었고 감사한 출판사 덕분에 내 여 행이야기가 책으로 나오게 되었다.

여행 중에 일기를 수정하고 찍어 놓은 영상들을 편집한 후에는 여행을 하며 갖게 꿈을 좇아 영어 공부에 매진하기도 했다. 처음에는 오로지 공부만 하겠노 라는 목표를 세우고 다짐을 했지만 주어진 시간이 많다 보니 다음으로 미루기 일쑤였고 다른 일 앞에서 뒷전이 되기도 했다.

2018년 늦가을 즈음 스키장에서 일을 해 보기로 마음먹었다. 언젠가부터 꼭 한 번 스키장에서 일을 해 보겠다는 결심을 마음에 품고 있던 터였다. 나이를 더 먹게 된다면 기회조차 주어지지 않을 것 같았기 때문이었다.

스물아홉 살의 11월, 전라남도 목포에서 강원도 평창까지 스키장 아르바이 트를 하러 떠났다. 가기 전에는 내 나이가 가장 많을 거라 생각했는데 막상 가 보니 나보다 나이 많은 사람들이 많았다. 스키장에서는 리프트를 가동하고 이 에 필요한 시스템을 다루는 일도 했으며, 리프트에 탑승하는 승객들의 안전을 책임지는 일도 했다. 타던 차를 폐차하게 됐고, 술을 먹고 휴대전화를 변기에 빠트리기도 했으며, 누군가와 러브라인을 만들어 보기도 했다. 그리고 평생 동 안 할 법한 눈 삽질을 그곳 스키장에서 다 해 보기도 했다. 그렇게 스키장에서 먹고 자는 동안 많은 해프닝을 겪었다. 그러는 사이 보드 실력도 꽤 많이 늘었 다. 그렇게 4개월 동안 근무를 마치고 고향인 목포로 내려와 스키장에서 일하 며 적게나마 모은 돈으로 중고차도 다시 구입했다.

서른 살의 나는 낮에는 평범한 직장인으로, 밤에는 열정 많은 청년으로 공부도 열심히 하고 있다. 하고 싶은 공부를 하기 위해 어쩔 수 없이 직장인이 된 것인데 이제는 몸이 아닌 머리로 하는 도전을 진행 중인 셈이다. 틈나는 짬짬이 운동도 열심히 하고 있다. 여전히 결과보다는 과정을 추구하는 사람이라 그 과정도 나름대로 열심히 기록 중이다.

이번 여행을 통해 나라는 사람이 크게 바뀌었을 리는 없으나 어떤 일을 시작했을 때 쉽게 포기하지 못하게 된 것이 조금 달라진 면이 아닐까 싶다. 그중 하나가 바로 영어 공부다. 이 길이 아닌가 싶을 때 놓아 버리면 그만이건만 어쩐 일인지 아직까지도 포기가 되지 않는다. 내가 만든 나만의 방식대로 공부를 하다 보니 슬럼프도 찾아오지만 그럴 때마다 '자전거 타고 1만 킬로미터를 탄 놈인데 이까짓 것 못하랴'라고 자신감을 불어 넣으며 나를 부추기고 있다. 여행을 하고 난 뒤 부정적인 면도 생겼다. 조금 극단적인 성향으로 변한 것 같다는 느낌을 지울 수가 없다. 무언가를 할 때 어정쩡하게 하는 게 싫어졌다. '모 아니면 도!' 할 거면 확실하게, 아니다 싶으면 아예 시작도 하지 않게 된 것이다. 반면에 내가 옳다고 생각되는 일은 밀어붙이는 추진력도 생겼으니 오히려 잘 된 건가 의아해지기도 한다.

여행을 통해 마이웨이 인생의 가치관이 뚜렷해졌다. 나는 '미친놈'이라는 단어를 좋아한다. 미쳤다는 말에는 두 가지 뜻이 담겨 있다. 한 가지는 누구나 다 알고 있는 '미치광이'를 욕하는 의미이고, 다른 한 가지는 '무언가에 미쳐 있다'는 긍정의 의미이다. 무언가에 미쳐서 인생을 살아보는 것도 나쁜 것은 아닌 것 같다. 그래서 지금은 과거의 나보다 현재의 나보다, 미래의 내가 어떤 미친 짓을 하며 살아가고 있을지 더 기대가 된다.

태어나 성장해 어른이 되기까지 우리는 무한한 경쟁 속에서 살아왔고 살고 있다. 살아가는 데 있어서 방향은 있지만 정답은 없는 세상, 속세에서 나만의 세상을 살아보는 게 정답이지 않을까 싶다. 왜 남들한테 보여 주기 위한 삶을 살아야 하는지, 왜 남들에게 어떻게 보일지 신경 쓰면서 살아야 하는지, 왜 남들과 똑같은 방식으로 살아야 하는지, 그렇다면 아름다운 인생이, 한 번뿐인 인생이 너무 아깝지 아니한가.

　전쟁터와 같은 어렵고 복잡한 세상 속에서 무수히 많은 도전과 선택 앞에 맞닥뜨릴 때마다 자기 자신을 믿고 밀어붙이다 보면 언젠가는 밝은 미래가 오지 않을까. 결과가 어찌됐든 결과에 도달하기까지의 과정이, 그 순간순간들이 높이 평가되어야 하지 않을까 생각한다. 지금 이 순간에도 자기 분야에서 프로페셔널하게 열심히 살고 있는 모든 분들을 응원한다.

사서 고생도
스물아홉

초판 1쇄 인쇄 2019년 6월 21일
     발행 2019년 6월 26일

지은이 김성우 **펴낸곳** 크레파스북 **펴낸이** 장미옥

기획·정리 박민정 **디자인** 디자인크레파스 **일러스트** 정현희

출판등록 2017년 8월 23일 제2017-000292호
주소 서울시 마포구 성지길 25-11 오구빌딩 3층
전화 02-701-0633 **팩스** 02-717-2285 **이메일** crepas_book@naver.com
인스타그램 www.instagram.com/crepas_book
페이스북 www.facebook.com/crepasbook
네이버포스트 post.naver.com/crepas_book

ISBN 979-11-89586-05-8   정가 13,000원
© 김성우, 2019

이 도서의 국립중앙도서관 출판예정도서목록(CIP)은 서지정보유통지원시스템 홈페이지(http://seoji.nl.go.kr)와
국가자료종합목록 구축시스템(http://kolis-net.nl.go.kr)에서 이용하실 수 있습니다. (CIP제어번호 : CIP2019023052)